KB074821

미제레레

「오, 주님! 잠시만요. 제가 진정이 안 돼서 그럽니다. 그년은 사탄이에요. 다른 말로는 설명할 수가 없어요. 그년이 우리 신문사 홈페이지에 올린 글, 그 미친 고백은 거짓이에요. 자신이 저지른 살인을 그럴싸하게 포장한 것뿐이라고요. 경준이, 아니 천 기자가 얼마 전에 결혼할 거라더군요. 이영음, 그년이랑! 그냥 취해서 농담한 거라고 생각했죠. 대체 누가 그런 혐오스러운 여자랑 결혼을 하겠어요? 그런데 죽다니요! 천 기자 어머니에 이제는 천 기자까지. 하, 어디 그뿐인 줄 아세요? 일전에 데리고 있었던 박 기자도, 모두 죽어버렸습니다.」

- '라이프 뷰 윤 대표'와의 인터뷰 내용 中

「저도 인터넷에 떠도는 글 읽었어요. 제 이야기도 있더라고요. 그래서 제가 먼저 연락드린 거예요. 저랑은 한 3년쯤 함께 지냈죠. 맞아요, 제가 그 사이비 단체에서 설립한 요양 시설의 간호조무사예요. 근데, 걔 사람 죽이고 그럴 애 아니에요. 자기 몸 하나도 건사하기 힘든 애라고요. 물도 제대로 삼키지를 못했어요. 목구멍이 꽉 막혔다나 뭐라나. 제가 3년 내내 수액을 놔줬어요. 옆에서 지켜봤으니, 누구보다 잘 알아요. 아, 이쑤시개요? 그러니까 그건 그 애가 유일하게 먹을 수 있는 거더라고요. 그것도 그렇게나 맛있게. 참 신기하죠. 세상에는 설명 안 되는 일들이 많잖아요. 걔가 딱 그런 애예요. 그런데 이제 다른 사람들도……. 아, 이거 신원 보장되는 거 맞죠? 사례비도 있다고 들었는데.」

- 'OO 요양원 K 간호조무사'와의 인터뷰 내용 中

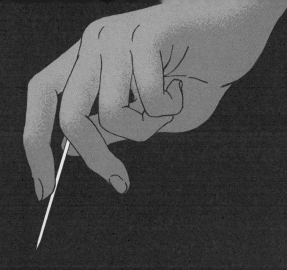

목차

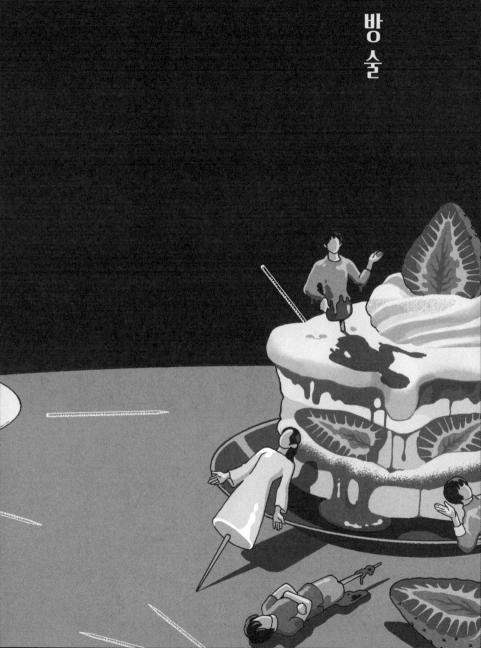

벌인긴 리코디 소리가 들려왔다. 연주라고 부를 수 없을 정도로 형편없는 실력이었다. 음정과 박자 따윈 고려하지 않은, 그저 삑삑대는 소음. 거리에서 리코더를 불 만한 또래의 아이들은 모두 학교에 있을 시각이었다. 영음은 자신이 잘못 들은 거라 여기며 고개를 갸웃했다. 그러자 음이 한층 더 높아졌다. 여름날의 습기처럼 귓가에 착 내려앉아 들러붙다시피 했다.

그녀가 집 앞에 거의 다다를 즈음에 난데없이 시작된 소리였다. 환청이든, 실력 없는 누군가의 연주든 간에 확인할 방법은 없었다. 지금 그녀는 그럴 처지가 아니었다.

영음은 괜스레 자신이 입은 괴황 한복의 주름을 손바닥으로 훑어 내렸다. 궁금증을 바닥으로 내팽개치며 시선도 함께 떨궜다. 침착해지고자 나름대로 애쓰는 중이었다. 하지만 그러면 그럴수록 그 소음에 온 정신이 팔렸다. 이제 그 소리는 악기에서 빚어졌다기보다 누군가의 성대에서 밖으로 툭툭 튀어나온 외마디 비명처럼 들렸다. 그녀는 마음이 복잡해져서 잠시 자리에 멈춰 섰다.

바로 옆에서 걷던 그녀의 엄마, 성란은 조금 당황한 눈치였다. 성란은 멈춰 선 영음의 등을 슬며시 떠밀며 걸음을 재촉했다. 저만치에서 자신들을 쳐다보고 있는 동네 여자들의 시선이 신경 쓰인 탓이었다. 집을 향해 좀 더 속도를 내 걸었다. 약속이라도 한 것처럼 어쩜 저리도 때를 잘 맞춰 모였단 말인가. 한편으로 성란은 신기할 따름이었다.

동네 여자들은 흥미롭다는 듯이 쑥덕거리며 서서히 간격을 좁혀 왔다.

"퇴원했나 보다. 왔네, 왔어."

"영음 엄마가 고생이네, 고생이야. 어쩌면 좋다니."

"어휴. 흉해라. 저 옷은 다 뭐래요?"

성란과 영음은 마치 그들이 거기에 없다는 듯 무시했다. 여자들로부터 등을 돌리고 선 채 집 대문만을 하염없이 바라봤다. 성란은 급히 대문 옆 기둥으로 손을 뻗었다. 초인종을 누르는 그녀의 검지가 파르르 떨렸다. 좀처럼 채워지지 않는 호기심 때문인지 여자들은 어느새 바로 뒤에 머물며 영음을 구경하기 시작했다.

영음은 남의 불행을 관람하려 드는 어른들의 무례가 괘씸했고 견디기 힘들었다. 그녀는 태어난 순간부터 여태 이 동네에서만 살았다. 서로 빤히 아는 사이여서 가깝다면 가까운 관계들이었다. 병이 발현하고 현재에 이르기까지 근 몇 개월 동안 그들과의 관계는 친근함에서 불편함으로 서서히 변질됐다. 걱정과 위로를 핑계 삼아 자신에게 품는 그 관심이 혐오스러울 지경이었다.

그녀는 저 깊숙한 곳에서 뜨거운 무언가가 솟구치는 걸 느꼈다. 눈알이 화끈거렸다. 바닥에 시선을 고정하는 일이 버거웠다. 홱 하고 뒤돌아서 그 철없는 어른들을 실컷 노려보고 싶었다.

성란은 그런 딸의 마음을 먼저 알아차렸다. 한쪽 팔로 영음의 등을 에워싸고는 그녀의 볼에 얼굴을 바짝 댄 채 낮은 목소리로 일렀다.

"절대 안 돼! 집 안으로 들어설 때까지 말도 해선 안 되고 그 누구와 눈도 마주쳐선 안 돼."

성란은 딸이 응당 따라야만 하는 지침을 다시금 상기시켰다. 그러면서 영음의 머리에 씌운 고깔을 조금 더 푹 눌렀다.

"영음 아빠! 어서 문 열어!"

대문 안을 향해 약간은 신경질적으로 소리 지르는 일도 잊지 않았다.

한 시간 전만 해도 영음과 성란은 병원에 있었다.

퇴원 절차를 밟으러 성란이 업무과에 간 사이, 영음은 제 옷을 찾느라 분주히 움직였다. 고개를 숙일 때마다 이마의 꿰맨 부위가 당겨서 아팠지만, 영음은 한시라도 빨리 집에 갈 채비를 마치고 싶었다. 몸에 이상 증세가 나타난 뒤로 병원이라는 병원은 지역과 종류를 막론하고 여기저기 다녔다. 사정이 이렇다 보니 병원이란 단어만 들어도 그녀는 신물이 났다. 수개월간 갖은 노력을 했으나 여태 낫지 못한 걸 보니 영영 틀렸나 싶기도 했다.

영음은 침대맡에 걸터앉아 일주일 전에 벌어진 일을 차분히 떠올려보았다.

그녀는 쓰러지기 직전 교실에서 물리 수업을 듣고 있었다. 선생님은 칠판에 그래프 몇 개를 연이어 그려대며 역학 에너지에 관해 설명했다. 그러면서 롤러코스터에는 엔진이 없다고 이야기했다. 에이, 설마. 어떻게 엔진 없이 그런 속도로 거침없이 달릴 수 있단 말인가. 반 친구들은 야유했다. 롤러코스터라는 단어를 들었을 뿐인데 영음은 이미 거기에 탑승한 것 같았다. 바람 부는 날, 줄에 널린 빨래 마냥 제 속의 장기가 휘날리는 기분이 들었고, 곧이어 그녀는 포물선을 그리며 바닥으로 고꾸라졌다.

학교에서 혼절한 건 이번이 처음은 아니었다. 기절한 후의 기억은 없지만 당시 상황이 어땠을지 짐작할 수 있었다. 그만큼 익숙했다. 교실은 아수라장이 됐을 테고 누군가 구급차를 불렀을 것이다. 롤러코스터가 엔진 없이 어떻게 속도를 내는지에 대한 정답은 다음 물리 시간에 알려주는 것으로 미뤄졌으리라. 영음은 그렇게 응급실에서 눈을 떴다. 그전에, 구급차에서 잠시 정신이 들기도 했지만 도로 눈을 감아버렸다. 동행 중이던 반장이 떨떠름한 표정으로 자신을 내려다보고 있었기 때문이다.

"교복."

영음은 자신이 교복을 입고 병원에 왔다는 걸 떠올렸다. 침대 옆에 놓인 사물함의 안을 들여다봤다. 아무것도 없었다. 엄마가 꾸려온 가방을 꺼내서 찬찬히 살폈지만 헛수고였다. 속옷 몇 벌과 양

말이 전부였다. 그녀는 양말 하나를 집어 들었다. 양말의 양 끝을 잡고 몇 번 죽죽 당기며 교복이 어디에 숨었나, 머리를 굴렸다. 하지만 이내 몸에서 힘이 죽 빠졌다.

이번 일을 계기로 영음의 휴학이 결정되었다. 고등학교 2학년! 대학 입시를 앞둔 가장 중요한 시점에 휴학이라니. 아무리 생각해도 암울한 선택이었다. 하지만 그녀의 부모는 학교 측에서 권유한 것을 수용할 수밖에 없었다.

이미 그녀는 학급 내에서 애물단지로 통했다. 고의는 아니더라도 친구들에게 지속적으로 자잘한 피해를 준 꼴이었으므로 그들의 원활한 대학 입시 준비를 위해서는 그녀가 빠져주는 게 합당했다. 게다가 영음은 자신의 치지를 잘 알고 있었다. 자신이 이찌저찌 졸업한다고 한들, 현재 몸 상태로는 대학에 진학하기 어려울 게 뻔했다.

그때, 퇴원 수속을 마친 성란이 병실로 돌아왔다. 영음은 엄마의 손에 들린 '청색 양단 보자기'를 보았다. 저기에 갈아입을 제 옷이 있구나, 하고 마음대로 추측했다. 그러면서도 저런 고급스러운 보자기에 옷을 싸온 게 어쩐지 좀 겸연쩍었다. 예단 보낼 때나 사용하면 적합하겠다고 생각하며 피식 웃었다.

성란은 침대 위에 그걸 조심스레 내려놓더니 한동안 아무 말도 하지 않았다. 영음은 빨리 병원에서 벗어나고 싶었다. 서둘러 보자기의 매듭에 손을 올렸다. 성란은 그제야 입을 열더니 의미심장한 말투로 영음에게 말했다.

"이걸 입고 가야 해."

영음은 무슨 영문인가 싶어 제 엄마를 빤히 쳐다봤다. 성란이 딸의 손등 위로 제 손을 포갰다. 그러고는 고해성사라도 하듯 말했다.

"오늘 굿하기로 날을 잡았어."

"구—읏?"

너무 크게 되묻는 바람에 병실에 있던 다른 이들이 일제히 영음을 보았다. 성란은 민망했는지 침대 곁의 가림막 커튼을 치며 말을 이어갔다.

"여기서부터 시작이야."

"뭘?"

영음은 어리둥절했다. 성란은 마른침을 삼키더니 정말 미안할 때나 짓는 표정을 했다.

"이 옷을 병실에서부터 입고 집으로 가야 한대. 그리고 대문 안으로 들어서기 전까지 누구와도 말을 섞어서는 안 되고 눈도 마주치지 말라셨어."

"누가? 무당이 그렇게 하래? 엄마! 이게 다 무슨 소리야!"

영음은 목소리를 높이며 엄마가 무당으로부터 받아온 걸 확인하기 위해 보자기를 풀어 헤쳤다. 그 안에는 누런빛의 한복 한 벌과 고깔이 곱게 접혀 있었다.

"괴황 물을 들인 거라더라."

성란은 짧게 말하고서 저고리의 접힌 팔 부분을 펼쳤다.

"괴? 괴… 뭐?"

영음은 저고리를 보며 몸서리쳤다. 마치 기괴한 이가 자신을 안으려고 팔을 벌리는 것처럼 느껴졌다. 이건 그냥 한복이 아니었다.

붉은 염료로 쓰인, 해괴한 문양과 문자가 옷감에 빼곡했다. 부적으로 옷을 지은 건지, 옷에 부적을 그려 넣은 건지는 확실하지 않지만… 이건 누가 봐도 옷보다는 부적에 가까웠다. 오돌토돌한 닭살이 볼에 일었다.

"귀한 옷인 건 틀림없어. 이 옷을 입고…….'"

"엄마! 미쳤어? 이건 옷이 아니잖아!"

보는 것만으로도 섬뜩한데, 이런 걸 입으라니. 영음은 어처구니가 없었다. 하지만 성란은 억척스럽게 영음의 병원복 단추를 풀기 시작했다.

"싫어! 이딴 걸 입고 어떻게 집까지 가란 말이야!"

"그래야 살아. 안 그럼 너 이러다 죽어."

성란은 울지 않으려고 꽤 노력하는 듯 보였으나, 몇 초도 지나지 않아 얼굴을 잔뜩 일그러뜨리며 손에 힘을 풀었다. 그 모습을 보고 있자니 영음도 슬퍼졌다. 저도 모르게 눈물이 났다.

"어쩌다가. 대체 왜, 하필 너한테 이런 일이 생긴 거니."

성란은 침대 위로 무너졌다.

영음은 자신이 이 곤욕스러운 병마에서 벗어나야 엄마의 눈물이 멈추리라는 걸 잘 알았다. 처음에는 대수롭지 않게 여겼는데… 시간이 지날수록 상황은 점점 더 악화되었다.

"엄마, 시키는 대로 하면 나 정말 다시, 다시 먹을 수 있대?"

눈물범벅이 된 성란은 세차게 고개를 끄덕였다.

영음은 그 고갯짓을 믿고 싶었다. 원인을 알 수 없는 괴상한 질병. 이 병에 걸린 뒤로 맛볼 수밖에 없었던 좌절, 그리고 공포. 하루아침에 온 식구를 휩쓸어버린 슬픔과 불행. 드디어 이 모든 걸 떨쳐버릴 시도를 해보는구나.

"뒷걸음으로 다시 대문 밖으로 나가!"

대문 안으로 들어서 채 몇 걸음도 떼기 전에 무당의 호령이 떨어졌다. 성란은 영문도 모른 채 딸의 마른 가지 같은 팔을 부축하듯 잡고 뒷걸음질했다. 영음은 엄마가 이끄는 대로 움직였다. 성란이 몸을 어찌나 떠는지, 영음의 몸까지 바들거렸다. 보다 못한 누군가 다가와 영음의 나머지 팔 한쪽을 잡고서 부축했다.

"영음아, 니 옷고름이 풀려가꼬 다시 매고 들어와야 한단다."

무당의 말을 전하는 익숙한 목소리. 고개 돌려 쳐다볼 순 없었지만 영음은 바로 알아차렸다. 엄마의 친언니, 순심 이모였다.

순심 이모는 영음의 귓가에 대고 질문했다.

"니 시방 혹시 신발 꼬불어 신었냐?"

순심은 대문 밖으로 나오자마자 영음의 치맛자락을 걷어 신발부터 확인했다.

그랬다. 영음은 병원에서 나올 때부터 운동화를 꺾어 신고 있었다. 그녀의 버릇 중 하나였다.

"이런 것까지 알아맞혀?"

성란은 제 언니를 보며 물었다.

순심은 영음의 옷고름을 고쳐주며 대답했다.

"내가 뭐랬니. 홍 보살 용하다 했잖아."

"언니!"

성란은 탄성 비슷한 걸 쏟아냈다. 이미 딸의 병이 완치된 듯 기뻐하는 눈치였다.

영음도 신기했지만, 아무 말도 해선 안 되므로 그저 신발만 고쳐 신었다. 그러면서 속으로 계속 홍 보살이라는 사람을 추리했다. 목소리를 들어선 여자였다. 나이는 몇 이나 될까. 남에 대해 어쩜 저리도 잘 알 수 있을까. 생각을 이어갈수록 궁금해 못 견딜 지경이었다. 대문 안에만 들어서면 이 제약으로부터는 조금 자유로워진다. 얼른 들어가 용하디용하다는 그 사람을 실컷 봐야지. 영음은 생각했다.

"다시 들이갑니다."

순심은 의기양양하게 외쳤다. 대문 안에서는 태평소, 꽹과리, 장구 따위의 전통 악기가 어우러져 신명 나게 울려 퍼졌다. 키가 큰 순심은 부축한 팔에 힘을 실어 영음을 들어 올리다시피 했다. 기대와 흥분에 휩싸인 성란의 걸음이 아까보다 한층 더 빨라졌다. 이 두 사람 사이에 낀 영음은 막 걸음마를 배운 아이처럼 엉거주춤했다.

영음은 그 순간, 민속촌에서 본 전통 혼례의 한 장면이 떠올랐다. 연지곤지를 찍고 다소곳하게 굴던 신부처럼 그녀는 대문 안으로 들어섰다. 고개를 들면 자신이 좋아하는 배우 정만성을 닮은 신랑이 미소 지을 테다. 이런 행복한 상상에 초를 치듯 리코더 소리가 자꾸만 끼어들어 영음은 못마땅했다.

조카가 학교에서 쓰러져 다쳤다는 소식을 듣고 순심은 다음날 서울에 올라갔다. 그동안 전화로 동생으로부터 영음의 상태를 전해 들었다. 그때마다 온몸의 신경이 곤두섰다. 조카는 몇 달째 음식을 전혀 삼키지 못한다고 했다. 더 심각한 건 병원에서도 그 원인을 찾아내지 못한다는 거였다.

그녀에게 영음은 조카 이상이었다. 입 밖으로 꺼낸 적 없으나 제 딸이라 생각할 정도로 아꼈다. 영음은 공부에는 관심이 없었으나 성정이 명랑해 교우관계가 좋았다. 가리는 음식이 없을 정도로 먹성도 야무졌고 누구보다 건강했다. 그런데 갑자기 아무것도 먹을 수 없다니. 거기다 한창 수능 준비로 바쁠 시기에 휴학은 또 웬 말인가. 곧 괜찮아질 거라고 단순하게 생각했는데 아니었던 모양이다. 더 나빠질 게 없을 정도로 나빠져 가고 있는 게 틀림없었다.

이번에야말로 그냥 넘어가선 안 될 것만 같았다. 더 늦기 전에 영음을 살펴야 했다. 벼르고 있던 '그곳'에도 가 볼 생각이었다.

순심은 전라남도 무안군에 살았다. 그녀는 날이 밝기도 전에 걸어서 읍내로 나왔다. 첫차를 타고 목포로, 거기서 또 서울까지. 여러 차례 버스를 갈아탄 끝에 늦은 오후가 돼서야 도착했다. 멀고도 먼 여정이라 지칠 대로 지쳤다. 하지만 그녀는 서울에 도착하자마자 마중 나온 성란을 끌고 홍 보살을 만나러 가자고 했다.

홍 보살! 무안군 읍내에서 팥죽집을 운영하는 '봉서 댁'이 알려준 무당이다. 얼마나 용하면 서울에서 땅 끄트머리에나 있는 무안까지 이름을 날렸을까. 그 자체만으로도 신뢰가 샘솟았다.

이전부터 순심은 동생에게 홍 보살을 찾아가 보라고 말했다. 하지만 성란은 그런 곳에 혼자 갈 용기가 선뜻 나질 않는다며 매번 시큰둥했다.

"봉서 댁은 말이여. 한 달에 한 번은 꼭 서울 가야. 홍 보살 만나려고. 근디 니는 서울 살믄서."

봉서 댁의 일화를 들려주며 순심은 성란을 타박했다.

봉서 댁은 자신에게 연이어 들이닥쳤던 악재와 그걸 극복해낸 사연을 남에게 들려주는 걸 즐겼다. 큰 솥에서 보글보글 끓어오르는 팥물을 휘휘 저어가며 자기의 삶은 '홍 보살을 알기 전과 후로 극명하게 나뉜다'고 말히곤 했다.

그러니까 봉서 댁에게 그 일이 벌어진 건 시어머니 장례를 치르고 며칠 뒤였다. 낮잠을 자고 일어난 남편의 얼굴이 좀 이상했다. 입이 돌아가 버린 것이다. 구안와사였다. 병원에서는 손상된 안면 신경 부위에 항바이러스 제제를 사용하며 경과를 지켜보자고 했다. 그러다 보면 차츰 회복되어 입이 제자리로 돌아올 것이라고.

그때, 발음이 어눌해진 남편을 대신해 봉서 댁은 의사에게 질문했다고 한다.

"입이 돌아오려면 얼마나 걸리는데요?"

의사는 환자마다 개인차를 보이기 때문에 장담할 수 없노라고 했다. 그러면서, "실은 원래대로 돌아오지 않는 경우도 간혹 있습니다. 후유증이죠."라고 말했다.

그녀의 남편이 그렇게 되고 사흘쯤 지났을 때였다. 이번에는 서울에서 자취하던 아들이 교통사고를 당했다고 병원에서 연락이 왔다. 아들이 타고 가던 시내버스는 가벼운 접촉 사고를 일으켰다. 버스에는 아들 외에도 십여 명이 더 타고 있었단다. 그런데 오직 혼자만! 봉서 댁 아들 혼자만 버스 바닥으로 나뒹굴었고 결국 심하게 다치고 말았다.

아들은 빗장뼈가 부러졌다. 몇 주 경과를 보고 수술 여부를 결정해야 하는 상황이었다. 그런데 아들은 수험생이었다. 몇 년간 준비해 온 중요한 시험을 한 달 남긴 시점이었다. 아들은 인생을 포기한 사람처럼 한동안 멍하니 말없이 지냈다.

연이어 밀려드는 우환에 신음하며 팥죽집은 임시 휴업했다. 그녀는 남편과 함께 아들 집으로 잠시 거처를 옮겼고, 그곳에서 두 사람의 병시중을 들었다. 양쪽에서 자기만 봐달라고 난리를 치는 통에 골이 깨질 지경이었다. 홍 보살의 존재는 그즈음 알게 됐다. 두통약을 사러 약국에 갔다가 약사와 손님의 대화를 들었고 한걸음에 달려갔다.

봉서 댁은 홍 보살을 만나자마자 무릎을 꿇은 채 발가락의 감각이 무뎌질 때까지 자신이 처한 상황을 나열했다.

"느그 시엄마가 살아생전 섭섭한 게 많았단다. 그래서 그냥은 못 가지 싶어 아들은 뺨 한 대 후려갈기고 손주는 발을 걸어 넘어뜨렸어. 다음은 인제 너 차례라는데."

홍 보살이 말했다. 봉서 댁은 그 말을 듣고 시어머니 귀신이라도 마주한 듯 경악했다.

"방법은 있으니 걱정하지 말아. 닭 피를 구해다가 매일 자정에

서방 돌아간 볼때기랑 아들 왼발에 왕(王)자를 그려라. 근데 매일 새 피로 그려야 효험이 날 거야."

봉서 댁은 남편과 아들에게 타박받았지만 꿋꿋하게 홍 보살이 시키는 대로 했다. 그랬더니 사흘 뒤, 거짓말처럼 남편의 입은 제자리를 찾았다. 아들의 금 간 뼈는 생각보다 빨리 붙었다. 더불어 준비했던 시험도 치르고 합격까지 거머쥐었다.

사람은 누구나 불행과 마주하길 두려워한다. 피하고 싶다고 피할 수 있는 존재가 아니니까. 불행이란 놈은 노크할 줄 몰랐다. 남의 인생을 벌컥 열고 쳐들어온다. 밀쳐낼 겨를도 주지 않고 소중한 무언가를 앗아간다. 그래서 두렵다. 하지만 봉서 댁만큼은 이제 만시 여유롭고, 대담해 보이기까지 했다.

한번은 순심에게 봉서 댁이 이런 말을 하기도 했다.

"홍 보살님을 보자마자, 난 대방에 알아브써. 진또배기구나. 진또배기여."

진또배기. 마을 입구에 세운 장대를 말한다. 그건 마을의 수호신을 상징했다.

이렇다 보니 순심은 단 한 번도 만나본 적 없지만 홍 보살에 대한 믿음이 충만해졌고, 하루빨리 만나야 한다는 조급함과 갈망이 동시에 피어올랐다. 홍 보살을 만나면 조카는 다시 먹을 수 있게 될 것이다.

봉서 댁이 사인펜으로 적어준 그 삐뚤삐뚤한 글씨를 서울로 가는 버스 안에서 몇 번이고 들여다봤다. 안주머니에 고이 넣어뒀다 또다시 펼쳐 보기를 반복했다. 좀 더 일찍 홍 보살을 알았더라면……. 그랬다면 후사 보는 방술을 해달라고 해서 아들이든 딸이든 하나 낳았을 텐데. 제 배를 쓰다듬으며 순심은 이런 생각을 곁들였다.

종이에 적힌 대로 찾아가자 이미 대기하는 사람들로 북새통을 이뤘다. 이렇다 할 간판도 없는데 다들 잘도 찾아오는 게 신기했다. 이 정도로 입소문이 날 정도면 헛걸음한 건 아니겠구나 싶었다. 순심과 성란은 줄의 끄트머리로 걸어가 섰다. 그러자 바로 앞에 서 있던 사람이 손가락으로 어디쯤을 가리켰다. 성란은 그 뜻을 알아차리고 번호표를 받으러 갔다.

41번. 관공서에서나 쓸 법한 대기표 뽑는 기계까지 있다며 성란은 호들갑을 떨었다. 희망에 가득 찬 두 사람은 즐거운 마음으로 차례를 기다렸다. 가십을 나누며 오랜만에 실컷 웃었다. 두 사람은 주변이 어둑어둑해진 뒤에야 겨우 홍 보살을 만날 수 있었다.

"미련한 년, 집에 들이지 말아야 할 사람을 들여서 그래."

홍 보살은 미간을 일그러뜨리며 혀를 찼다. 성란은 그 흔하다는 토정비결도 여태 본 적 없다. 그런데 탱화와 불상, 누군가의 이름이 써진 수많은 초. 향내가 진동하는 공간에 있자니 정신이 혼미했다. 그런 와중에 호통까지 들으니, 눈꺼풀이 파르르 떨렸다.

순심은 상체를 기울여 홍 보살에게 물었다.

"누구요? 누굴 들였단 말입니까."

"들인 년이 알지. 내가 알겠니?"

"남편에 딸 하나. 셋이 단출허니 살아요. 들일 만한 사람도 없는 디요."

동조를 구하듯 성란을 바라보며 순심이 말했다.

"분명히 집안에 들이지 말아야 할 사람을 들였다는데. 그래서 탈이 난 거야."

홍 보살은 말하는 내내 고개를 절레절레 흔들었다.

"들이지… 말아야 할 사람?"

홍 보살이 한 말을 혼잣말처럼 되뇌며 성란은 생각에 잠겼다. 집안에 들이지 말아야 할 사람이라…….

얼마 전 집에 들어오겠다는 사람을 거절한 일은 있었다. 시누이였다. 시누이는 동창과 외도한 시실이 탄로니 이혼을 당했다. 당장 갈 데가 없어지자, 제 오빠를 닦달했다. 남편은 성란에게 의사를 물어왔다. 물론 단칼에 거절해 버렸다. 영음의 병을 핑계 삼았는데 실은 그냥 싫었다. 시누이와는 맞는 구석이 하나도 없을뿐더러 사람 자체가 어쩐지 퀴퀴하고 쪼잔해 그동안 남보다 못하게 지내왔다.

"아!"

갑자기 영음 엄마의 낯빛이 벌겋게 달아올랐다. 이내 울음을 터뜨릴 것 같았다. 무언가 짐작 가는 게 떠오른 모양이었다.

"하, 어떡해……. 정말 어떡하면 좋아."

순심은 동생의 등에 가볍게 손을 올리며 눈을 마주쳤다.

"왜 그래? 짚이는 것이 있냐?"

"…미녀."

손미녀! 미녀를 집에 들였던 시절이 떠올랐다. 순심도 그 이름을 듣자마자 동공이 커졌다. 또다시 입 밖으로 꺼내기 싫었던 그 이름.

그 당시 미녀는 고등학생이었다. 지금 영음의 또래쯤 되었다. 미녀는 성란의 고향 친구 딸이었는데 1년 정도 영음의 집에서 하숙했다. 급하게 서울로 전학해야 할 사정이 생겨 함께 지내게 된 것이다. 어쨌든 성란은 그 결정을 두고두고 후회해야만 했다. 미녀 때문에 한동안 동네는 떠들썩했으며, 성란은 골머리를 앓았다. 거기다 그 난리 통에 그 애는 스스로 목숨을 끊어버렸다. 벌써 7년도 더 된 사건이었다.

성란은 두 손을 싹싹 비벼대며 홍 보살에게 머리를 조아렸다.

"도와주세요. 우리 딸 좀 살려주세요."

그러면서 성란은 묘한 기대감이 피어오르는 걸 느꼈다. 왜 이제 와서 애먼 제 딸을 괴롭히는지 귀신이 된 미녀의 속은 모르겠으나, 드디어 원인 모를 병의 실마리를 찾은 셈이었으니까.

손미녀와 관련된 사건의 자초지종을 듣던 홍 보살은 대뜸 영음의 행방을 물어왔다.

"딸은 지금 어딨어? 내가 직접 네 딸을 보고 이야기를 들어봐야 정확하게 알겠다."

순심은 성란을 대신해 얼른 대답했다.

"병원에 입원해 있습니다. 못 먹어 싸서 맨날 쓰러지고 안 그러겠소. 저희는 이 일을 어찌 해결해야 할지 도무지……. 답답합니다."

"너희 집에서 죽은 그 아이의 영가 때문인 거 같아. 말을 들어보니 그게 네 딸한테 착 붙어 있는 모양새야."

"그라믄 그걸 어찌 뗍니까?"

"절대 그냥은 안 놔줄 거야."

"오메! 안 놔주믄요? 도대체 어쩔 작정으로 그란답니까? 아이고! 왜 하필 우리 영음이한테 붙어가꼬 그런다요."

"둘이 친했던 모양이지?"

성란은 잠시 머뭇대다가 고개를 끄덕였다.

"집구석에 부정이 단단히 들었다. 지금은 네 딸만 괴롭히지만, 차츰 네 딸 주변 사람들까지 못 살게 할 거다. 그렇게 해코지를 시작한단 말이야."

"뭐 다러 근다요?"

"결국 저처럼 외롭고 고독하게 고립시키려는 속셈이겠지. 벌써 학교도 못 다니게 됐다면서."

그 말을 듣자마자 성란은 두 손으로 얼굴을 감쌌다.

"참말로 주변 사람들까지요? 그라믄 주변 사람들도 영음이 맹키로 못 묵게 돼븐단 말씀인가요?"

순심의 질문에 홍 보살을 가볍게 고개를 흔들었다.

"사람도 성격이 제각각이듯 영가들도 그래. 어떤 방식을 써서 어떻게 괴롭힐지는 모르지. 그동안 경험을 비춰보면 험한 영가일 거다. 저 스스로 목숨을 끊었으니 쉽지만은 않겠어. 굿을 하는 게 좋겠다. 굿을."

"굿이요? 굿을 허믄 되겠습니까?"

"굿도 그냥 굿은 안 돼. 다양한 방술을 복합적으로 써야 해. 우선 영가를 속여서 네 딸한테서 떨어지게부터 할 거야. 그리고 잘 달래서 마음 풀어 보내줘야지. 그러려면 일주일은 족히 잡아야 해."

"아이고, 일주일씩이나요?"

순심은 그 말을 듣고 화들짝 놀라 성란을 바라봤다. 예상보다긴 기간이었다. 그렇다면 비용도 만만찮을 테고, 괜히 오자고 했나싶을 정도로 걱정이 들었다.

하지만 성란은 생각보다 쉽게 의사를 비쳤다. 한 달이 걸린들다시 예전으로만 돌아갈 수 있다면, 얼마든지.

"자, 지금부터 내 말 똑똑히 새겨들어라. 내가 옷을 한 벌 지어줄 거야. 딸이 퇴원하는 날 묘시에 나한테 와서 옷을 받아 가. 그걸병원에서부터 입혀서 집으로 데려오라고. 절대 누구와도 말을 섞지 못하게 해. 눈도 마주치지 말고. 그렇게 영가 눈을 속여서 집까지만 데려오면 돼. 이게 제일 중요하다."

❖

홍 보살은 허리춤에 찬 비단 주머니를 열었다. 그리고 거기서한 움큼 무언가를 쥐고는 마당에 들어온 영음에게 뿌리기 시작했다. 영음은 이내 그것이 팥과 굵은소금이란 걸 눈치챘다.

"자, 이제 고개 들어도 된다."

얼마나 기다렸던 말이던가. 영음은 비로소 제 눈과 입의 자유를얻었다. 하지만 묘한 분위기에 압도돼 홍 보살을 제대로 쳐다볼 용기는 나질 않았다. 대신 제 발밑에 돌돌 말려 있는 멍석을 유심히

28

바라봤다.

홍 보살이 손짓하자 조수 두 명이 다가왔다. 그때 영음은 슬쩍 고깔을 들치고 홍 보살을 곁눈질했다. 무구를 손에 들고 무복을 입은 무당이 굿을 하는 장면은 드라마에서 여러 번 봤다. 하지만 실제로 보는 건 처음이었다. 그리고 그 굿의 주인공이 자신이라니.

홍 보살은 오방색 구군복 위에 꽃 갓을 쓴 차림이었다. 꽃 갓 사이로 희다 못해 창백해 보이는 얼굴이 드러났다. 앙다문 입이 고집스러워 보였으나 눈매는 드라마 속 무당들과 달리 의외로 선해 보였다. 영음은 선명한 오방색 때문인지 살짝 현기증을 느꼈다. 그러다 잠시 홍 보살과 눈이 마주쳤고 얼른 시선을 피해버렸다.

"멍석 깔이리."

홍 보살은 옆으로 살짝 비켜서며 말했다. 조수로 보이는 두 사내가 말려 있던 멍석을 양쪽에서 밀어가며 펼쳤다.

멍석이 모두 펼쳐졌을 때 영음은 그 안에서 나온 것을 보고 매우 놀랐다. 하마터면 소리를 지르며 바닥에 주저앉을 뻔했다.

"아… 아니, 저… 저게 다 뭐야?"

어느새 마당까지 따라 들어와 구경꾼 역할을 충실히 수행하는 동네 사람들이었다. 그들은 짧은 탄성을 동시에 쏟아내며 제 감정을 스스럼없이 드러냈다.

멍석 안에는 성인 크기만 한 헝겊으로 만든 인형이 누워 있었다. 인형은 머리와 팔다리가 달려 있었고 그 안은 솜으로 꽉꽉 채워져 있었다. 색동 한복을 곱게 차려입었으며 머리에는 긴 생머리 가발까지 썼다. 눈과 코는 검정 매직으로 그렸고 귀도 달려 있었다. 입은 빨간 립스틱으로 미소 짓는 것처럼 보이게 그려 놓았다.

영음은 자기도 모르게 한 발짝 뒤로 물러났다. 늦은 밤이었다면 바지에 오줌을 지리고 말았을 것이다. 헝겊 인형은 그 크기 때문에 더 흉측해 보였다.

"오셨나이까. 오셨나이까. 오시었나이까."

홍 보살은 그 앞에 고개 숙여 인사하더니 방울을 흔들었다. 이어 악사들이 징과 장구를 두드려 리듬을 만들어 내기 시작했다.

덩기덩, 덩, 덩, 거덩. 덩기덩, 덩, 덩.

홍 보살은 멍석 위에서 사뿐사뿐 뛰어올랐다. 오방색 고무공이 하늘을 향해 통통 튀는 것처럼 보였다. 그 진동으로 인해 헝겊 인형에 입혀 놓은 색동 한복이 미세하게 움직였다. 마치 시신이 움찔대는 것처럼 기괴하다고, 영음은 생각했다.

갑자기 방울을 움직이던 홍 보살의 손짓이 멈췄다. 이어 영음의 부모를 향해 이쪽으로 오라고 손짓했다. 두 사람은 자석에 끌려오는 쇠구슬처럼 재빠르게 홍 보살 옆으로 다가가 섰다.

영음의 아빠가 먼저 헝겊 인형 앞에 무릎을 꿇고 앉았다. 그러자 홍 보살이 그의 손에 참빗을 쥐여줬다. 영음의 부모는 예행연습이라도 한 사람들처럼 거리낌 없이 굿판에 빠르게 적응했다.

홍 보살이 말했다.

"이 집에서 죽은 영가가 들을 수 있게 이름을 큰 소리로 불러줘라. 그러면서 머리를 세 번씩 빗겨줘. 듣기 좋은 말도 해주면서."

영음의 아빠는 굿을 하겠다는 소리를 들었을 때 반대했다. 딸이 아프다는 걸 굳이 동네방네 떠들어 알릴 필요가 있나 싶었다. 하필 또 그날의 사건과 엮어서! 영음에 대해 흉흉하고 못된 소문만 돌게 될 거라고 불신했다. 그는 고집이 비교적 센 편이었다. 하지만 아내와 처형이 합세해 밀어붙이니 못마땅해도 물러설 수밖에 없었다.

"미녀야!"

그랬던 사람치고는 그의 참여 태도가 꽤나 적극적이었다. 홍 보살이 시키는 대로 헝겊 인형 앞에 앉아, 그 이름을 외치기 시작했다. 제 딸을 부를 때처럼 다정하고도 친근하게.

영음은 그제야 이 기괴한 인형이 손미녀를 형상화한 것임을 알아차렸다. 제 아빠가 인형의 검고 긴 머리카락을 빗겨주는 걸 관람히면서.

하나. 둘. 셋.

아빠는 횟수를 채우자마자 치가 떨린다는 표정을 지었다. 그러고는 재빨리 빗을 엄마에게 떠넘겼다.

"미녀야, 미녀야. 예… 예쁘다. 미… 녀야, 아이, 참… 예쁘다."

긴장한 목소리였다. 성란은 손을 조금 떨었지만, 표정과 행동은 제 남편 못지않게 경건했다.

영음은 어처구니가 없었다. 빗질하는 엄마의 모습을 내려다보며 생각했다. 자신의 병을 낫게 하기 위한 굿판에, 왜 죽은 미녀가 소환된 걸까. 자신이 먹지 못하게 된 것이 대체 미녀와 무슨 상관이란 말인가. 제 차례가 다가오고 있었다. 영음은 무슨 말을 하며 헝겊 인형의 머리를 빗겨줘야 할지 고민했다. 어쨌든 7년 만에 미녀를 다시 만나는 셈이었다. 영음의 머릿속은, 빗을 손에 넘겨받을 때까지도 내내 혼란스러웠다.

영음은 미녀와 함께 살던 시절을 떠올렸다. 두 사람은 미용실 놀이를 즐겼다. 언제나 손님 역할은 미녀의 차지였다. 영음은 미녀의 머리카락을 기다랗게 땋아주었다. 때론 양 갈래로 묶어주기도 했다. 그때 보았던 풍경이 영음의 눈앞으로 스치듯 지나쳤다. 헝겊 인형을 바라보고 있자니 가는 숨이 새어 나왔다. 영음은 왼손으로 인형의 머리카락을 쓰다듬듯이 만졌다.

"손님, 머리를 어떻게 해드릴까요?"

자신도 모르게 말이 튀어나왔다. 영음은 다시금 그 어린 날을 회상하며 머리카락 사이에 빗을 걸쳤다. 그러고는 천천히 빗어 내렸다. 워낙 촘촘한 참빗이라 쉽지 않았다. 결국 머리 중간쯤에 빗이 턱, 걸려버렸다.

그 모습을 보던 홍 보살은 심각한 표정으로 방울을 흔들었다. 응원 구호라도 되는 양 점점 더 세차게 흔들며 알아들을 수 없는 기도문을 외우기 시작했다. 그 바람에 영음은 뇌가 흔들리는 듯한 기분이 들었다. 조급한 마음에 한 손으로 인형의 이마를 짚었다. 그리고 있는 힘껏 빗을 잡아당겼다.

"미녀 언니! 미아…….”

치-이익.

영음은 미녀에게 미안하다고 말할 생각이었다. 하지만 그럴 수 없었다.

그 자리에 있던 대부분의 사람이 처참한 표정을 지었다. 인형 정수리에 강력 접착제로 고정해 둔 가발이 통째로 뜯겨버렸다. 접착제가 묻었던 헝겊 부분은 그 모양대로 찢어졌다. 홀러덩 벗겨진 머리, 거기에 난 구멍으로 솜이 솟아올랐다. 하, 이건 그냥 인형이 아니다. 미녀, 손미녀가 아니던가.

그때였다. 구경꾼 중 누군가 찬송가의 한 소절을 부르기 시작했다. 겁에 축축하게 젖은 목소리였다.

"하나님이 세상을 이처럼 사랑하사~ 독생자를 주셨으니~ 믿는 자는 영생을 얻으리."

영음은 어찌할 바를 몰라 홍 보살만 바라봤다. 당황한 건 홍 보살도 마찬가지인 듯했다. 방울 소리가 멈추고 잠시 어색한 정적이 흘렀다. 홍 보살은 가발을 집어 들더니 인형 머리에 대강 씌웠다. 그리고 아무 일도 없었다는 듯 능청스러운 밀투로 밀했다.

"다음 거. 부엌 가서 준비해 놓은 거 내와라."

말이 떨어지기 무섭게, 한쪽에 서 있던 순심은 성란과 함께 부엌으로 향했다. 그 사이 조수들은 등받이가 있는 앉은뱅이 의자를 가져와 멍석 중앙에 놓았다. 그리고 누워 있던 헝겊 인형을 의자에 앉혔다. 홍 보살은 한쪽에서 잠시 휴식을 취하는 듯 보였다. 지친 기색이 역력했고 이를 증명하듯 생수 한 병을 벌컥대며 마셨다.

그 사이 혼자 앉아 있던 인형은 중심을 잃고 앞으로 고꾸라졌다. 그 바람에 머리에 얹어 놓은 가발이 또 벗겨졌다. 조수들은 손미녀를 도로 일으켜 앉혀 놓고 강력 접착제를 가지러 갔다.

영음은 눈으로 인형을 지키듯 바라보고 서 있었다. 민머리의 헝겊 인형은 고개가 살짝 기울어진 상태였다. 그래서인지 인형이, 아니, 미녀 언니가 입꼬리 한쪽을 치켜올린 채 동네 사람들을 가만히 쳐다보는 것 같다는 환상이 일었다. 아니, 인사를 건네는 것처럼 보였다. 오랜만이에요, 다들.

인형에 가발을 도로 붙이고 형태를 바로 잡을 즈음, 순심은 개다리소반을 들고 마당으로 나왔다. 고봉으로 담긴 흰 쌀밥, 미역국 한 대접, 손바닥 크기의 백설기가 차려져 있었다. 영음은 그 메뉴를 보자마자 가슴 한가운데가 꽉 막힌 듯 답답해졌다. 순심은 영음을 지나쳐 헝겊 인형 앞에 상을 조심히 내려놓았다.

그제야 홍 보살은 개다리소반 앞으로 다가갔다. 입으로 쉭, 쉭, 쉭 바람 빠지는 듯한 소리를 흉내 내며 주변을 두리번거렸다. 영음을 찾는 눈치였다.

영음은 곧장 홍 보살의 옆으로 다가갔다.

"부디 많이 잡수고 맺혀 있는 마음 풀라고 빌면서 초에 불을 써라."

홍 보살은 그렇게 말하면서 영음을 슬쩍 상 앞으로 밀었다.

영음은 소맷자락을 살짝 걷어 올리며 성냥 한 개비를 꺼냈다. 그러고는 성냥의 머리를 성냥갑에 가져다 그었다. 성냥의 가운데가 뚝, 하고 맥없이 부러져 버렸다. 다른 한 개비를 꺼내 들었다. 정신을 집중해서 다시 시도해 봤으나 결과는 마찬가지였다. 연속으로 다섯 개비 정도를 부러뜨리자, 홍 보살이 나섰다. 접힌 부채로 영음의 등을 후려치고는 무섭게 화를 냈다. 아마 고의라고 여긴 모양이었다.

영음은 괜히 주눅이 들었다. 그 마음을 들키고 싶지 않아서 엄마에게 시선을 돌렸다.

"똑바로 하지 못해!"

또 한 번 불호령이 떨어졌다. 갑자기 향내가 훅 끼치며 머리가 지끈거렸다. 며칠을 더 해야 한다고 생각하니 자신이 없었다. 이렇게까지 했는데 못 먹기만 해봐라, 영음은 작게 구시렁거렸다.

조수 하나가 마지못해 라이터를 가져와 영음에게 건넸다. 불꽃을 심지에 가져다 대니 이내 불꽃이 옮겨붙었다. 처음부터 라이터로 했으면 좋았을 거 아닌가. 그때 또다시 영음의 귓가에 리코더 소리가 희미하게 들려왔다. 영음은 새끼손가락으로 귓구멍을 가볍게 후볐다. 헝겊 인형의 다리가 개다리소반 사이로 삐져나온 게 눈에 들어왔다. 그 다리를 베고 멍석 위에 눕고 싶은 심정이었다.

쉽사리 잠들지 못했다. 뒤척일 때마다 이불과 옷감이 마찰을 일으켜 부스럭거렸다. 영음은 똑바로 누워 칠흑 같은 어둠을 바라봤다. 한숨이 새어 나왔다. 이런 옷을 입고는 그 누구도 도저히 잠을 이룰 수 없으리라. 병을 쫓으려다 도리어 병을 더 얻게 될 것만 같았다.

퇴원할 때 병원에서부터 입고 나왔던 괴황 한복! 그건 그러니까, 굿이 끝날 때까지 절대 벗어서는 안 된다고 했다. 영음은 그 말을 듣고 크게 당황했다. 집 대문까지만 입고 들어가면 벗어도 될 줄 알았다. 그런데 그럴 찰나도 없이 굿은 바로 진행됐다. 하지만 쉴 때는 갈아입을 수 있겠지. 조금만 더 참으면 되니까 어떻게든 견뎠다.

하, 그런데 일주간 절대 벗어선 안 된다니. 샤워도 안 된다,

대문 밖으로도 절대 나가선 안 된다, 무슨 제약이 이렇게나 많단 말인가. 이런 줄 알았다면 시작도 하지 않았을 거라고, 영음은 생각했다. 무엇보다 가장 황당한 건 엄마와 이모는 이미 모든 걸 알고 있었다는 점이다. 일부러 말해주지 않은 것이다. 속이 부글부글 들끓었다.

그냥 슬쩍 벗어뒀다가 새벽에 다시 입을까. 돌돌 말린 치맛자락이 영음의 몸을 휘감는 듯했다. 저고리의 빳빳한 동정은 턱까지 치고 올라왔다.

영음은 가만히 눈을 감고서 차분하게 생각하려 애썼다. 하지만 남은 기간을 떠올리니 견딜 수가 없었다. 벌떡 자리에서 일어나 앉았다. 그리고 바로 옆 이부자리에 누워있는 이를 바라보았다. 얕고 일정한 숨소리가 방안을 가득 메웠다. 자는 홍 보살의 얼굴 위에 손바닥을 흔들어 보았다. 깊이 잠든 게 틀림없었다. 본인은 샤워도 말끔히 하고 옷도 편한 걸로 갈아입었으니. 뭐, 잠이 절로 오겠지. 영음은 입을 삐죽거렸다.

굿을 하는 일주일 동안 괴황 한복처럼 홍 보살도 영음의 옆에 찰싹 붙어 있게 생겼다. 이것도 굿에 일부분인지 감시의 영역인지는 잘 모르겠으나, 홍 보살은 영음과 방을 함께 쓰겠다고 했다.

영음은 결심했다. 그래, 저고리라도 벗자. 결정과 동시에 침을 꿀떡 삼키며 제 가슴팍의 옷고름을 잡아당겼다. 그 순간이었다.

"안 돼!"

어두운 방 안에 울리는 그 음성. 귀신이라도 마주한 듯 영음은 얼어붙었다. 들켰다는 사실에 염치가 없어 이불을 머리끝까지 뒤집어쓰고 누워버렸다. 이불 밖에서는 세찬 잔소리가 파도처럼 밀려왔다.

"…아, 알겠다구요. 그런데 안 주무셨어요?"

"난 잠자리가 바뀌면 못 잔다."

"그러면 댁에 가서 자고 오시지요."

"내가 괜히 무당이겠냐. 내가 너 이럴 줄 알고 안 갔다."

영음은 심호흡하듯 숨을 깊게 들이마셨다. 그리고 대뜸 궁금한 것을 뱉어냈다.

"이런 옷은 어디서 사요?"

"내가 만든다."

"직접요?"

영음은 직접 만든다는 말에 꽤 놀라는 눈치였다. 무당이란 직업은 신내림을 받으면 그냥 되는 걸로 알았다. 그런데 하루 겪어보니 꽤 할 줄 아는 게 많아야 했다. 노래는 기본이요, 박자 감각, 거기다 옷 짓는 법까지?

"그래. 괴황 복은 옷감 염색부터 바느질까지 손수 내가 해. 누굴 시킬 수가 없는 일이야. 정성을 들이지 않거나 어설픈 이가 하면 아무 쓸모가 없어지거든. 꼭 칠석날 따서 말린 괴목 나무 열매와 꽃만 사용해 염료를 만들지. 그게 괴황이야."

"괴목 나무요? 왜요?"

"괴목은 말이다. 귀신을 쫓는 나무거든. 옷감에 괴황 물을 들일 때도 총 아홉 번을 반복해. 물들이고, 말리고. 마지막 물을 들일 땐 무조건 동짓날 자시에 해야 하고. 그래서 괴황 복은 옷감이 부

족해서라도 아무 때나 아무나 지어 줄 수 없어. 귀한 것이니 시키
는 대로 잘 입고 있어라."

"이 옷 정말 부적 같은 거구나."

영음은 그 복잡한 정성을 듣고 잠시 탄복했다. 그리고 제가 걸
친 이 옷이 얼마나 비쌀지도 감이 왔다. 그래도 갑갑하긴 매한가지
였다.

"일주일 뒤에는 정말 벗는 거 맞죠? 뭐, 몸이 다 나을 때까지 입
고 있으라고 한다거나……."

"그런 걱정은 말아. 굿이 끝나면 네가 안 벗겠다고 해도 벗겨서
인형이랑 함께 태울 거다. 아가, 그러니 참아야 해. 참고 견뎌야
한다. 시일이 갈수록 더 힘들 수는 있지만."

"다시 먹을 수 있을까요?"

갑자기 홍 보살은 대답에 뜸을 들였다.

"…그건 말이지. 사실 처음엔 네 엄마와 이모 말만 듣고 단순히
집에 부정이 든 건 줄 알았다. 부정을 치고 영가를 천도하면 될 거
로 생각했어. 그런데……."

"그런데요?"

영음은 대답을 재촉하듯 돌아누워 홍 보살을 바라봤다.

"실은 이 집에 들어온 순간 자꾸만 괴상한 느낌이 들더구나. 난
그게 뭔지 잘 모르겠어. 아니, 정말 모르겠단 말이다."

모르겠다니. 그 단어를 듣자 영음은 실망했다. 몇 개월간 병원
의사들로부터 그 말을 지겹도록 들었다. 도대체 모르겠다. 아무런
이상이 없다. 목구멍이 꽉 막혀 아무것도 삼킬 수가 없는데…….

그들은 한목소리로 말할 뿐이었다. 실망은 불안을 파고들어 그 몸집을 키웠다.

"영가가 해코지를 시작하면, 그 사람뿐 아니라 그 주변까지 괴롭혀. 사람이나 물건에 살을 내리게 해서 죽게도 만든다."

살이 내린다! 영음은 그 말에 대해 들어본 적이 있었다. 아빠의 남동생이 군대에서 살이 내린 우산에 찔려 죽었다고 했다. 동기가 장난치다가 우산을 던졌는데, 그걸 눈에 맞은 것이다. 치료를 받았지만 결국 사흘 만에 죽고 말았다.

"그럼, 이제 어떻게 하죠?"

"막아야지. 우선 영가가 이러는 이유부터 알아야 해. 그게 최우선이다."

"……."

영음은 더 이상 아무 말도 할 수 없었다.

"아가, 너무 걱정하지 말아라. 더 험한 것도 많이 봤다. 모든 일에는 분명 이유가 있는 법이니까. 좀 더 지나 보면 분명 알게 되겠지. 그걸 찾아 맺힌 건 풀고 감긴 건 제치면 그만이다. 그래, 그럼 돼. 이제 겨우 하루 지났는데. 안 그러니?"

홍 보살의 말은 상대에게 하는 말이라기보다 자신에게 되뇌는 다짐처럼 들렸다. 홍 보살은 영음의 옆으로 바짝 다가왔다. 영음이 덮은 이불을 매만져 주고 아이를 재울 때처럼 토닥토닥 가슴팍을 두드려줬다.

"불쌍한 것, 어쩌다가. 이제 그만 자거라."

낮게 깔린 그 음성은 다정했고 포근했다. 조금 전에 영음이 느겼던 실망감이 차츰 사라지는 듯했다. 그 목소리에 기대어 잠에 빠져들었다. 오래간만에, 아주 깊이.

영정가망에 부정가망 시위를 하소사
조라도 영정에 전물도 부정이요
날리도 영정에 들리도 부정이요
별 높은 처소에 수많은 인간에
가지는 각정에 연에는 연명이요,
옷자락 깃자락 날아든
영정에 묻어든 부정이요
내처소 내행랑 외처소 외행랑
은하수 곡성소리 상문부정
해산은 피보신 영정에 재수에 하리부정
꿈자리 비몽사몽 어리고 비끼던 부정이요

홍 보살은 얇은 백지 석 장을 두 손에 갈라 쥐고서 찢고 또 찢었다. 그걸 양손에 쥔 채 팔을 하늘로 향해 뻗었다. 홍 보살의 움직임은 안아달라 칭얼대는 아이처럼 보이기도 했고 무언가를 간절히 간구하는 이처럼 보이기도 했다. 바람이 부는 방향을 따라 종이가 여기저기 휘날렸다.

이어 앞꿈치로 땅을 꾹꾹 밟아가며 마당을 한 바퀴 돌더니 사뿐히 뛰기 시작했다. 홍 보살의 목에 감겨 있던 명주 천이 휘리릭 펼쳐졌다. 팔에 천을 걸친 홍 보살은 영음과 그녀의 가족 앞으로 다가갔다. 그러곤 명주 천으로 한 사람씩 스치며 지나갔다. 6일째 되는 날이었다.

영음은 이틀 전 혼절했다. 홍 보살은 굿을 하다보면 흔히 생기는 일이라며 그녀를 그 자리에 반듯이 눕혀 고춧가루를 뿌리고 찬물로 얼굴을 닦아줬다. 병원에 갈 수도 없으니, 집으로 간호사를 불러 수액을 맞았다. 오늘 아침에도 그랬다.

동네 여자들의 흥미도 점차 사그라들었다. 누군가는 소음을 이유로 경찰에 익명의 신고를 하기도 했다. 영음의 아빠는 회사에 갔다. 휴가를 내긴 했지만, 눈치가 보여서 잠시 다녀오겠다며 아침에 집을 나섰다.

"난 배가 고파. 배가 고프단 말이야."

홍 보살은 갑자기 입을 내밀며 어린아이처럼 굴었다. 그러더니 제사상을 한번 쓱 훑어보았다.

"흥! 잘못됐다. 잘못됐어. 나는 계속 먹어도 배가 고프니. 이힝! 저 인정머리 없는 것들. 난 배가 고프단 말이다."

악사들의 연주에 맞춰 노래하듯이 혼잣말을 주거니 받거니 했다. 중간중간 추임새처럼 괴상한 소리를 흉내 내기도 했다. 홍 보살은 갑자기 성란의 앞으로 저벅저벅 걸어갔다.

"아줌마, 왜 나 보고 액살 걷어 가라고 이런 걸 하는 거예요?"

홍 보살은 반쯤 풀린 눈을 하고 고개를 갸웃대면서 성란에게 쏘아붙였다. 성란의 숨소리가 거칠어졌다. 바로 옆에 있던 순심은 제 동생을 끌어안다시피 했다.

"칫! 다들 아무것도 모르면서. 여기 왜 모여서 이런 걸 하는 거야. 아직도 멀었어요."

홍 보살은 제 몸을 비비 꼬며 말했다.

그 모습을 바라보던 영음은 헷갈렸다. 그게 무당이 펼치는 연기인지 정말 미녀의 영혼이 깃든 건지 말이다. 만약 정말 미녀라면, 미녀 언니라면, 지금이라도 하고 싶은 말이 있었다.

홍 보살은 한쪽에 둔 헝겊 인형에게로 갔다. 인형은 머리부터 발끝까지 흰 천을 덮어쓰고 시체처럼 눕혀져 있었다. 홍 보살이 천을 걷어내고 인형의 양손을 잡아 일으켜 세웠다. 그러더니 박자에 맞춰 춤이라도 추듯 인형과 함께 움직여댔다.

영음은 누가 시키지도 않았는데 그들 옆으로 조심스레 다가갔다.

"언니."

겨우 입을 뗀 영음은 흐느껴 울기 시작했다.

"미녀 어… 언니."

홍 보살은 뒤돌아 인형을 영음의 얼굴에 바짝 가져다 댔다.

"영음이, 우리 영음이. 너도 배고프지? 너도 먹고 싶을 거야, 그렇지? 내가 먹을 수 있게 해줄까? 낄낄낄."

복화술이라도 하듯 인형을 움직였다. 여태 들어본 적 없는, 잔인하고도 포악한 비소를 흘리면서.

영음은 인형 너머의 홍 보살을 바라봤다. 흰자위만 남은 눈을 희번덕거리고 있었다. 웃음기 가득한 입매는 헝겊 인형에 아무렇게나 그려 놓았던 것과 똑 닮아 있었다. 영음은 너무 놀라 저도 모르게 뒤로 한 발짝 물러났다.

그때였다. 홍 보살은 인형을 영음에게 던지듯이 밀쳐내고 제사 상을 향해 돌진했다. 차려둔 음식을 닥치는 대로 집어 입속에 욱여 넣었다. 이 기괴하고 섬뜩한 광경에 악사들은 연주를 멈추고 수런 거렸다. 조수들도 서로를 멍하니 바라볼 뿐이었다.

그 순간, 양손에 음식을 쥔 홍 보살이 영음을 향해 달려들었다. 누가 말릴 새도 없었다. 홍 보살은 손가락 사이로 삐져나온 나물들 을 다시 한번 움켜쥐고 영음의 코 앞에서 입을 벌리며 이렇게 소리 냈다.

"아~"

영음은 돌처럼 굳어버렸다.

"하, 하, 하하하."

홍 보살이 제 배를 부여잡고 웃기 시작했다. 그러더니 영음을 빤히 바라보며 제 손에 들린 음식물을 먹었다. 영음에게서 시선을 떼지 않고, 꽤 오랫동안 오물오물 씹어댔다.

조수 하나가 그 옆으로 다가와 살며시 "보살님"하고 불러도 봤 지만, 이렇다 할 반응이 없었다. 홍 보살은 손에 든 음식을 계속해 서 입안으로 집어넣었다. 조수는 어쩔 수 없이 도로 물러났다. 나 머지 조수들은 한쪽에 서서 그 광경을 지켜보며 기도문을 웅얼댈 뿐이었다.

"퉤!"

별안간 홍 보살이 무언가를 뱉어냈다. 새빨갰다. 언뜻 보니 정 체를 알 수가 없었다. 잘게 으스러진 음식물과 시뻘건 피가 뒤섞인 것 같았다. 다시 한번 퉤, 하고 뱉었고 또 뱉었다. 이번에는 좀 더 많은 양의 피와 하얀 것 하나가 바닥으로 투둑 떨어졌다.

또다시 퉤, 이번에도 같은 것이 나왔다. 이번에는 세 개다.

가장 가까이에 있던 영음은 홍 보살의 입에서 나온 게 치아라는 사실을 깨달았다. 영음은 제 이가 빠진 것도 아닌데 괜히 잇몸이 시큰했다. 악사와 조수도 상황을 인지하고는 놀라 홍 보살에게 달려들었다.

홍 보살의 입 주변은 이미 피로 얼룩져 있었다. 입속에서 새빨간 혀가 나와 입 주변을 핥고는 도로 사라졌다. 이어 홍 보살은 맥없이 바닥에 주저앉았다. 마치 누가 잡고 뒤흔들다가, 갑자기 바닥으로 떠밀기라도 한 것처럼. 홍 보살은 주먹으로 제 가슴팍을 쳐대며 겨우 숨을 들이쉬었다. 방금 무슨 일이 벌어졌는지 도무지 모르겠다는 어리숙한 표정으로 말이다.

지켜보던 순심이 수건을 가져와 홍 보살의 입에 대주었다. 그러면서도 순심의 시선은 오로지 제 동생 성란에게 가 있었다. 성란은 이미 넋이 반쯤 나간 상태로 흐느껴 우는 중이었다.

영음은 주변을 찬찬히 훑어봤다. 굿판은 폭격이라도 맞은 듯 난장판이었다. 도대체 이게 다 무슨 일이란 말인가. 극심한 공포가 밀려들었다. 무서웠다. 그녀는 자신도 모르는 사이, 뒷걸음질 치고 있었다.

"아가! 안 된다. 나가면 안 돼!"

홍 보살의 다급한 목소리가 영음의 뒤를 쫓았다.

대문을 벗어나는 찰나, 영음은 담벼락에 서 있는 누군가를 발견했다. 아연실색한 여자. 잠시 스치듯 보았으나 영음은 그 여자를 알아봤다. 수예방 아줌마였다. 민기 오빠의, 엄마. 몇 년 만에 마주한 얼굴인가. 그런데 언제부터 우리 집 담장 너머를 지켜보고 있었을까. 영음은 달리는 내내 생각했다. 집으로부터 멀리, 더 멀리 달아나며.

그렇게 굿은 마지막 하루를 채우지 못하고 끝나버렸다.

드레스의 한쪽 어깨끈이 자꾸만 흘러내렸다. 영음은 섬지를 고리처럼 구부려 흘러내리는 어깨끈에 걸어 올렸다. 오래된 습관처럼, 끊임없이 그 일을 반복했다. 차라리 몰두할 일이 있어 다행일지도 모른다고 생각하면서 말이다. 파티에 초대받아 온 사람들 속에서 자기를 어디에 둬야 할지 막막했다. 이 공간에서 무엇을 하며 함께 온, 박 기자를 기다려야 할지 도무지 떠오르지 않았다.

'인 노블'이라는 결혼정보회사가 고객을 위해 준비한 발렌타인 기념 파티였다. 자신과 비슷한 또래의 미혼들이 결혼이라는 목적을 놓고 탐색전을 펼쳤다. 그들의 움직임을 신기한 눈빛으로 바라보던 영음은, 조물주가 최초의 인간을 만들고 그의 콧속에 숨을 불어넣던 성경 속의 한 장면을 떠올렸다. 그건 생기였다. 화려한 화장이나 값비싼 장신구로도 꾸며낼 수 없으며 신에게서 생명과 함께 얻는 본연의 것. 살아 있다는 명백한 증거. 신에게서 얻었지만,

그걸 지키는 일은 어디까지나 인간의 몫이었다. 그렇다면 자신은 그 몫을 다하지 못하고 있음이 분명했다.

아무리 입꼬리를 올려 미소를 지어본들 그녀의 침울한 인상을 지울 순 없었다. 붉은빛의 드레스를 입었는데도 상복을 입은 이보다 더 초췌하게 보였다. 167㎝의 키에 35.7㎏이라는 터무니없는 몸무게. 처량하게도 올해 서른한 살이 된 이영음은, 그들의 생기 속에서 자기 앞에 놓인 가혹한 현실을 다시 한번 상기했다. 그녀는 여전히 병을 고치지 못했다.

영음은 헐거운 구두 때문에 넘어질 뻔했다. 하지만 넘어져서는 안 됐다. 넘어졌다가는 또 몇 개의 뼈가 부러지고 말 테니까. 그보다 더 소름 끼치는 건 사람들의 이목이 쏠릴 수 있다는 사실이었다.

영음은 어깨끈 올리는 일을 관두고 구석의 어딘가에 잠시 몸을 기대고 섰다. 그러고는 고개를 숙인 채 치맛자락만 한참 동안 응시했다. 과하게 장식된 치마 밑단의 시폰 레이스 사이로 슬쩍 드러난 썩은 나뭇가지 같은 제 다리가 눈에 들어왔다. 그녀는 레이스라니, 말도 안 되는 레이스. 하고 저도 모르게 중얼거렸다.

실크 소재의 드레스에 어색하기 짝이 없는 시폰 레이스를 덧댄 건 드레스 대여 전문점 '아비엔또' 여사장의 아이디어였다. 가봉의 결과물은 촌스러웠지만 영음은 입에 침이 마르도록 드레스를 칭송했으며 사장의 실력에 감탄한 척 연기도 했다. 드레스는 어쩌다 보니 무료 대여였다. 염치도 없는데 자기 몸이 또 누군가에게 폐를 끼치는 거 같아 몸 둘 바를 몰랐다. 무슨 말을 해야 할지 몰라 난감했기에 '이렇게 아름다운 드레스는 처음 입어본다'라는 거짓말만 열 번 넘게 했다. 뭐, 형용사만 제외한다면 어디까지나 영 거짓은 아니었다. '아름다운'은 명백한 빈말이지만 드레스 자체를 입어본 건 처음 있는 일이었다.

영음에게 드레스란, 영원히 입지 못할 옷 중의 하나였다. 드레스는 결혼식에나 입는 옷이며 자기 같이 괴상한 사람과 누가 결혼하겠는가. 가봉 드레스에 몸을 끼워 넣던 순간에도 파티에 가는 일을 거절할 생각뿐이었다. 어떻게 하면 박 기자의 심기를 건드리지 않고 제 의사를 전달할 수 있을지 기회만 살폈다.

하지만 실크 소재의 이브닝드레스가 몸에 닿자, 영음은 그 서늘한 느낌에 금세 매료됐다. 그녀의 손가락은 어느새 드레스 자락을 천천히 쓸어내리고 있었다. 영음은 묘한 자신감이 손끝을 통해 온몸으로 흡수되는 기분을 느꼈다. 몸에는 다시금 살이 차오르고 혈관 속에는 따스한 피가 흘렀다. 제 안에 깃든 오래된 불행이 착각처럼 여겨졌다. 더 큰 무엇을 탐닉해도 될 것만 같았다.

영음은 시선을 옮겨 한창 드레스를 고르고 있는 박 기자를 바라봤다. 자기 삶에서는 이룰 가능성이 없던 경험을 선사해 준 박 기자가 대단해 보이기까지 했다.

박 기자의 본명은 박수영이다. 영음보다는 두 살이 어렸지만, 처음 만난 순간부터 수영은 영음에게 반말을 했다. 어떨 때는 언니 행세를 하기도 했다. 영음은 수영을 박 기자라고 불렀고, 수영은 영음을 호칭이나 직책 없이 짧게 이름으로 불렀다.

인터넷 언론사인 '라이프 뷰'의 취재 기자로 일하는 수영은 영음의 직장 동료였다. 영음은 라이프 뷰에서 편집 디자이너로 일했다.

한글 파일로 된 기사를 복사해 홈페이지에 붙여 넣고 정렬하는 일이었다. 맡은 일은 어렵지 않았으나 점차 일의 범위가 확장돼서 문제였다. 사무실은 물론이고 화장실 청소, 전화 응대, 영수증 관리, 손님 접대 등 자질구레하고 해봤자 티도 안 나는 그런 일은 모두 영음에게 맡겨졌다. 하지만 잡다한 업무와 달리 '편집 디자이너'라는 직책은 듣기 그럴싸해 그녀의 마음에 쏙 들었다.

수영은 명색이 기자면서 기사를 잘 쓰지 못했다. 오타와 비문투성이의 어떤 기록물을 생성해 낸다는 표현이 더 정확할 정도였다. 영음은 박 기자의 기사를 홈페이지에 올리기 전, 꼼꼼하게 두세 번 검토해 맞춤법이나 비문을 수정했다. 그건 자기 직책에 걸맞은 사람이 되고 싶어 들이는 작은 수고이자 노력이었다. 박 기자와 라이프 뷰의 윤호식 대표는 이 사실을 전혀 눈치채지 못했다. 그들은 영음에게 기사를 넘기고 나면 다시는 자기가 쓴 기사를 읽지 않았다. 무엇을 썼는지도 가끔 잊는 듯 보였다.

창간사를 통해 풀뿌리 민주주의의 실현과 권력에 대한 비판과 감시를 수행하겠다고 밝혔던 라이프 뷰는 단 한 번도 그 이념을 지켜본 적이 없다. 그저 조회 수와 광고 수익을 위해서만 존재했다. 대표라는 사람이 솔선수범해서 다른 언론사의 기사를 퍼오고 짜깁기해 사회면을 채웠다. 대놓고 광고성 기사만 주야장천 올리는 일은 그들의 직업 세계에서 창피한 일이기도 했으니까. 뭐, 윤 대표에게는 더 이상 구겨질 체면도 남지 않았지만 말이다. 최소 인원으로 운영되는 라이프 뷰는 그러니까, 언론사의 탈을 쓴 종합 광고 대행사쯤으로 이해하는 것이 정확하겠다.

윤 대표도 한때는 모 중앙지의 기자로 활약하며 실력을 인정받았다. 이제는 남이 쓴 기사 위에 마우스 커서나 가져다 대는 사람이 됐지만 말이다. 본인이 하는 짓에 정당성을 부여하듯 윤 대표는 자주 이렇게 말하곤 했다.

"세상이 거기서 거기 아니겠니? 얘 생각이나 내 생각이나. 여기에 내 생각 한 줄만 덧붙이면 그건 내 기사나 다름없는 거야."

영음은 윤 대표의 마우스 드래그 실력에 감탄했다. 복사하고 붙여 넣고, 어찌나 손이 빠른지. 한번은 자기도 모르게 손뼉을 친 적도 있다. 언론인의 품격은 오래전에 잃었지만, 그 대신 반짝이는 광고 배너를 훈장처럼 얻었다.

수영, 그러니까 박 기자는 자유로운 영혼이었다. 취재니 광고를 핑계로 밖으로 나돌면서 개업한 지 얼마 되지 않은 업체를 찾아다녔다. 대부분 그들은 대외적으로 사업체의 시작을 알리길 원했고 박 기자는 그들을 놓치지 않았다.

홈페이지에 등재하는 광고야말로 라이프 뷰의 주 수입원이나 마찬가지였다. 수완 좋은 박 기자는 자주 광고 계약을 성사해 냈다. 회사뿐 아니라 개인을 위해서도 열심히 살았다. 광고성 짙은 기사를 써주고 뒷돈을 받거나, 물건을 받아 챙기는 일에도 최선을 다했다. 예를 들면 집에 휴지가 떨어지면 마트를, 머리 스타일을 바꾸고 싶으면 미용실을, 배가 고프면 식당을. 펜이 칼보다 강하다고 했던가. 박 기자는 그래서 칼 대신 펜을 든 강도가 된 모양이었다.

이 정의의 불모지에서 영음은 그저 묵묵히, 많이, 일해야만 했다.

드레스를 대여한 아비엔또 역시 박 기자가 작정하고 덤벼든 곳

중 하나였다. 박 기자는 그곳을 홍보하는 광고성 기사를 썼다. 그리고 며칠 뒤 영음을 데리고 아비엔또를 다시 찾았다. 인 노블의 발렌타인 기념 파티를 일주일쯤 앞둔 날이었다.

박 기자는 여사장에게 무턱대고 이브닝드레스 두 벌이 필요하다고 말했고 서슴없이 골라 입었다. 그녀가 신상 드레스를 지목했을 때 여사장의 눈 밑이 파르르 떨렸다.

여사장은 마음을 추스르기 위해 카운터께 잘 보이도록 붙여둔 아비엔또 홍보 기사를 바라봤다. 거절을 애써 삼키며 그날 자신이 했던 말을 떠올렸다. 요 입이 방정이지. 방정이야. 여사장은 자기 입을 두어 번 내리쳤다. 이어 몇 마디의 탄식이 입 밖으로 새어 나왔다.

"아니, 그렇다고 이렇게나 빨리."

박 기자의 취재 요청에 여사장은 흔쾌히 승낙했다. 그럴싸하게 버무려 놓은 박 기자의 달콤한 몇 마디를 생각 없이 주워 먹은 것이다. 비용이 드는 것도 아니라고 하니 거절할 이유가 없었다.

사람들은 기사야말로 객관적인 사실을 담보로 한다고 믿는다. 인터넷에 가게 이름을 검색했을 때 좋은 내용의 기사가 함께 노출된다면 홍보 효과를 누릴 수 있다. 그 때문에 사람들은 기사를 사기도 했다. 여기서 '산다'는 말은 돈을 주고 자신이 원하는 방향대로 기사를 써달라고 요구한다는 뜻이다.

여사장은 간밤에 똥 밟는 꿈을 꿨는데 사소한 꿈이 아니었구나, 제멋대로 해몽까지 했다. 기자가 제 발로 찾아오다니. 웬 떡인가 싶었다. 기사를 SNS와 블로그, 홈페이지에도 올리고 출력해서 가게 안에도 붙일 생각에 취재 전부터 들떠 있었다. 손님들이 줄지어 대기하는 모습을 상상하며 입구 쪽에 소파를 하나 더 들여야겠다는 쓸데없는 지출도 구상했다.

박 기자가 취재를 마치고 돌아갈 때까지도 들뜬 기분을 주체하지 못했다. 한껏 혀를 말아 아비엔또! 라고 인사를 건네는 것도 잊지 않았다. 어리둥절한 표정으로 바라보는 박 기자에게 여사장이 말했다.

"프랑스어로 또 보자는 뜻을 가진 작별 인사예요. 드레스가 필요한 일이 있으면 꼭 들러줘요, 그때 신세 갚을게요. 또 봐요."

아무리 그랬다고 며칠 되지도 않아 혹까지 붙이고 들이닥칠 줄은 꿈에도 몰랐다. 결국 비싸게 들여온 신상 이브닝드레스는 박 기자가 개시했다. 문제는 영음이었다. 몇 벌을 연달아 입혀봤지만, 모양이 나질 않았다. 드레스를 입었다기보다는 드레스 속으로 몸을 숨긴 것 같았다. 여사장은 이마에 흐르는 땀을 닦으며 박 기자를 바라봤다. 별수 없지 않으냐는 의사를 전달하기 위해서였다. 이를 눈치챈 박 기자는 농담인 양 한마디를 건넸다.

"사장님, 여기서 포기하시면 제 기사는 사실이 아니라 사기가 되는 거죠."

여사장은 '아비엔또는 누구든 신데렐라로 만들어 드립니다.'라는 기사의 표제를 다시금 떠올렸다. 등줄기로 식은땀이 흘렀다. 꿈이 현실로 둔갑하는 시점이었다. 꿈에서처럼 제대로 똥을 밟은 것이다. 여사장은 조금이라도 빨리 이 똥 무더기를 눈앞에서 치워버리고 싶었다. 그러다 문득 고객이 반납하고 간, 어두운 붉은색의 실크 드레스가 떠올랐다.

길이는 짧았지만, 핀으로 고정하니 그나마 영음에게 얼추 맞았다. 앙상하게 굽은 영음의 어깨에 밍크로 된 괴상한 숄을 걸쳐주며 여사장이 말했다.

"지난주에 이 드레스를 대여한 초등학생이 피아노 콩쿠르에 나가서 우승했어요. 행운의 드레스예요. 딱 좋네, 딱 좋아."

그렇게 드레스의 부족한 길이를 채우기 위해 밑단에 시폰 레이스가 잔뜩 달리게 된 것이다. 아 참! 밍크 숄은 박 기자의 만류로 대여하지는 않았다. 영음도 이를 다행이라 여겼다. 그 숄을 계속 두르고 있다가는 어깨가 내려앉을 것 같았기 때문이었다.

상류층 전문직 종사자를 주 고객으로 하는 인 노블의 발렌타인 파티는 특별했고 화려했다. 인 노블의 회원만이 누리는 특권 중 하나였다. 음식이 담긴 접시와 식기류, 꽃장식은 하나같이 빛났고 정갈했다.

박 기자는 그 틈 어디에선가 이브닝드레스와는 어울리지 않는, 취재용 카메라를 목에 걸고 남자 회원들을 훑고 있었다. 이 파티에 박 기자와 영음은 정식 초대된 것이 아니었다. 현장을 직접 취재하고 생동감 있는 홍보 기사를 써주겠다며, 박 기자가 먼저 인 노블을 상대로 제안한 일이었다.

박 기자는 자기가 데려와 놓고 영음을 까맣게 잊어버렸다. 하지만 자신의 원룸에서 3일째 씻지도 않고 게임에만 빠져 있는 남자친구만큼은 잊지 못했다. 남자친구도 버리고 원룸도 버리고 싶었다. 이들 중 누군가와 결혼만 성사된다면, 까짓것 신문사도 그만두고 가사에만 전념하겠노라 다짐했다. 이 행사야말로 박 기자에게는 미래가 걸린 기회의 장인 셈이었다.

남자들은 박 기자의 목에 걸린 그 보편적이지 않은 액세서리에 잠시 흥미를 느꼈다. 하지만 금세 다른 여성들에게 눈길을 주고 짧은 인사만 남긴 채 사라졌다. 다부진 체격에 목소리마저도 걸걸한 박 기자는 매력적이라고 할 수 없었다. 폭이 좁은 머메이드 스타일의 드레스에 하이힐을 신었음에도 그녀의 팔자걸음은 도드라졌다. 파티장 내부를 당차게 활보하며 자신의 로망을 이뤄줄 남자를 샅샅이 찾아다녔지만, 쉽지는 않아 보였다.

영음은 열여덟 살 이후로 줄곧 구경꾼에 가까웠다. 여느 또래의 여성들과 마찬가지로 다양한 분야에 흥미와 관심이 샘솟았지만, 그 어떤 것에도 감히 주체가 될 수는 없었다. 몸이 말라가면서 일상도 함께 메말라 갔다.

파티장의 분위기는 어느덧 무르익었다. 주최 측에서 준비한 깜짝 퀴즈로 장내가 약간 어수선해졌다. 박 기자는 정답을 맞혀 고급 와인과 향수를 연이어 얻어냈다. 그녀는 또다시 손을 번쩍 들었다. 세 번째 문제를 사회자가 채 다 읽기도 전에 정답! 하고 외치면서. 여기저기에서 야유가 쏟아졌다.

이번 상품은 티파니 목걸이였다. 사회자는 티파니 T 스마일 컬렉션 중에서도 한정판 디자인이라는 설명을 덧붙였다. 박 기자는 더 물러설 수 없었다. 언제 제 돈으로 명품 한정판을 사보겠는가.

티파니의 블루 박스를 얻는 유일한 방법을 향해 목청껏 소리 지르며 손을 뻗었다.

사회자는 박 기자를 외면했고, 그럴수록 그녀는 자기가 이곳에 온 목적도 망각한 채 주책맞게 방방 뛰어댔다. 사회자는 주위를 살피며 다시 한번 또박또박 문제를 읽었다.

"바바리맨이 축구를 못하는 이유는?"

여기저기서 오답이 터져 나왔다. 더는 정답을 외치는 사람도 없었다. 사회자는 마지못해 하나 남은 박 기자를 지목했다.

그 선택에 박 기자는 이미 정답을 맞힌 사람처럼 비명을 지르고 기뻐했다. 주변의 시선 따위는 잊은 지 오래였다. 그녀는 마른침을 꿀꺽 삼키고 환희에 찬 표정으로 답했다.

"바바리맨이 축구를 못 하는 이유는! '노골'적이라서."

크림색 리본 끈으로 장식된 블루 박스를 손에 쥔 박 기자는 새삼 남자친구에게 고마워졌다. 평소 그녀의 남자친구는 시도 때도 없이 난센스 퀴즈를 뱉어내고 혼자 답하며 낄낄거리기 일쑤였다.

조금 떨어진 곳에서 영음은 그 광경을 하나도 놓치지 않고 관람했다. 동료인 박 기자의 활약에 약간 부끄러움을 느끼기도 했으나 그녀가 어디에 있는지 찾을 수 있어 안도했다. 행사장에 입장한 후, 박 기자는 바삐 사라져 버렸고 인파에 뒤섞여 보이질 않았다. 영음은 엄마를 잃은 아이처럼 줄곧 초조했다. 다시는 박 기자를 놓치지 않겠다는 일념으로 눈을 바쁘게 움직였다. 박 기자가 취재를 끝마치면 재빨리 따라붙어 밖으로 나갈 생각뿐이었다. 차가운 바깥 공기가 그리웠다. 영음은 더는 서 있기도 힘들 만큼 지쳐 있었다.

작년 발렌타인 파티에서 만나 맺어진 신상 부부가 악기를 들고 등장했다. 연주를 준비하는 동안 사회자는 두 사람이 음악을 전공했으며 1년 전 이곳에서 처음 만났다는 사실을 재차 강조했다. 환호와 박수가 터져 나왔다.

박 기자는 그들을 우러러보며 내년 행사에 초대받은 자신과 남편을 상상했다. 꿈도 야무졌다. 인 노블은 철저한 검증 시스템으로 미혼 남녀에게 신뢰받는 결혼 정보 회사 중 하나였다. 박 기자는 속으로 주문을 외웠다. 한 놈만 걸려라. 대머리여도 좋다. 딱 한 놈만! 그러면서 걱정했다. 무대에 서서 딱히 보여줄 만한 게 없는데 춤이라도 미리 배워둬야 하나. 집 근처에 새로 개입한 댄스학원을 떠올리며 눈알을 굴렸다.

남자는 우크라이나의 민속악기인 반두라를, 여자는 리라 하프를 연주했다. 영음은 생소한 악기들이 빚어내는 선율에 심장이 내려앉는 기분을 느꼈다. 마음 같아서는 근처로 다가가서 악기를 연주하는 그들의 손을 만져보고 싶었다. 대체 어떤 손가락을 가진 사람들일까. 하마터면 그녀는 소리를 내지를 뻔했다. 그들의 손끝에서 존 레전드의 'All of Me'가 빚어져 나오고 있었다. 그녀가 가장 좋아하는 곡이었다.

영음은 속으로 가사를 따라 불렀다. 여기에 있는 사람들은 제 공연을 보러 온 관객들이며, 악기를 연주 중인 부부는 제 노래를 위한 반주자라는 말도 안 되는 상상을 하면서 말이다. 저절로 입안의 혀에 힘이 실렸다. 박 기자를 따라온 게 잘한 일이었다고 여겨질 정도로 연주는 훌륭했다. 이제 그녀는 기대고 선 벽면을 가볍게 손가락으로 톡톡 두드려 박자를 맞추고 흥얼거리기까지 했다.

여자와 남자는 연주하는 내내 짧게는 몇 초 간격으로 서로를 마주 보고 미소 지었다. 때마침 그들 뒤로 보이는 발코니의 장식 조명이 켜졌다. 한층 더 감미로운 분위기가 연출됐다. 영음은 아까 전부터 발코니에 나가보고 싶었다. 이 호텔 연회장의 발코니 라운지는 꽤 유명했다. 그 때문인지 사람들은 들락거리며 사진 찍기 바빴고 아예 그곳에 자리를 잡은 이들도 적지 않았다. 운이 좋다면 집으로 돌아가기 전에 발코니의 인기가 시들해질지도 모른다고 영음은 생각했다.

"반두라."

어느새 남성 회원 하나가 영음의 옆에 다가와 말했다. 적지 않게 당황한 영음은 어쩔 줄 몰랐다.

"그리고, 리라."

남자가 다시 한번 영음을 보고 속삭이듯 말했다. 영음은 무슨 영문인지 싶어 남자를 힐끗 쳐다봤다.

"궁금한 표정으로 뚫어져라 쳐다보고 있길래 말해주는 거예요. 여자가 연주하고 있는 악기는 리라. 저 남자가 연주하고 있는 건 반두라예요."

적당한 말을 찾지 못한 영음은, 대답 대신 고개를 천천히 끄덕였다. 남자는 영음을 뚫어지게 쳐다봤다. 영음은 남자의 시선을 알면서도 아무것도 모르는 척 정면만 응시했다. 또 다른 곡이 연주되고 있었지만, 영음은 남자가 신경 쓰여 이제는 아무것도 듣지 못했다.

이런 시선에 영음은 자주 노출됐다. 그때마다 벌에 쏘이는 것처럼 아팠다. 익숙해지지 않는 통증이었다. 지하철에서도, 거리에서도, 은행에서도. 어디서든 사람들은 그녀를 쳐다보지만, 그 누구도 말을 걸어오지는 않았다.

그렇다고 이렇게 바짝 붙어 서서 계속해 쳐다보는 일은 드물었다. 영음은 남자가 몹시 무례하다는 생각이 들었다. 아니, 그럴 수도 있겠다고 생각을 바꿨다. 파티장에 나타난 미라! 그 미라가 이 브닝드레스까지 입고 미팅이나 다름없는 이런 파티에 왔으니 볼 만한 구경거리일 테다.

그때 남자가 다시 입을 열었다.

"난 말이죠. 우울증 약 때문에 130kg까지 나간 적이 있어요."

이름도 모르는 남자의 갑작스러운 고해성사는 신선했다. 그제야 영음은 고개를 돌려 남자를 바로 봤다. 고도 비만이었던 시절은 이미 사라져 고대 신화가 된 듯 보였다.

흰 피부에 오똑한 콧날, 아무나 소화하기 힘들다는 폴카 도트 무늬의 재킷은 남자를 위해 존재하는 것 같았다. 그를 더욱 도회적으로 보이게 했다. 영음은 얼굴이 달아오르는 걸 느꼈다. 귓불이 뜨거워졌다. 더는 그를 바라볼 재간이 없어 재킷 원단에 흩어져 있는 동그라미 중 어느 하나를 골라 시선을 쏟았다.

"지금은 약을 끊었어요. 그래서 살은 빠졌지만, 다시 우울해요."

남자는 무엇이 재밌는지 말을 끝맺기 무섭게 큰 소리로 웃어댔다. 영음은 그제야 남자가 취했다는 사실을 눈치챘다.

열여덟 번째 생일날이었다. 영음은 그날부터 음식을 삼키지 못하는 병에 걸렸다. 여느 때처럼 엄마가 끓여준 미역국을 한술 떴는데, 목 안에 무언가 걸린 듯한 느낌이 났다. 땅콩만 한 무언가가 목안에 자리 잡고 있었다. 처음에는 목감기 정도로 생각했다. 뜨뜻한 국물에 밥을 말아 먹고 나면 목이 풀릴 거라 여겼다.

하지만 아니었다. 입안의 음식물이 식도를 향해 흘러들자, 목안의 근육이 쥐가 난 듯 일제히 조여들기 시작했다. 생전 처음 느껴보는 그 증상은 공포에 가까웠고 비명을 지를 틈도 없었다. 입을 다물지도 못하고 침만 질질 흘렸다. 방바닥에 침이 고이는 모습을 바라보면서 말이다.

날이 거듭될수록 상태는 점점 더 악화했다. 끼니때가 되면 영음의 비명에 집 앞을 지나던 이들이 대문 안을 들여다볼 정도였다. 며칠 지나지 않아 영음은 결국 식탁 앞에서 혼절하고 말았다.

처음엔 엄마와 함께 집에서 가장 가까운 동네 이비인후과를 방문했다. 의사는 진료실로 들어간 지 1분도 채 되지 않아 편도선염이라고 확신했다. 엄마는 고개를 갸우뚱거리며 증세를 덧붙였다. 그러자 의사는 급성 인후두부 경련으로 의견을 수정했다. 좀 더 듣고 나서는 입시 스트레스로 인한 돌발성 증상으로 결론지었다. 잘 먹고 잘 쉬는 게 회복 방법이라며 처방전도 내주지 않았다.

무슨 일인지 영음의 목에 자리 잡은 땅콩은 푹 쉬면 쉴수록 비대해져만 갔다. 그녀는 스스로 목구멍 속을 들여다볼 수는 없었으나 그 존재를 고스란히 느낄 수는 있었다. 입안의 침은 마른 지 오래였고 입천장과 혓바닥은 들러붙은 채로 하나가 되려 했다. 무언가를 삼키는 일이 이토록 어렵다니. 인지하지 못할 정도로 자연스러웠던 일을 할 수 없게 되자 그녀는 좌절했다.

이제 와 생각해 보면 그때는 그나마 나은 축에 속했다. 물 한 모금도 신중히 처리해야 하는 지금보다는 말이다. 고통은 따랐으나 건더기를 작게 다진 묽은 수프 정도는 넘길 수 있었던 때니까.

다시 만난 의사는 그제야 후두경으로 영음의 목 안을 샅샅이 살폈다. 그녀는 턱이 아플 정도로 입을 크게 벌렸다. 의사가 이 문제를 하루빨리 해결해 주길 바라며 본인이 할 수 있는 유일한 일을 했다. 후두경이 자꾸 목젖을 건드리는 바람에 구역질이 났다. 그러는 중에도 혹여 목이 조여드는 그 끔찍한 고통이 또다시 찾아올까 두려웠다. 눈을 감고 애써 생각을 다른 곳으로 돌려보려 노력했다.

동화 속의 한 장면을 떠올렸다. 늑대는 생선을 먹다가 큰 가시가 목에 걸리고 만다. 늑대는 가시를 제거하기 위해 무슨 짓이든 해보지만 속수무책이다. 때마침 만난 두루미에게 늑대는 부탁한다. 가시만 빼준다면 무슨 일이든 하겠노라고. 두루미는 후두경처럼 생긴 부리로 늑대의 목에 걸린 가시를 제거해 준다.

그런데, 그 뒤의 내용이 헷갈리기 시작했다. 늑대가 은혜도 모르고 자기 입속에 있던 두루미 머리를 씹어 삼켰던가? 아니다, 감사의 뜻으로 늑대는 두루미를 식사에 초대했던 것 같다. 두루미는 식사 초대에 응했지만, 늑대가 넓적한 접시에 음식을 담아준 바람에 아무것도 먹질 못했던가? 호리병에 음식을 담아주지 않을 거면 초대도 말라며, 두루미가 늑대에게 화를 내고 집에 가버렸나? 목에 가시가 걸렸던 게 늑대가 아니라 여우였던가?

그녀가 분명하게 기억하는 건 단 하나였다. 그 이야기는 해피엔딩이 아니었으며 뼈아픈 교훈이 존재했다는 것이다. 부정적인 결말이야말로 뇌리에 교훈을 가시처럼 박는 데 효과적이다. 그런데 아무리 애써도 이야기에서 얻었던 게 떠오르질 않았다. 턱관절이 아려올 뿐이었다. '늑대와 두루미는 결혼해서 행복하게 살았습니다'로 끝났던가? 그녀는 천장에 시선을 고정한 채 잠시 고개를 갸웃거렸다.

의사도 연방 고개를 갸웃거렸다.

"아무것도, 아무것도 없어. 아주 깨끗해."

의사는 곤란한 표정을 지었다. 영음은 목 안의 땅콩이 어느덧 자라 호두알만 해졌음을 느꼈다. 왜 의사는 보질 못하는 걸까. 손가락이 조금만 더 길었어도 목 안으로 집어넣어 여기요, 이쯤이라니까요. 라며 직접 가리켜줄 텐데. 그녀는 답답했다.

영음의 몸무게는 계속 빠졌다. 한창 외모에 신경 쓰는 10대 소녀에게, 살이 빠진다는 것은 걱정보다 기쁨에 가까웠다. 하지만 그 기쁨이 식욕을 대신할 수는 없었다. 음식을 입안에 머금고 있거나 씹어 보기만 하고 도로 뱉어냈다. 하지만 식욕이라는 놈이 원하는 건 이런 게 아니었다. 직접 이로 음식을 잘게 부수며 맛을 음미하고 이윽고 그걸 생명과 직결된 몸속의 긴 관으로 흘려보낼 때 얻는 만족감. 바로 그 행위에 굶주려 있었다.

음식물이 입으로 들어가면 뇌는 신기하게도 말라비틀어진 입안에 아밀라아제가 듬뿍 함유된 침을 만들어냈다. 하루는 고인 침이 목구멍으로 흘러들면서 입안에 남아 있던 미세한 음식 조각이 함께 넘어가 버렸다. 그로 인해 그녀는 한층 더 끔찍해진 고통을 경험했다. 숨도 제대로 쉴 수 없었다. 고통 앞에 식욕은 사치였고 여타 방법은 무모했다. 그 어떤 것도 저작 운동과 연하* 작용이 주는 만족감을 대신할 수 없다는 걸 깨달았다.

종합병원의 소화기 내과에서 내시경을 했다. 내시경으로 식도를 보면서 혹시 모를 종양이나 궤양, 게실* 같은 문제가 있는지 살폈다. 이쯤 되니 영음과 그녀의 부모는 차라리 무언가 발견되기를 소원했다. 하지만 의사는 영음에게 특별한 소견이 없다고 말했다.

목의 가시를 세서하기 위해 늑대, 아니, 여우가 했던 삯은 노력처럼 영음의 부모도 하나뿐인 딸을 위해 무슨 짓이든 마다치 않았다. 두루미를 찾기 위해 전국 각지를 수소문했으며 별짓을 다 해봤지만, 더 나빠질 뿐이었다. 그렇게 몇 개월이 흘렀다. 영음의 목구멍 속 호두알만 했던 그것은 당구공만 해졌다. 이제 침을 삼킬 때도 목구멍 속 당구공의 눈치가 보였다. 병원에서는 연하 곤란자를 위해 조제된 식사 대용 가루를 처방해 줬지만, 그도 곧 삼킬 수 없게 됐다.

그녀는 하루가 멀다 하고 수액을 맞았고 연하게 희석한 꿀물을 마셨다. 이도 너무 많은 양이 한꺼번에 흘러들어가면 경련을 초래했으므로 결국에는 분무기를 사용했다.

* 입속에 있는 음식물을 삼키는 동작이다.
** 위나 식도와 같은 장기의 벽 일부가 밖으로 불거져 이룬 빈 공간이다. 후천적으로 음식의 소화물이 이곳에 괴기도 한다.

학교에 갈 때는 도시락 대신 물총에 꿀물을 담아 갔다. 권총 모양인 물총은 한 손에 쏙 들어왔고 휴대하기도 간편했다. 영음은 수업 시간에도 쉬는 시간에도 틈나는 대로 총부리를 입안에 머금고 살기 위해 방아쇠를 당겼다.

그즈음이었다. 연일 뉴스를 통해 프랑스 모델이 사망한 사건이 보도됐다. 사망하기 얼마 전 사진이 공개됐는데 텔레비전을 보고 있던 영음의 부모는 모델에게서 딸의 모습을 보았다. 그 모델은 어린 시절부터 패션 업계에서 받은 체중 감량의 압박으로 비정상적인 감량을 이어왔고 결국에는 사망에 이르렀다고 했다.

이후로 거식증은 사회 전반의 이슈로 등장했다. 거식증을 앓는 환자들의 대부분은, 식욕은 정상이지만 체중 증가에 대한 극단적인 두려움으로 음식을 거부한다. 또, 제대로 된 신체 기능을 하지 못할 정도의 저체중임에도 계속 체중을 감소하고자 한다. 그 방법의 하나로 먹고 토하고를 반복하는 영상 자료가 잠시 화면을 채웠다. 원인 불명의 괴상한 병치레를 안쓰럽게 보던 눈빛이 일순간에 의심의 눈초리로 바뀌는 순간이었다. 영음의 증상은 그러니까, 거식증으로 오해받기에 딱 좋을 만큼 어떤 면에서는 꽤 유사했다.

하지만 그녀는 그동안 체중에 대한 불만이나 다이어트를 단 한 번도 생각해 본 적 없었다. 토해도 좋으니 고통 없이 무언가 씹어 삼킬 수만 있다면 사흘 밤낮으로 먹기만 할 것이라고 다짐할 정도였다. 그녀는 영상 자료 속 구토하는 여자가 부럽기까지 했다. 어쨌든 먹긴 먹었잖은가.

그러는 동안 학교에서 세 번 혼절했다. 세 번째로 쓰러졌을 때는 운이 나빴다. 물리 수업을 듣던 중이었는데 쓰러지며 어딘가를 들이박았는지 이마에 외상을 크게 입었다. 병문안을 온 교감 선생님과 담임 선생님은 영음의 휴학을 권유했다. 영음의 부모는 마지못해 받아들였다.

아직도 영음은 그날이 눈앞에 선했다. 오랜만에 화색 띤 얼굴로 위로를 위장해 작별을 고하던 담임 선생님. 병실을 나서던 그의 가벼운 발걸음과 경쾌해 보이기까지 하던 그 뒷모습이.

퇴원하던 날, 영음의 집에서는 큰 굿판이 벌어졌다. 홍 보살이 주관했던 굿이었다. 홍 보살은 그날 이후로 다신 만날 수 없었다. 영음은 이따금 홍 보살과 보낸 여섯 날을 떠올렸다. 굿은 예정된 기간을 채우지 못하고 갑작스레 끝나버렸다. 그 덧에 임마와 이모는 교대로 무당집을 찾아갔으나 헛걸음이었다. 꽤 긴 시간 동안 '외출 중'이라는 팻말만 대문을 지키고 있었다. 영음은 그 말을 전해 들을 때마다 눈앞에 한 장면이 떠올랐다. 울컥대며 뱉어내던 피, 그리고 빠져버린 여러 개의 치아. 홍 보살에게 무슨 일이 생기고 말았을 거라고 영음은 짐작했다.

어쨌든 그녀는 성인이 된 지금까지도, 괴황 한복을 청색 양단 보자기에 싸서 간직했다.

❖

인 노블의 회원 중에 일찌감치 짝을 찾은 이들은 파티를 뒤로하고 함께 행사장을 빠져나갔다. 그들은 연회장 입구에서 맡겨둔 외투와 가방 따위를 기다리는 동안에도 쉴 새 없이 대화를 이어갔다. 영음은 그 모습을 바라보며 생각했다. 저들은 대체 무슨 대화를 나누는 걸까.

폴카 도트 무늬 재킷의 남자는 여전히 영음에게서 시선을 떼지 못했다. 부모의 등쌀에 떠밀려 나온 이런 종류의 파티에 남자는 별다른 감흥이 없었다. 짝을 찾기 위해 분주한 이들을 바라보며 남자는 내내 생각했다. 자기는 평생 그 누구와도 짝을 이룰 수 없을 것이라고.

짝, 한 쌍, 한 벌, 그건 서로 꼭 맞는 두 개의 것이 어울려 짓는 법이다. 수많은 상처로 갈기갈기 찢겨 이제는 그 형체도 남질 않은 사람에게는 불가능한 일이라고. 하지만 대화하고 마음을 나눌 사람은 여전히 필요했다. 아니, 절실했다. 그러다 어딘지 모르게 자기와 비슷해 보이는 여자가 눈에 들었다.

영음을 바라보는 내내 남자는 기대했을지 모른다. 어쩌면 이 공간 안에서 아니 모든 공간 속에서 소외당하는 자기를 이해할 수 있는 유일한 사람이 아닐까. 남자는 영음과 이야기하고 싶었다.

"우리 같이 나갈래요?"

남자가 나지막한 목소리로 영음에게 말했다.

분명 들었음에도 영음은 듣지 못한 척했다. 말도 안 된다고 생각했다. 남자의 입에서 나온 말을 도무지 믿기 어려웠다. '우리'라든가, '같이'라는 단어의 범주에 포함될 리 없다고 생각했다. 또, 그 단어가 이성의 입에서 흘러나왔다는 건 있을 수 없는 일이었다. 여기서 나가달라는 요청이라면 납득할 수 있을 것만 같았다. 그녀에게는 그편이 훨씬 보편적이고 익숙했으니까.

영음은 어딘가에서 쫓겨나는 일을 여러 차례 겪었다. 어느 날은 파마를 하기 위해 미용실에 갔다가 예약이 꽉 찼다는 이유로 쫓겨났다. 백여 평 규모의 대형 미용실이었는데 방문했을 당시 손님은 고작 두세 명 앉아 있었다. 실장은 예약을 핑계 삼았지만, 거짓말임을 경험으로 눈치챘다. 제 몰골이 흉물스럽다는 건 인정해도 전염병이라도 지닌 사람처럼 취급받는 건 섭섭했다.

실장은 어색한 미소로 영음을 배웅했고 때마침 울리는 전화를 받았다. 엘리베이터를 기다리던 영음은 그 통화 소리를 고스란히 들었다. 현재 한가하니 따로 예약할 필요 없이 방문해도 된다고, 말하고 있었다.

그녀는 그런 상황을 맞닥뜨려도 화를 내거나 따져 물을 생각을 하지 않았다. 그들은 거절할 권리가 있고 본인은 그걸 수용할 수밖에 도리가 없다고 여겨버렸다.

"같이 나가서 커피 한잔해요, 우리."

남자가 영음에게 다시 한번 용건을 내비쳤다. 영음은 정신이 혼미해지는 기분이 들었다. 박 기자를 찾아야 했다. 박 기자라면 이 상황을 원활하게 정리해 줄 수 있을 테다. 그녀의 불안한 눈동자는 허공에서 맴돌고 있었다.

"아, 동행이 있어서 그래요? 여기 로비에 있는 카페. 거기에 있겠다고 해요. 혹시 거기 생크림케이크 먹어봤어요?"

케이크라니. 앞으로도 먹을 수 없을 테다. 영음은 좌우로 고개를 흔들었다. 그러다 그 고갯짓을 남자가 거절의 의사로 잘못 이해

하면 어쩌나 걱정했다. 다행히 남자는 포기하지 않고 또다시 입을
열었다.

"아까부터 줄곧 여기에 혼자 서 있는 거 봤어요. 지루하지 않아
요? 저 때문에 불쾌한 건 아니죠?"

물론 아니었다. 남자가 싫었더라면 다른 곳으로 자리를 피해버
리면 됐다. 영음은 그렇게 하지 않았다. 도리어 발가락 끝에 힘을
꽉 준 채 버티고 서 있었다. 남자가 불쑥 말을 건네올 때마다 그녀
는 심장 언저리가 간지러웠다.

여전히 남자의 눈을 마주 볼 용기가 없어 줄곧 남자의 재킷에 시
선을 두었다. 그 재킷의 도트 무늬가 비눗방울이 돼 공중으로 날아
오르는 환상에 사로잡혔다. 무슨 말이라도 해야 했다. 더 지체했다
가는 비눗방울이 공중분해 되고 말 거란 걸 직감했다. 그녀는 다급
한 마음에 요의마저 느꼈다.

"저 악기 어디서 파는지 아세요?"

영음은 말을 끝마치기가 무섭게 어금니로 혀를 꽉 깨물었다. 이
렇게 형편없는 질문이 또 어디 있담.

하지만 남자는 그녀가 입을 열자, 화색을 띠었다. 말을 건네준
것만으로도 황송하다는 듯 미소까지 보였다. 남자는 영음에게 좀
더 가까이 얼굴을 들이밀며 물었다. 속삭인다고 하는 편이 맞겠다.

"어느 쪽이요?"

"네?"

"남자가 연주하는 반두라? 아니면 여자가 연주하는 리라? 어느
쪽이 갖고 싶다는 거예요?"

남자의 술 냄새가 훅 끼쳐왔다. 영음은 낯선 이의 체취마저 정답게 느껴졌다. 그녀는 검지로 아무렇게나 가리켰다. 문득 이 남자와 연애하면 어떨지 상상했다. 영음은 상상으로 이미 수천 명의 남자와 연애했다. 무조건 해피엔딩. 이별의 아픔 따윈 절대 없는, 세상에서 가장 편리한 사랑.

　그 찰나에 남자는 반두라를 든 연주자를 향해 걸어가고 있었다. 말릴 새도 없었다. 그녀가 남자를 제지하려 했을 때, 이미 남자의 손에 반두라의 헤드 부분이 잡혀있는 상태였다. 무심코 뱉은 말이었고 얼떨결에 손가락으로 가리켰을 뿐인데, 남자의 극적인 호의에 영음은 호흡이 가빠지는 걸 느꼈다.

　남자의 횡포에 연주는 중단됐나. 연주사는 이미 악기를 빼앗긴 뒤였으며 아내를 악기 대신 감싸고 한쪽으로 비켜서 있었다. 행사 스태프 두세 명이 달려들어 남자를 제지했다. 그 순간에도 남자는 반두라를 빼앗기지 않으려고 필사적으로 노력했다. 눈으로는 영음이 어디에 있는지 확인하면서.

　영음은 길길이 날뛰는 한 마리의 맹수를 바라봤다. 힘으로 억눌리자, 남자는 더 흥분했다. 자제력을 잃은 채 내가 누군지 알고들 이래, 돈 줄게, 돈 주면 되잖아, 그깟 악기 얼마나 한다고. 따위의 드라마에서나 나올 법한 대사를 퍼부었다. 혀가 꼬일 대로 꼬여 있어 신중히 듣지 않으면 알아듣기도 힘들었다.

　끝내 남자는 반두라를 스태프에게 빼앗겼고 동시에 괴성을 질렀다. 스태프들은 남자를 밖으로 끌어내기는커녕 한쪽 구석 의자에 앉히고는 머리를 조아렸다. 그 모습을 바라보며 영음은 생각했다.

아무 짓을 하지 않아도 자기는 어디서든 잘만 쫓겨나는데, 저 남자는 저런 소란을 피워도 그냥 놔두다니.

남자는 분이 풀리지 않는지 몇 번 더 괴성을 질렀다. 멀찌감치 떨어져 구경하던 이들은 미친놈인가 봐, 미친놈. 이라며 쑥덕거렸다. 하지만 영음의 귀에는 남자가 자기를 향해 내지르는 구애의 포효처럼 들렸다. 그녀는 사회자에게 마이크를 빌려 외치고 싶었다. 이 상황에 대해 정확하고 세세하게 짚어주고 싶은 심정이었다.

'저 남자는 반두라 때문에 미친 게 아니에요. 저 때문에 미친 거라고요!'

반두라를 연주자에게 돌려주러 가는 스태프에게 남자는 다시 한번 달려들었다. 스태프의 등 뒤에서 두 팔로 목을 감싸 안고는 원숭이처럼 매달렸다. 남자는 영음을 향해 손을 흔드는 것도 잊지 않았다.

남자의 반두라에 대한 열정을 꺼트리기 위해 영음은 몸을 숨기기로 했다. 뼈만 남은 몸뚱이는 비좁은 공간 어디에도 쉽게 꿰맞춰졌다. 커다란 얼음 조각품과 드링크 바 사이의 공간을 발견했고 그녀는 그곳에 쭈그리고 앉았다. 그곳에서 남자가 반두라를 포기하고 잠잠해지기를 기다리기로 했다. 휴식을 취하기 위해 두 눈을 감았다. 얼굴을 무릎 사이에 파묻고 잠시 모든 일을 멈췄다. 태엽이 풀려버린 인형처럼.

얼마나 지났을까. 영음은 어깨 위로 떨어진 차가운 무언가에 놀라 잠시 움츠렸다가 고개를 들었다. 그제야 얼음 조각품이 눈에 들어왔다. 두 날개를 활짝 펼친 백조였다. 그 매끈한 자태는 파티의 품격을 더하기에 충분했다. 백조의 부리와 날개 끝에는 물방울이 맺혀 있었다. 덕분에 막 물에서 나와 날아오르려는 것처럼 생동감 있게 보였다. 또다시 차가운 물방울이 그녀의 어깨 위로 떨어졌다.

백조의 날개 사이로 박 기자의 모습이 보였다. 박 기자는 드링크 바에 놓인 다양한 음료 중에서 마티니 잔을 망설임 없이 집어들었다. 영음은 반가운 마음에 몸을 살짝 세우고 그녀를 조심스레 불렀다. 혹시 자기를 찾고 있을지도 모른다는 생각에서였다.

"박 기자! 박 기자! 여기야."

박 기자는 영음의 목소리가 들리지 않는지 빈 잔을 내려놓자마자 또 다른 잔을 입으로 가져갔다. 무슨 일인지 잔뜩 화가 나 보였다.

"시발."

나지막한 욕설 뒤에 몇 마디가 더 따라붙었으나 영음은 거기까진 알아채지 못했다. 박 기자는 또 다른 잔을 들어 마시기 시작했다.

영음은 박 기자를 부르는 일도 관두고 다시금 몸을 낮췄다. 그리고 클러치 백에서 이쑤시개 통을 꺼냈다. 이쑤시개 하나를 꺼내고는 그걸 입안에 넣고 오독, 오독, 오도독, 씹었다. 그렇게 그녀는 먹을 수 있는 유일한 것을 먹기 시작했다. 금색 쟁반에 놓인 가지각색의 핑거 푸드를 보자니 식욕이 넘실대 참을 수 없었기 때문이다.

반 토막 난 이쑤시개를 가만히 바라보며 영음은 생각했다. 이건 분명 축복이었다. 아니다, 이거야말로 또 다른 의미의 저주가 아닌가. 왜 하필 많고도 많은 것 중에서 이쑤시개란 말인가. 남들이 식사 후 잇새에 낀 걸 파는 데 사용하는 물건. 누군가에게는 하찮은 이쑤시개가 그녀에게는 저작 운동과 연하 작용이 주는 만족을 느낄 수 있도록 해주는 유일한 것이었다. 이토록 아이러니한 축복이 세상에 또 있을까.

오독, 오독, 오도독.

영롱한 색상과 더불어 그 식감마저 경쾌한 녹말 이쑤시개! 이건 기적과 같은 우연과 수많은 고통이 더해져 찾아낸, 자신의 식욕에게 바치는 먹이였다.

✛

영음의 목구멍을 꽉 막고 있는 그 무언가는, 형체는 없다지만 분명 존재했다. 미음 한 방울이라도 입안에 닿으면 침이 돌았고 곧이어 목 안의 당구공이 팽창하기 시작했다. 영음은 마인드 컨트롤을 했다. 없다, 아무것도 없다. 내 목구멍은 그저 뻥 뚫려 있다. 하지만 그따위 주문으로는 점점 비대해지는 그것을 막아낼 수 없었다. 얼마 지나지 않아 그것이 식도의 빈 곳을 전부 메워버리고 단 한 모금의 물도 허락하지 않을 것만 같아 두려웠다.

영음은 악몽을 자주 꿨다. 목 안의 그것이 끝없이 부풀다가 끝내 펑, 소리를 내며 터져버리는. 그리고 미녀 언니, 자신을 바라보며 깔깔 웃는 미녀 언니. 그 웃음소리와 함께 저도 사라지고야 마는, 지독한 악몽. 그녀는 먹고 싶었고 살고 싶었다. 그래서 꿈속에서도 울었고 깨어나서도 한참을 울었다.

목구멍에 자리한 그것은 영음을 쉬이 놓아줄 것처럼 보이지 않앗다. 미치게 할 작정처럼 보였다. 아니, 어쩌면 이미 미쳐버린 걸지도 몰랐다. 어느 순간부터 음식을 보면 생명의 위협을 느꼈다. 공포스러웠다.

위장으로 가는 일반적인 길이 방해받자, 의료진들은 새로운 길을 개척했다. 혈관을 통해 수액을 주입하는 것 말고도 가끔 입원해 비위관을 통해 영양을 공급받게 했다. 이 또한 쉽지만은 않았으며 영음은 잘 적응해내지 못했다. 허기는 수시로 찾아왔고 식욕은 자꾸만 자라났다. 아무런 고통 없이 씹어 삼킬 수만 있다면 모래라도 좋겠다고 울부짖으며 코에 낀 튜브를 잡아 빼버렸다.

성란은 홍 보살과 벌였던 굿이 실패해서 딸이 낫질 않는다고 믿었다. 그래서 연이어 몇 차례 크고 작은 굿판을 벌였다. 모두의 예상대로 별다른 차도는 없었다. 성란은 손의 지문이 거의 닳을 지경이었다. 치성을 드리고 돈을 들이부어도 딸은 여전히 먹질 못했다. 하지만 굿이라도 하지 않으면 성란은 버텨낼 재간이 없었다.

희망을 품는 건 잠시이긴 했으나 굿이 벌어지는 동안만큼은 허락됐다. 그 횟수를 늘리기 위해 저렴한 동네 점집에서 무당을 불러 시도 때도 없이 굿을 하기에 이르렀다. 가격만큼이나 어설프긴 했다. 그래도 마음을 다해 기도했다. 무당들은 하나같이 영음에게 귀신이 붙었다고 했다. 그 귀신은 빤했다.

"제 생일날 밥도 못 먹고 목매달아 죽었으니 얼마나 배도 고프고 목도 답답하겠노."

손미녀. 그 이름을 언급해도 더는 누구도 놀라지 않았다.

"니가 고 귀신에 씌어도 단단히도 씌었다. 근데 갸가 즈그 동네

닭백숙을 겁나 좋아한단다. 아이고, 먹고 싶다. 먹고 싶어. 입맛을
쩝쩝 다신다. 너 거기 가면 먹을 수 있겠다. 굶어 죽기 전에 한 번
가봐라."

미녀의 집은 전라남도 순천이었다. 영음은 학교도 가지 않았으
므로 시간이 남아돌았다. 서울에서 순천까지 먹으러 갈 채비를 했
다. 하지만 그녀는 이미 알고 있었다. 너무 잘 알고 있었으나 부모
에게 아무 말도 하지 않았다. 미녀가 닭백숙을 좋아할 리 없었다.
영음의 집 마당에서 키우던 닭을 애완동물처럼 여겼던 이 아니던
가. 미녀는 이상하리만큼 닭에 대한 애정이 남달랐다. 치킨집 앞을
지날 때마다 불쌍한 닭들, 오늘도 튀겨지네. 라면서 두 손으로 얼
굴을 싸매곤 했다. 닭 다리 모양의 과자마저도 꺼렸다. 이건 오로
지 영음만 아는 사실이었다.

밑져야 본전이지 싶었다. 얄팍해서 언제 바스러질지 모르는 엄
마의 희망을 제 손으로 깨고 싶지도 않았다. 식당에 도착하기까지
걸리는 반나절만이라도.

역시나 예상대로였다. 목 안의 당구공은 음식이 들어갈 길을 내
주지 않았다. 손도 대지 않은 닭백숙 냄비를 바라보며 영음의 엄마
는 닭똥 같은 눈물만 흘렸다.

"네가 먹을 수만 있다면 내 손가락이라도 잘라주겠다. 뭐든, 뭐
든지 먹을 수만 있다면 얼마나 좋겠니."

신기하게도 그 바람은 곧 이뤄졌다. 그동안 지문이 닳도록 공
들인 덕분일까. 하필 그게 이쑤시개이긴 해도 말이다. 아니, 어쩌
면 다행일지도 모른다. 하여튼 엄마가 손가락을 자를 필요는 없으

니까. 영음은 손가락보다 훨씬 가느다란 이쑤시개를 먹을 수 있게
됐다.

거의 손도 대지 않은 닭백숙을 남겨 둔 채 영음의 가족은 자리에
서 일어났다. 아빠는 먼저 밖으로 나가더니 담배를 뻑뻑 피워댔다.
엄마는 연신 눈물을 눌러 닦으며 입구의 계산대로 향했다.

식사를 마치고 가게 밖으로 나서는 사람들이 그들을 스쳐 지나
쳤다. 잠시 계산대 앞에 멈춰 녹색 빛의 무언가를 하나씩 집어 들
거나 입에 물고 사라졌다. 영음은 그 모습을 멍하니 바라봤다. 그
들은 하나같이 포만감에 사로잡혀 나른한 얼굴을 하고 있었다.

영음은 계산대 근처로 다가갔다. 그제야 그 녹색의 물체가 이쑤
시개였다는 걸 알아차렸다. 주인은 영음에게 조심스레 물었다.

"음식을 왜 손도 대지 않고……. 무슨 일이 있나 봐?"

남긴 음식보다 엄마가 우는 이유를 더 궁금해하는 눈치였다. 영
음은 에메랄드 빛의 영롱한 그것에 정신을 빼앗겨 대답할 겨를이
없었다. 주인은 대답이 돌아오지 않자, 눈치를 슬슬 살피며 성란에
게 말했다.

"절반 값만 받을게요!"

지갑을 열던 성란은 신경질적으로 고개를 내저었다. 그때, 영음
은 홀린 것처럼 입을 열어 질문했다.

"이쑤시개 색깔이 왜 이래요?"

"아, 친환경 발명품이라나 뭐라나. 얼마 전에 특허 출원했는데
녹말로 만든대. 동물도 살리고 나무도 살리고. 뭐든 살리려고 만들
었다지."

선심 쓰다 도리어 민망해진 주인은 자기가 알고 있는 걸 영음에게 설명하며 주방 쪽으로 사라져 버렸다.

영음은 이쑤시개 하나를 집어 들었다. 물론 여전히 허기진 상태였고 이를 쑤실 필요도 없었지만 왠지 궁금했다. 한편으로는 배부른 사람인 척, 나른한 표정을 흉내 내보고 싶었다. 그러면 엄마가 조금은 웃지 않을까. 이쑤시개의 뾰족한 끄트머리를 치아 사이로 가져갔다. 침 때문에 끝이 금방 무뎌졌다. 무뎌진 끝을 슬쩍 앞니로 깨물어봤다. 조금 더 용기 내어 꼭꼭 씹어도 봤다.

그해에 출시된 녹말 이쑤시개는 옥수수나 감자 전분 가루로 만들었다. 음식물 쓰레기에 섞여도 가축에게 해를 입히지 않고, 나무까지 아낄 수 있는 친환경 발명품이었다. 하지만 그 순간부터는 영음의 삶을 위한 발명품이기도 했다. 먹는다는 것, 그것이 곧 삶 아니던가.

영음의 볼을 타고 눈물이 흘러내렸다. 얼마만의 저작 운동인가. 감격스러웠다. 눈을 꼭 감고 입안의 걸 꿀떡 삼켰다. 왜 하필 이쑤시개인지 왜 이것만큼은 허락해 주는지 알 수 없었으나 만족했다. 무엇인가를 무리 없이 삼킬 수 있게 된 것이다. 더욱이 이 위대한 발명품에는 소량이긴 하지만 탄수화물이 내재되어 있었다. 희망이 샘솟았다. 또 어쩌다가 삼킬 수 있는 걸 더 찾게 될지도 모른다는, 그런.

'거기 가면 먹을 수 있겠다'라던 스물세 번째 무당의 예언은 결국 맞아 든 셈이었다. 닭백숙이면 더 좋았겠지만, 상관없었다. 그렇게 영음은 이쑤시개를 먹기 시작했다.

그녀의 부모는 경악했다. 먹을 수만 있다면 손가락이라도 잘라 주겠다더니. 이게 손가락보다야 백 배는 더 낫지 않은가. 그녀는 이쑤시개를 오독, 오독, 오도독, 씹으며 생각했다.

✛

이쯤 되니 박 기자는 발렌타인 파티고 뭐고 게임에 심취해 있을 남자친구가 슬슬 그리워졌다. 제 곁에 있어 줄 사람은 아무래도 그 남자뿐이지 싶었다. 인정하기 싫은 사실 때문에 박 기자는 자꾸만 드링크 바 근처를 서성였다. 그러다 반복되는 기이한 소리에 두리번거리다 영음을 발견했다.

"영음, 여기 있었네? 한참 찾았잖아."

박 기자는 행사장 입구에 들어서자마자 일부러 영음을 모른 척 했다. 소기의 목적을 달성하면 그녀를 남겨두고 파트너와 먼저 나갈 계획까지 세워뒀다. 그런 뒤에 전화나 문자로 사정이 생겼어, 라고 말하면 그만이라 여겼다. 이제 파티는 막바지에 접어들고 있었다.

"파티에 데려왔더니 줄곧 여기에 쭈그려 앉아 이쑤시개나 먹고 있었던 거야?"

영음은 고개를 끄덕이며 입안의 걸 씹는 데 더욱 집중했다.

박 기자는 미간을 잔뜩 찡그렸다. 그 씹는 소리가 소름 끼쳤다. 드레스까지 입혀 놓으니, 영음은 전보다 더 괴상한 괴물 같아 보였다. 서커스단 같은 곳이 있다면 팔아넘겨도 괜찮겠다고 생각했다.

하지만 그녀에게 어울리지도 않는 드레스를 입히고 파티에 함께 가자고 보챈 건 박 기자 본인이었다.

박 기자의 이유는 단 하나였다. 드레스를 입고 직접 운전하면 모양 빠지니까. 그렇다고 지하철을 탈 수도 없고 일반 택시를 타는 것도 어쩐지 우스워 보일 것 같았다. 기사를 포함해 외제 차를 대여해 주는 서비스가 있어 이용하려고 보니 가격이 꽤 비쌌다. 박 기자는 그 돈이 아까웠고 반을 부담해 줄 누군가가 필요했다. 순간, 그녀가 조금 불쌍하게도 여겨졌다. 몇 시간을 저렇게 숨어 있었던 걸까. 아까 경품으로 받은 향수를 영음에게 줄까 생각해봤지만, 이내 관뒀다. 중고 장터에 팔아도 10만 원은 족히 받을 수 있을 테다.

"발코니 나가봤어? 같이 나가서 바람 좀 쐴래?"

영음은 박 기자의 입에서 나온 '발코니'라는 단어에 흥분했다. 그곳에는 반두라에 집착하던 그 사내가 있을 것이다. 아까 발코니로 나가는 뒷모습을 눈여겨봤으며 아직 들어오지 않았다는 것쯤은 알고 있었다. 한편으로는 발코니에 가고 싶지 않기도 했다. 남자가 생크림케이크를 함께 먹을 다른 여자를 찾았으면 어떡하나 싶어졌다. 하지만 사진으로만 봤던 라운지와 그곳의 야경만큼은 변치 않았을 것이다. 내적 갈등의 최고조를 경험하고 있는 그녀에게 박 기자가 소리쳤다.

"안 나갈 거야?"

그래, 또 이곳에 언제 와보겠는가. 영음은 무릎을 세우고 천천히 몸을 일으켰다. 그 순간 그녀는 거추장스럽던 드레스 밑자락을 밟고 앞으로 꼬꾸라졌다. 동시에 날갯짓하던 그 얼음 백조도 굉음과 함께 바닥에 곤두박질쳤다. 폭죽 속 꽃가루처럼 이쑤시개 수십 개가 바닥으로 흩뿌려졌다. 클러치 백 사이로 이쑤시개 통이 빠져나온 모양이었다.

놀란 영음은 바닥에 엎드려 이쑤시개부터 손으로 쓸어 모았다. 스태프들이 곧 자기를 밖으로 끌어낼 것만 같았다. 박 기자는 그녀를 돕기는커녕 뒤로 몇 발짝 물러서며 소리 질렀다.

"도대체 무슨 짓을 한 거야!"

그때였다. 발코니에서 날 선 비명이 들려왔다. 영음을 향해있던 시선은 일제히 발코니로 향했다. 할렐루야! 영음은 발코니의 누군가에게 속으로 감사 인사를 드렸다. 이어 누군가 사람이 죽었다고 외쳤다. 이쑤시개를 통에 담던 영음은 불길한 예감에 사로잡혔다.

박 기자는 화색을 띠었다. 조회 수와 명성을 높일 특종의 기회라 생각했다. 혹은 호텔을 상대로 무료 숙박권 같은 걸 뜯어낼 수도 있을 테다. 그 짧은 순간에도 박 기자는 머릿속으로 계산기를 두드렸다. 서둘러 영음에게 말했다.

"이건 특종이야. 단독 보도! 내가 지금 기사를 써서 올릴 테니까, 영음 넌 내려가서 사진 좀 찍어서 전송해 줘."

남자를 알아볼 수 있는 유일한 것은 피로 얼룩진 폴카 도트 재킷뿐이었다. 그러고 보니 그의 이름도 몰랐다. 그녀는 사람들 틈바구니에서 카메라 셔터를 눌렀다. 박 기자의 명령 때문이 아니었다.

남자를 이대로 떠나보내고 싶지 않아 그랬다. 영음은 후회했다. 아까 남자가 원했을 때 함께 로비로 내려갔더라면.

호텔 관계자가 영음의 손에 들린 카메라를 낚아챘다. 그녀는 빼앗기지 않으려고 갖은 애를 썼다. 아까 남자가 했던 것처럼 괴성까지 질렀다. 카메라를 가슴에 품고 바닥에 등을 구부리고 엎드렸다. 더 이상 그 누구도 쉽사리 다가오지 못했다.

아까 연회장에서 반두라를 연주했던 이가 남자의 시신 근처에 반두라를 조심스레 내려놓았다. 리라를 연주했던 여자가 남편을 위로하며 말했다.

"당신 잘못이 아니야. 이 사람은 취해 있었고 자기 혼자 발코니 난간에 올라서서 떨어진 것뿐이라고."

"이 남자가 난간에서 나를 불렀어. 어이, 반두라 씨! 그렇게 외치고서 나를 내려다봤다고. 잘 들리지 않는다고 외쳤더니 난간 위로 몸을 걸치더라고. 난 계속 위험하다고 외쳤는데. 그럴수록 더 아래로 몸을 숙이고 고함쳤어. 나는 그게 꼭 필요해요. 하루만 빌려주세요! 그게 이 남자의 유언이 될 줄이야."

결국 남자는 지독한 방법으로 반두라를 손에 넣었다. 사방으로 흩어진 남자의 흔적들 위로 경찰 통제선이 쳐졌다.

영음은 남자가 수습되는 모습을 조금 떨어진 곳에 서서 바라봤다. 그러다 옆에 놓인 구두 한 짝을 발견했다. 남자의 구두였다. 마치 그건 첫 만남 때처럼, 어느새 그녀의 옆으로 다가와 인사를 건네는 것 같았다.

영음은 구두 한 짝을 집어 들고 다시 호텔 로비로 천천히 걸어

들어갔다. 몸이 사시나무처럼 떨렸다. 그런데 이상하게도 그럴수록 목 안의 당구공이, 호두알만 해지고, 또 땅콩만 해지는 느낌이 들었다.

영음은 무언가에 홀린 듯 남자가 이야기했던 그 생크림케이크를 주문했다.

병원에 가는 길이었다. 영음은 조금 쉬었다 갈 요량으로 버스 정류장의 의자에 걸터앉았다. 턱까지 숨이 차올라 그랬다. 그 순간 트럭 한 대가 경적을 울리며 빠르게 지나쳤고 도로에 고여 있던 빗물이 영음에게 튀었다. 요란한 경적에 놀란 영음이 뒤늦게 주위를 살폈다. 그러다 정류장 벽면의 광고판을 보게 됐다.

'당신의 삶을 특별하게 만드는 단 하나의 가치! 러시 럭.'

영음은 광고판에 시선을 고정했다. 고급스러운 장신구 사진 위에 쓰인 문구. 잘은 모르지만, 명품 업체의 광고인가 보다 짐작했다. 그녀는 손가방에서 손수건을 꺼내 머리와 얼굴에 튄 물기를 꾹 꾹 눌러 닦았다. 그러면서 입으로는 광고판에 적힌 문구를 되뇌듯 작게 발음했다.

"당신의 삶을 특별하게……."

그때, 친구로 보이는 여자 두 명이 정류장으로 다가왔다. 그들도 동경 어린 표정으로 광고판을 바라봤다. 왼쪽에 선 여자가 제 손을 쫙 펴더니 광고판 앞에 바짝 가져다 댔다.

"이 반지, 얼마일까? 내가 끼면 정말 잘 어울리겠다."

영음은 물기를 닦아내다 말고 그들을 힐끔거렸다. 다른 한 사람이 상대의 눈앞에 휴대폰을 들이밀며 소란을 떨었다.

"대-애-박! 그 옆에 목걸이, 검색해 보니까 4천만 원 정도 한다. 특별하게 만들어 주는 게 아니라 특별한 사람만 살 수 있는 거네."

"뭐? 하! 그럼 차 한 대 값이잖아? 버스 정류장에다가 이런 광고를 하는 이유가 뭐야! 야, 눈 감아. 이런 건 보는 것도 사치야."

여자는 정류장 벽면을 주먹으로 치는 흉내를 내며 웃어댔다.

"부럽다, 부러워! 이런 걸 아무렇지 않게 몸에 걸치는 사람은 말이야. 그냥 그 삶 자체가 축복인 거 아냐?"

두 사람은 뭐가 그리도 우스운지 계속 깔깔 웃었다. 토실하게 살이 오른 그들의 볼이 웃을 때마다 실룩였다.

영음도 부럽기는 마찬가지였다. 명품 장신구가 주는 특별함이 아니라 그들이 지닌 평범함이 몹시도 부러웠다.

영음은 제 삶이 특별하길 바란 적 없다. 그저 보통의 삶을 간절히 꿈꾼다. 기구하지도, 독특하지도, 뛰어나지도 않은, 딱 보통! 평범의 언저리에 자기의 삶을 올려두고 지루해질 때까지 만끽한 이들은 모르겠지만, 보통의 삶이야말로 축복 중의 축복이라고 그녀는 생각했다. 그 축복이 허락되기 위해서는 기본적으로 지방과 칼슘, 단백질, 비타민과 무기질, 그리고 탄수화물이 필요했다.

영음은 TPN(Total Parenteral Nutrition) 환자다. '완전 비경구 영양

법'. 그녀는 며칠에 한 번꼴로 병원을 찾아 여섯 가지의 필수 영양소를 입이 아닌 정맥으로 공급받아야만 했다. 그러다 보니 그녀가 병원을 방문하는 일은 연료 비상등이 들어온 자동차가 주유소를 찾는 일과 흡사하다고 볼 수 있다. 그녀는 삶의 시동이 꺼지지 않도록 겨우 부여잡으며 살았다.

그녀는 '응원 고시원'에 혼자 살았다. 주인은 아마도 수험생의 합격을 응원하겠다는 취지로 상호를 정한 듯했다. 하지만 그곳에는 수험생이 단 한 명도 없었다. 다행이었다. 방음 장치도 엉망일 뿐더러 내부 시설까지 낙후한 곳이었으니까. 이런 학습 여건은 수험생을 영원히 수험생으로 남도록 응원하는 거나 마찬가지였다. 하지만 영음은 다른 곳으로 이사할 생각은 해보지 않았다. 몇 년째 그녀는 자신에게 필요한 모든 걸 이 근처에서 해결해 왔으므로 어떤 면에서는 편리한 곳이 되어버렸다.

고시원 근처의 '김 내과'는 평일 여덟 시까지 야간 진료를 했다. 영음은 일주일에 두세 번 그곳에 들러 팔에 링거 바늘을 꽂았다. 혹여 자기 때문에 간호사들의 퇴근이 늦춰질까 싶어 바늘이 혈관에 들어가기 무섭게 병원을 빠져나오곤 했다. 그녀는 이제 주삿바늘 정도는 혼자 제거할 수 있었다.

병원 맞은편의 식자재 마트도 일주일에 한 번은 쇼핑하기 위해 꼭 들르는 곳이었다. 쇼핑이라 해봤자 옥수수 전분과 고구마 전분, D-소르비톨, 명반과 합성 착색료로 이뤄진 6cm의 녹말 이쑤시개뿐이지만 말이다. 가끔은 인스턴트커피가 진열된 코너에도 들렀고, 서슴없이 백 개짜리 GG 블랙커피를 집었다. 그건 윤 대표를 위한 소정의 수고라고 할 수 있었다.

윤 대표는 스타랑스 카페의 샷을 추가한 아이스아메리카노만 마셨다. 라이프 뷰 사무실에서 스타랑스 카페까지는 꽤 거리가 있었다. 바로 옆 건물에도 카페가 존재했지만, 윤 대표는 꼭 고집했다. 그건 취향이라 할 수 없었다. 그렇게라도 확인받아야 직성이 풀리는 50대 남성의 권위 의식이었다.

영음은 매번 걸어서 커피 심부름을 다니곤 했다. 왕복 30분이 소요됐으므로 한번 다녀오면 다리가 후들거리고 관절이 다 뻐근했다. 그녀에게는 퇴사를 고민할 정도로 힘든 일이 틀림없었다. 하지만 여태 한마디의 불평도 없이 윤 대표가 시킬 때마다 그에게 스타랑스 커피를 사다 바쳤다. 물론 화가 날 때도 있었으나 취업난에 허덕이던 저를 받아준 윤 대표에게 고마운 마음이 존재했기에 참았다. 얼음이 녹기 전에 사무실에 도착하겠다는 목표를 세우고 걸음을 재촉할 뿐이었다.

하루는 여느 때처럼 커피 심부름을 나서는 영음을 박 기자가 붙잡았다. 박 기자는 윤 대표가 어제 먹고 버린 스타랑스 플라스틱 용기를 쓰레기통 속을 뒤져 찾아냈다. 그걸 꺼내 물로 대충 씻어내더니 냉동실에서 얼음을 꺼내 채웠다. 무슨 영문인지 몰라 어리둥절한 영음에게 박 기자는 인스턴트커피 한 포를 건네며 말했다.

"저 새끼, 커피 맛 몰라. 그냥 이거나 타다줘."

그건 GG라는 커피였다. 베트남 브랜드의 인스턴트커피로 무척 저렴하다는 설명을 덧붙였다. 처음에 영음은 주저했으나 박 기자가 등을 떠미는 바람에 시키는 대로 했다. 정말 박 기자의 말대로였다. 윤 대표는 아무것도 모르고 GG커피를 빨대로 쪽쪽 빨아 마시며 흡족해하는 눈치였다. 얼음이 살아 있네, 살아 있어, 라며 모처럼 영음을 칭찬하기까지 했다.

그날 이후 커피 심부름을 가는 대신 윤 대표 전용으로 구매한 텀블러에 얼음과 GG커피, 적당량의 물을 담아 밖으로 나왔다. 그리고 건물 1층에 자리한 여행사의 팸플릿이나 여행 잡지를 들고 화장실에 숨어 시간을 보냈다.

영음은 변기에 앉아 잡지를 넘기며 오만에 가는 꿈을 키웠다. 어렸을 적 〈신드바드의 모험〉이라는 만화를 좋아했는데, 그 신드바드가 오만 사람이라는 놀라운 사실도 알게 됐다. 기억 저편에서 여전히 살아있는 만화 주제곡을 끄집어내 흥일거렸다.

두근두근 울렁울렁 가슴 뛰지만, 무섭고도 두려워서 겁이 나지만, 신드바드야 오늘은 어디로 가나.

잔잔하게 펼쳐진 핑크빛 호수, 자기처럼 가느다란 다리를 가진 플라밍고. 슈가둔의 사막 사진에는 꽤 오랜 시간 그녀의 시선이 머물렀다.

-몇 가지 주의할 점-

무슬림은 코란이 내려진 신성한 달로 여기는 라마단 기간이 되면 한 달가량 금식한다. 라마단은 아랍어로 '더운 날'을 뜻하며, 해가 뜬 낮에는 음식과 물을 먹지 않고 해가 지면 비로소 먹기 시작한다. 이 때문에 중동 지역을 여행할 계획이라면 라마단 기간을 피하는 것이 좋다.

영음은 꼭 라마단 기간에 오만을 방문할 거라고 박 기자에게 말한 적이 있다. 그때라면 끼니마다 무엇을 먹는 이들 사이에서 굶주리지 않아도 될 거라는 생각이 들었기 때문이다. 또 먹지 못하는 자신의 비참한 처지도 잠시 잊을 수 있을 것 같았다.

박 기자는 오만한 표정으로 영음에게 말했다.

"아이러니하게도 라마단 기간이 지나면 도리어 살찌는 사람이 급증한대. 이상하지 않아?"

영음은 이렇게 대답했다.

"당연한 것 같은데."

그때 박 기자는 적지 않게 놀란 표정을 지어 보였다. 아마도 라마단이 문제가 아니었을 테다. 자기가 무슨 말을 하든 항상 정답이라도 된다는 듯 고개만 끄덕이던 영음이었으니까.

"당연하다니? 영음! 너 계산 못해? 먹는 시간이 평소보다 절반으로 줄어들었는데."

박 기자의 말투에는 한껏 날이 서 있었다.

영음은 더 대답하지 않고 입맛만 다셨다. 박 기자를 화나게 하고 싶지 않았기 때문이다. 변기에 앉아 여행 잡지를 보는 여유도, 오만을 알게 된 것도, 어찌 보면 그녀 덕분이 아니던가.

'식욕이야말로 인간이 태어나서부터 가진 본능 아니야? 먹지 못하는 건 큰 고통이야. 그 고통을 견뎌봐서 난 잘 알아. 그 보상은 오로지 단 하나야. 견딘 만큼 더 많이 먹는 거뿐이지.'

영음은 그렇게 말하고 싶었지만 속으로 삭일 뿐이었다. 하지만 곧장 그날이 떠올랐다. 어느새 부드럽고 달콤한 생크림 향이 입안에 감도는 듯해 잠시 입맛을 다셨다.

버스 정류장에 연이어 몇 대의 버스가 지나쳐갔다. 영음은 제 손으로 무릎을 몇 번 주무르더니 드디어 자리에서 일어났다. 머릿속에 가득한 상념을 몰아내며 정류장을 벗어났다. 파란 바탕에 흰색으로 '김 내과'라고 쓰인 간판을 눈으로 좇으며 건널목을 향해 걸어갔다. 건너편, 그러니까 김 내과의 바로 옆 건물에 얼마 전 새로 생긴 제과점이 오늘따라 유난히 도드라져 보인다고 생각하면서 말이다.

폴카 도드 무늬 재깃의 남자가 죽어버린 날, 영음은 신비한 경험을 했다. 호텔 로비의 카페에서 생크림케이크를 세 조각이나 먹어 치웠다. 남자의 구두 한 짝은 영음과 마주 앉아 있었다. 게걸스럽게 입안으로 케이크를 밀어 넣는 그 모습을 관람이라도 하는 듯했다.

직원은 그 광경이 기괴하다 못해 섬뜩하게까지 느껴졌다. 저렇게 음식을 먹어대는데 어떻게 몸은 저리 앙상하단 말인가. 직원은 영음과 조금 거리를 유지한 채 폐점 시간임을 알렸다. 케이크를 한 조각 더 주문할 참이었는데 영음은 아쉬웠다.

영음은 대답 대신 입맛을 다시며 직원을 흘깃 바라봤다. 그제야 케이크를 탐닉하느라 반쯤 놓고 있었던 정신이 제자리를 찾는 듯했고 포개진 빈 접시가 눈에 들어왔다. 직원은 서둘러 카운터로 돌아가 버렸다.

포크에 묻은 생크림까지 모두 핥고 나서야 그녀는 자리에서 일어났다. 다시 먹을 수 있게 됐다니. 그 기쁨은 식도를 타고 매끄럽게 위장까지 흘러들었다. 이제 더는 이쑤시개를 먹지 않아도 되는 걸까. 갑자기 아무것도 삼킬 수 없게 됐던 그날을 떠올리니 이처럼 갑자기 먹을 수 있게 된 것도 당연한 이치 같았다.

하지만 곧 아라베스크 문양의 카펫에 먹은 걸 쏟아냈다. 뱃속이 놀란 모양이었다. 생딸기 토핑은 점액질처럼 변한 생크림과 섞여 카펫에 새로운 문양을 새겼다.

영음은 삼킬 수 있다는 사실을 계속해서 다양하게 확인하고 싶었으나 코 튜브로 넘어온 유동식 따위나 소화했던 위장은 이미 제 역할을 망각한 상태였다. 그나마 이쑤시개를 먹어왔으므로 위산을 분비하고 위벽을 움직이는 일을 완전히 까먹은 건 아닌 듯 보였다. 심한 배탈이 나 연일 설사했지만 먹는 일에만 집중했다. 회사도 무단결근했다.

지각 한번 한 적 없던 영음의 무단결근은 윤 대표와 박 기자의 다양한 추측을 불러일으켰다. 박 기자는 파티를 다녀온 이후 며칠간 밥맛이 없었다. 사진으로 사건 현장을 다시 봤을 때는 자신도 모르게 윽, 하고 짧은 신음을 뱉었다. 추락 당시의 충격으로 심하게 훼손된 남자의 시신은, 보면 볼수록 충격적이었다. 그 가까이에서 사진을 찍어야 했던 영음은 오죽했을까 싶어 살짝 미안한 마음이 들었다.

어쨌든 그날 사건으로 라이프 뷰는 적지 않은 이익을 얻었다. 파티 주최 측이었던 인 노블과 우리나라 최고를 지향하는 K호텔로부터 광고 요청이 들어왔다. 기사에는 현장 사진을 포함하지 않았으며 호텔 상호와 그날 결혼 정보 회사가 회원을 상대로 파티를 연 내용은 삭제했다. 고맙게도 남자는 몇 차례 자살을 시도한 이력이 있는 우울증 환자였다. 박 기자는 기사를 쓸 때 그 부분을 강조했다. 만취해 발코니 라운지에서 행패를 부리다 안타까운 선택을 한 것처럼. 그러니까 사고가 아니라 본인이 선택한 죽음처럼 보이게 기사를 꾸렸다.

영음에게 먼저 전화한 건 윤 대표였다. 해고하지 않는 대신 한 달간 집에서 일하되 무급이라는 조건을 걸었다. 일종의 허락인 셈이었다. 구한 적도 없는 허락에 영음은 어리둥절하며 샌드위치를 한입 베어 물었다. 노동력을 헐값에 제공받기에는 그녀만 한 인물도 없음을 윤 대표는 잘 알았다.

"사람 죽고 사는 게 뭐 대수라고. 뭘 그렇게 충격을 받고 그래! 그동안의 정을 생각해서 휴가 주는 거야. 알아들어?"

대답 대신 영음은 입가에 묻은 소스를 닦아냈다. 아무래도 상관없었다. 먹을 수 있게 된 마당에 무엇이 아쉽겠는가. 오로지 먹는 일만 하고 싶었다. 그때, 남자의 구두를 보았다. 어쩌다 보니 그걸 집까지 들고 와버렸는데 버릴 수도 없었다.

영음은 남자의 유품을 볼 때마다 맥박이 빨라지는 걸 느꼈다. 짧은 순간이지만 남자와 사랑을 나눈 것만 같았다. 상상 속의 사랑이 아니라, 현실의 사랑! 이걸 추억하고 기념하기 위해서는 실체가 필요했다. 곧 상상의 남자들과 뒤섞여 없던 일이 돼버릴 거 같아 싫었다. 그날 남자가 보이던 가당치 않은 호의를 그녀는 오랫동안

간직하고 싶었다.

그녀는 벽장에 붙은 거울 앞에 섰고 꽤 오랜만에 자기와 마주했다. 곧, 입을 크게 벌리고 목 안 깊숙한 곳을 들여다보려 노력했다. 삶을 송두리째 흔들던 목구멍 속 당구공이야말로 환상이 아니었을까, 의심했다.

어느 날 아침이었다. 그녀는 또다시 먹을 수 없게 돼버렸다. 그녀는 서럽게 울었다. 자신을 스스로 질책했다.

더 먹을걸, 젠장. 더 먹었어야 했는데.

점심시간이 되자 영음은 부리나케 사무실을 나섰다. 이쑤시개통을 주머니에 넣은 채 인근에 자리한 도서관으로 달아나는 중이었다. 걸을 때마다 반동으로 이쑤시개와 플라스틱 상자의 마찰이 빚어졌고 짤랑거리는 소리가 주머니 밖으로 새어 나왔다.

특별한 일이 없으면 윤 대표와 박 기자는 사무실에서 식사를 배달해 먹었다. 식욕을 일으키는 감각 기관은 입도 아니요, 눈도 아닌 코라는 걸 영음은 차츰 깨달았다. 그녀는 휴지로 코를 막고 책상 앞에 앉아 인내하고자 노력해 봤다. 하지만 그때마다 시간에는 꼬리가 있는 것 같았다. 계속 자라고 또 자라나는 꼬리. 식욕과 맞서는 몇십 분은 몇 시간이나 되는 것처럼 길게 꼬리를 늘어뜨리곤 했다.

남들이 굶주림을 해소하는 시간에 그녀는 극도의 굶주림에 빠져들어야만 했다. 식욕을 무시하는 일은 큰 스트레스였다. 사무실 밖으로 발길을 옮겨도 상황은 마찬가지였다. 거리에는 점심 영업 중인 식당들이 냄새 분자를 통해 그들만의 메뉴를 홍보 중이었다.

영음은 얼마간의 방황 끝에 도서관이라는 장소를 찾아내기에 이르렀다.

그녀는 보통 열두 시 10분쯤 열람실에 도착했다. 수요일을 제외하고는 매번 같은 사람이 대출 반납 창구를 지키고 있었다. 그 사람은 사서 보조였다. 영음이 얼마 전 입구 유리창에 붙어 있는 조직도를 보고 우연히 알게 된 사실이었다.

도서관의 다른 직원들은 열두 시 정각이 되면 밖으로 몰려 나갔다. 상시 개방인 열람실을 누군가 한 사람은 지키고 있어야만 했다. 순번을 정해 교대로 하면 좋겠지만, 직원들은 가장 어리고 만만한 사람이 맡는 걸로 합의했다. 물론 영음이 이런 사실까지 알지는 못했다. 두 사람은 대화를 나눈 적도, 하물며 인사를 나눈 적도 없는 사이였으니까. 하지만 꽤 긴 시간 점심시간을 함께 보낸 사이인 건 틀림없었다.

여느 때처럼 열람실에 도착하자마자 영음은 책을 꺼내 들고 자리를 잡았다. 그러자 사서 보조는 복도에 놓인 간이 의자로 자리를 옮겼다. 그렇게 두 사람은 각자 식사를 시작했다.

영음은 앙드레 지드의 『지상의 양식』을 꽤 오랜 기간 읽는 중이었다. 처음에는 읽으려 했다기보다 그걸 세워두고 그 뒤에 숨어 이쑤시개를 먹어 치웠다. 그저 제목이 배불러 보여 선택한 책이었다. 그러다 저도 모르게 읽게 됐고 마음이 동해 점심시간은 무조건 이 책과 보냈다.

사서 보조는 샌드위치나 삼각김밥으로 간단하게 식사했다. 몇 가지의 메뉴가 번갈아 바뀌긴 해도 음료만큼은 딸기우유였다. 그리고 또 변치 않는 게 하나 있었다. 그녀는 늘 식전 기도를 올렸다.

두 손을 모은 채 두 눈을 감는 사서 보조의 모습이 통유리 창을 통해 비쳤다. 영음은 가만히 그 모습을 지켜보며 주머니에서 이쑤시개가 담긴 플라스틱 통을 꺼냈다. 그리고 하나를 집어 오독, 오독, 오도독, 씹어 삼켰다. 될 수 있으면 입 밖으로 소리가 새어 나가지 않도록 조심스럽게 말이다. 그 모습이 경건하고 의연해 보이기까지 했다.

영음도 하루 세 번, 규칙적으로 기도하던 때가 있었다.

✣

순심은 굿을 해도 소용이 없자 영음을 제 집으로 데려갔다.

영음은 이모를 따라 무안으로 내려가 요양해야만 했다. 이 또한 어느 무당의 지시였을 게 뻔했다. 집을 떠나 있으면 나을 병이라고 했을 테다. 그만 믿을 때도 됐건만…… 영음은 어쩔 수 없이 시키는 대로 짐을 쌌고 이모 집에서 꾸역꾸역 1년 가까이 지냈다. 이에 관한 이야기는 나중에 다시 할 테지만, 영음은 이때를 지옥에서 보낸 시간으로 기억한다.

요양을 팽개치고 1년 만에 서울 집으로 그녀가 돌아왔을 때 제 병은 그대로인데 부모는 많은 부분 달라져 보였다. 두 사람은 듣도 보도 못한 신흥종교에 심취해 있었다. 무속신앙에 대한 회의가 그

원인이었으리라고 영음은 짐작했다.

그때부터 매주 토요일이 되면 새벽부터 일어나 서둘러야만 했다. 강원도 어느 산골짜기에 있는 '수신교'에 가기 위해서였다. 영음의 가족은 그곳의 기도실에서 꼬박 이틀 동안 수신님께 기도 올리곤 했다. 예수님, 부처님, 알라신, 더 나아가 시바 신까지만 해도 영음은 이해하려 했다. 하지만 수신님이라니? 이름부터가 사기 집단 같아 찝찝했다. 게다가 수신님은 다른 신들에 비해 노골적으로 헌금을 좋아하는 듯 보였다.

어느 주말, 자기 자신을 수신님의 제자라고 칭하는 시설 설립자가 영음의 가족을 불러 앉혔다. 자비의 눈초리로 영음을 바라보며 이렇게 말했다.

"오늘내일하던 말기 암 환자도 기도 치료로 완치했으며 몇 년째 의식불명이었던 식물인간도 입소 후 기도 받은 지 딱 일주일 만에 눈을 떴습니다. 더 기적적인 건 한 시간 뒤 자기 두 다리로 걸었으며 30분 뒤에는 직접 운전을 하고 가족을 만나러 갔다는 사실입니다."

시설 설립자는 말할 때마다 침을 공중에 분사하는 스타일이었다. 영음은 얼굴을 닦아내며 질문했다.

"그 식물인간이었다는 분은 여기 입소할 때 자가로 오셨나 봐요? 어떻게 직접 운전해서 가족들을 만나러……."

그녀의 질문에 시설 설립자는 크게 노했다.

"내면에 뿌리 깊게 자리 잡은 불신은 우리의 그 무엇도 변화시키지 못합니다!"

결국, 다양한 종교의 콜라주 같은 이 수상하고 독특한 종교 시설에 영음은 입소해야만 했다. 시설이라 해 봤자 30평 남짓 되는 조립식 건물로 1층에는 기도실과 화장실, 샤워실, 주방과 같은 공용 시설이, 2층에는 작은 방이 여러 개 있을 뿐이었다.

당시 영음의 아빠 월급은 2백만 원쯤 됐다. 그런데 수신님에게 딸을 맡기는 대가로 한 달에 3백만 원이 넘는 돈을 내야만 했다. 그 돈을 충당하려면 영음의 엄마인 성란도 일자리를 구해야 하는 처지였다. 영음의 부모는 한 푼이라도 더 벌고자 직장으로 향했고, 자연스레 시설에는 발길이 끊겼다.

시설 설립자의 집회 아래 영음은 하루 세 번 기도 시간을 가졌다. 그때마다 아이러니하게도 수신님에 대한 불신을 버릴 수 있게 해달라고 수신님께 기도를 올렸다. 시간이 흘렀다. 어느 순간부터 시설 내에서 기도 시간을 지키는 사람은 오로지 단 한 사람, 영음 뿐이었다. 시설 설립자마저 포교 활동으로 바쁜 모양인지 참여 빈도가 점차 줄어들었다.

그곳은 어찌 보면 종교 시설이라기보다 요양원에 가까웠다. 온종일 노래를 부르거나 비명을 지르는 치매 노인. 이미 차 석 대를 불태운 이력을 가진 치매 노인. 무슨 물건이든 침대 밑으로 숨기는 치매 노인. 그리고 아무것도 먹지 못하는 스무 살의 영음. 이들이 시설에 거주하는 신도의 전부였으니까.

그나마 다행스러웠던 건 식사와 청소를 담당하는 여사님, 신도들과 시설에서 함께 생활하는 간호사가 있다는 점이었다. 시설 설립자는 처음에 이 시설의 장점으로 전문 영양사와 의료진을 갖춘 점을 내세우기도 했다.

영음과 간호사는 알고 보니 동갑내기였다. 사실 나이를 제외한 그녀의 나머지 신상 정보는 전부 거짓이었다. 이름과 직업까지, 모두. 이름은 그렇다 치지만 정식 간호사도 아니었다.

그녀는 간호조무사 교육을 이제 막 이수하고 실습하던 중, 수신 교로부터 스카우트 제의를 받았다. 노인들에게 영양제나 놔주고 약만 제때 먹이면 되는 쉬운 일이라고 들었다. 불법이라는 생각에 잠시 망설이기도 했으나 이내 승낙해 버렸다. 진짜 간호사가 되기 위해서는 간호대학에 입학해야 했고, 그러기 위해서는 돈이 필요했다.

간호사는 한 달에 한 번 휴가를 받아 집에 갔다. 그때마다 영음은 개인 물품 구매나 은행 업무를 그녀에게 부탁했다. 뭐, 개인 물품이라 해봐야 녹말 이쑤시개 정도였지만 말이다.

영음의 부모는 매달 꼬박꼬박 30만 원 정도를 용돈이라는 명목으로 영음의 계좌에 부쳤다. 현금으로 쓰라는 취지였다. 영음은 매번 그렇게 했다. 산속에서 용돈을 소비할 만한 곳은 수신님이 유일했기 때문이었다.

하루는 간호사가 영음에게 자기가 봤던 검정고시 교재를 가져다줬다. 누군가 이미 사용한 흔적이 역력한 낡은 책이었다. 영음은 그게 간호사가 사용한 교재였다고는 생각하지 못했다. 교재의 앞면에 낯선 이름이 쓰여 있었으니까. 간호사는 그날 평소처럼 이쑤시개 네 통을 사왔으며, 더불어 현금 4만 원을 출금해 가져다줬다.

영음은 만 원짜리 지폐를 세어보고는 놀라 간호사에게 물었다.

"통장에 이거밖에 없었어?"

"이쑤시개는 일주일에 한 통. 헌금은 일주일에 만 원씩. 나머지는 저축."

간호사는 대수롭지 않다는 듯이 대답했다.

"왜?"

"수신이든 등신이든. 신은 신이잖아? 신은 본래 모든 걸 다 가졌어. 아무것도 없는 건 우리라고."

전지전능한 능력으로 영음의 앞길에 빛이 되어준 간호사! 아니, 간호조무사! 그녀 덕분에 영음은 고등학교 졸업장과 약간의 돈을 모을 수 있게 됐다. 불법이라는 이름으로 행한 그녀의 일은 그야말로, 또 하나의 기적이었다.

시설에서 3년쯤 머물렀을 때 수신교는 그녀를 매몰차게 내쫓았다. 덤으로 영음의 아빠가 파산했다는 소식도 전했다.

"아무리 그렇다고! 세상에 딸자식을 맡겨 놓고! 몇 개월째 돈 한 푼 보내지 않을 수가 있냔 말이야! 네 부모가 그따위로 세상을 사니까 네가 이렇게 벌을 받는 게야. 수신님은 널 용서하지 않으실 거다."

시설 설립자는 영음의 얼굴에 대고 악다구니를 퍼부었다. 그래도 분이 풀리지 않았는지 욕설도 서슴지 않았다. 그는 여전히 침을 많이 튀겼다.

그 순간, 영음은 홍 보살과 나란히 누워 나눴던 그 밤의 대화들이 떠올랐다.

'영가가 해코지를 시작하면 그 사람뿐 아니라 그 주변까지 괴롭혀. 사람이나 물건에 살을 내리게 해서 죽게도 만든다.'

며칠 지나지 않아 시설 설립자는 제 소유의 포르쉐에 영음을 태웠다. 반짝이는 자동차 표면에 얼굴을 비춰보며 영음은 생각했다. 신의 은총과 가호는 저 사람이 다 받아 챙겼구나. 포르쉐는 시설에서 조금 떨어진 아름드리나무 밑에 따로 주차해 뒀는데 차량 방화를 일삼는 치매 신도를 의식한 듯 보였다.

영음을 태운 포르쉐는 쏜살같이 달려 마을 어귀 버스 정류장에 멈춰 서더니 그녀를 뱉어내고 다시 쏜살같이 달렸다. 사랑을 실천하는 종교인의 마지막 모습이었다.

그녀는 퇴소 후 서울로 돌아오긴 했으나 부모와는 연락을 끊고 지냈다. 그들의 삶을 더 망가뜨리고 싶지 않아 그랬다. 어쨌든 간호사의 현명한 충고를 따른 덕에 통장에는 5백만 원이 저축되어 있었다. 영음은 그 돈으로 어떻게든 자립해 볼 작정이었다.

월세 30만 원짜리 고시원을 보러 갔다. 주인은 그녀에게 5만 원을 더 내면 창문 있는 방도 가능하다고 강조했다. 밖을 내다보거나 방 안으로 바람을 통하게 하려고 한 달에 몇만 원을 더 지출하는 건 분명한 사치였다. 하지만 비가 오면 방은 눅눅했고, 수건이나 속옷 같은 것도 잘 마르질 않았다. 축축한 수건에 얼굴을 닦으며 그녀는 돈을 벌어야겠다고 다짐했다.

아르바이트를 구하기는 쉽지 않았다. 몇 달간 면접만 보러 다녔지만 거절당하기 일쑤였다.

"귀신의 집에 취직하면 딱 맞겠네."

영음의 앙상한 팔뚝을 허락도 없이 만져대며 편의점 주인은 말했다.

"어휴, 아르바이트 한 번 더 구했다가는 송장 치르겠네."

카페 사장은 치를 떨며 영음을 밀쳐냈다.

지하철을 여러 차례 갈아타야 해 힘겨웠지만 고맙게도 방문 학습지 센터에서 그녀를 단기 고용해 줬다. 센터의 홍보 전단을 접고, 그걸 천연 펄프 부직포 행주와 함께 OPP 봉투에 넣는 일을 했다. 전단은 행주의 크기보다 좀 더 작은 크기로 접어야 했다. 행주에 전단이 교묘하게 가려져 뒤집었을 때는 행주만 보이도록 하는 게 하나의 전략이라면 전략이었다.

꼬마 아이들에게는 센터의 상호가 인쇄된 풍선을 플라스틱 막대기에 꽂아 나눠줬다. 그녀는 풍선 5백 개를 손 펌프질로 바람을 채웠는데 죽을 맛이었다. 펌프질할수록 깨알 같았던 상호는 풍선 전면을 채웠다. 나눠줄 홍보 제품을 만들고 학교 앞이나 아파트 상가 앞에서 배포하는 것, 이게 그녀가 해야 할 일이었다.

하지만 학부모와 아이들의 반응이 좋질 못했다. 학부모들은 그녀가 서 있는 땅을 도려내기라도 하듯 피해서 갔고 아이들은 비명을 지르며 달음박질쳤다. 어떤 아이는 자지러지게 울었으며 어떤 아이는 그녀를 향해 돌을 던지기도 했다.

덕분에 월 50만 원으로 책정됐던 아르바이트비는 30만 원이 됐다. 방세와 교통비로도 부족했다. 병원비 때문에 얼마 남지 않은 통장 잔고가 좀먹고 있었다. 그녀는 수액 맞는 일을 줄였다. 손 떨림 증세가 생겼고 숨도 가빠졌다. 의사는 영음의 몸무게를 진료 기록부에 표시하며 말했다.

"좀 더 빠졌다간 영혼만 남겠어."

죽을힘을 다해, 더 나은, 일자리를 찾아야만 했다.

학벌 무관, 간단한 문서 작업 및 인터넷 업로드.
포토샵 가능자 우대 〈라이프 뷰〉

이쑤시개를 씹으며 구인란을 살피던 영음은 라이프 뷰의 구인 조건을 보고 곧장 전화를 걸었다. 포토샵 프로그램을 열어본 적이 있긴 했지만 직접 사용해 본 적은 없었다. 면접에 합격하게 되면 책을 사서 몇 가지 툴을 익히면 될 것 같았다.

그녀가 면접하러 갔을 당시만 해도 라이프 뷰는 무가지를 발행했다. 그러나 한때 잘 나가던 무가지들은 스마트폰에 주요 독자층을 빼앗겼다. 그들은 문을 닫거나 새로이 거듭나는 방법을 찾았다. 끝까지 살아남은 무가지 중의 하나였던 라이프 뷰는 인터넷 언론사로 새롭게 창간을 준비하던 중이었다. 하지만 직원들은 밀린 월급을 문제 삼아 모두 함께 떠났다. 실은 윤 대표의 인성 문제가 컸다.

윤 대표는 그녀에게 월급은 백만 원밖에 줄 수 없다고 딱 잘라 말했다. 기존 벌이의 세 배에 달하는 액수를 듣자, 그녀의 입에서 감사 인사가 절로 튀어나왔다. 그 돈이면 생명을 유지하는 데 지장이 없었다. 수액도 자주 맞을 수 있게 될 것이다.

그렇게 영음은 라이프 뷰에 입사했다. 어느덧 근속한 지 5년이 다 되어간다. 제2의 전성기를 누리고 있는 라이프 뷰는, 부를 창출해내는 통로를 찾았으며 성장했다.

하지만 그녀의 월급은 5년째 동결이었다.

⋠

시곗바늘이 열두 시 45분을 가리키자, 사서 보조는 영음을 힐끗 바라봤다. 때마침 영음도 자리에서 일어났다. 읽던 책을 제자리에 꽂아두고 열람실을 빠져나왔다.

그녀가 사무실 인근에 도착했을 때, 박 기자에게 전화가 걸려왔다. 함께 가야 할 곳이 있다며 재촉했다. 혹시 또 파티 같은 곳에 가자는 건 아닌지 걱정스러웠다. 거절할 만한 적당한 핑계가 필요했다. 발걸음을 늦추고 사무실 주변을 한 바퀴 빙 돌았다. 또다시 전화벨이 울렸다. 박 기자였다.

박 기자는 그녀가 입사하고 얼마 지나지 않아 라이프 뷰의 영업직으로 들어왔다. 하지만 명함을 받고 보니 박 기자는 취재 기자로 돼 있었다. 윤 대표는 라이프 뷰에서 영업과 취재는 같은 맥락이며 일맥상통한다고 말했다. 박 기자는 그 개떡 같은 말을 찰떡처럼 이해해서 윤 대표를 기쁘게 했다.

박 기자는 취업하는 회사마다 동료들과의 불화로 퇴사하기를 반복했다. 바로 직전 근무지에서는 동료와 머리채를 부여잡고 싸웠는데 박 기자만 잘렸다. 영음에게 박 기자는 그날을 영웅담처럼 펼치는 걸 즐겼다.

"사표를 사장 앞에 던지고 나왔다니까. 영음, 네가 그걸 봤어야 하는데."

그런데 왜 싸웠는지 그 이유는 비밀에 부쳤다. 말해주지 않아도 영음은 알 것만 같았다.

박 기자는 본인의 기분만 중요시했다. 자기가 즐거우면 모두가 그 장단에 맞춰 춤을 추길 강요했고 자기가 우울하면 주변 사람들의 기분도 망쳐야 직성이 풀렸다. 박 기자는 본인의 이런 쥐약 같은 성격을 잘 알고 있었다. 고칠 생각은 전혀 없었으며 스스로 정신분석학적 관점을 내놓으며 합리화시켰다. 한번은 영음에게 눈물을 보이며 이렇게 말했다.

"나는 아빠가 재혼하는 바람에 새엄마 밑에서 자랐거든. 그 여자가 시집오면서 혼수로 이복언니 두 명을 데리고 온 거야. 계모 밑에서 자린다는 게 어떤 건 줄 알아? 난 아마도 사랑을 못 받아서 어딘가 어긋나 버린 거 같아."

영음은 적지 않게 당황했다. 박 기자는 눈물을 닦아내고 한층 더 말똥말똥해진 눈으로 그녀를 빤히 쳐다봤다. 그건 마치 이제 네 차례야, 영음. 이라고 말하는 것 같았다. 말해야 하나 말아야 하나, 그녀는 고민했다. 여자들은 왜 이런 방식으로 서로의 사이가 두터워지길 시도하는 것일까.

"난 이쑤시개를 먹어."

상대방의 불행을 듣기만 하고 입을 씻는 짓은 감정을 빚지는 일과 같다고 영음은 여겼다. 비밀을 공유한 그 시각 이후, 두 사람의 관계는 남보다는 조금 더 가까워졌다. 하지만 여전히 남이었다.

박 기자는 '정담; 식이 장애 전문 치료센터'에 영음을 데려가는 중이었다. 그곳은 한 달 전에 문을 열었으며 박 기자는 이미 세 차례나 방문했다. 그녀는 건물 앞 도로에 능숙하게 주차하면서 콧노래를 흥얼거렸다.

보조석에 앉아 있던 영음의 눈에는 유명 여성복 쇼룸이 들어왔다. 거기에 가는 줄 착각하고 있었다. 그녀는 손이 축축해지는 걸 느꼈다. 박 기자는 마음에 드는 옷을 몇 벌 고르고 기사를 빌미로 할인을 요구할 것이다. 벌써 염치가 없어져 귓불이 달아올랐다. 만약 제 뜻대로 되지 않으면 성난 황소처럼 굴겠지. 콧김을 씩씩 내뿜으며 꼬투리를 잡을 요량으로 매장 안을 활보할 테다. 그걸 말리는 일은 항상 그녀의 몫이었다.

영음은 곧 안도했다. 차에서 내린 박 기자는 쇼룸을 가볍게 스쳐 그 옆 건물로 향하는 중이었다. 영음은 상호도 살피지 못한 채 박 기자의 뒤를 따라 2층의 어느 상가로 들어섰다.

핑크빛 가운을 입은 여자가 두 사람을 기다리고 있었다. 여자의 왼쪽 가슴팍에 '센터장'이라는 직책과 이름이 새겨져 있었다. 박 기자와 여자는 악수하며 가볍게 인사를 나눴다. 센터장은 영음에게도 손을 내밀었다가 이내 거둬들였다. 맨손으로 잡기에는 왠지 꺼림칙하다는 생각이 들었던 모양이다. 닭발 같은 그녀의 손을 잠시 바라보던 센터장이 첫마디를 뗐다.

"생각보다 훨씬 심각해 보이네요. 거식증을 겪은 지는 얼마나 되신 거예요?"

"10대 후반부터 시작됐으니 지금 10년도 훨씬 넘었죠."

박 기자가 영음을 대신해 대답해버렸다.

"대부분 환자는 자신의 식욕을 통제하면서 스트레스나 정신적인 고통이 줄어든다는 거대한 착각을 합니다."

센터장은 미리 준비해 놓은 팸플릿을 영음의 앞으로 밀었다. 영음은 그걸 손대지는 않고 눈으로만 훑어봤다. 식이 장애 전문 치료 기관이라는 문구가 눈에 들어왔다.

"먹으면 곧장 달려가 구토하고 설사약 등을 먹어 체중을 조절하고 있다고 들었습니다. 주기적인 상담을 통해 체중에 대한 강박관념에서 벗어나고 잘못된 습관을 개선하면."

영음은 박 기자를 노려보며 말을 가로챘다.

"뭔가 잘못 알고 계신 것 같네요. 저 거식증 환자가 아니거든요. 너무 먹고 싶은데 삼키지 못하는 것뿐이라고요. 체중에 대한 강박관념? 먹을 수만 있다면 치라리 비만이 돼도 좋겠네요."

이번에는 박 기자가 영음을 무섭게 노려봤다. 입을 다물라는 제스처 같았지만, 영음은 멈추지 않고 목 안에 존재하는 당구공에 대해 설명했다.

이야기를 듣던 센터장은 한숨 비슷한 걸 내쉬었다.

"박 기자님에게 들었던 이야기와는 조금 다르네요. 10년 넘게 구토를 반복했다면 러셀 사인도 보일 텐데 깨끗하기도 하고."

"러셀 사인이요?"

당황한 어조로 박 기자가 되물었다.

"구토 유발을 위해서 손가락을 사용하는데, 반복적으로 하다 보니 손등에 치아가 닿아 굳은살이나 흉터가 생겨요. 흠, 듣고 보니 거식증과는 결이 좀 다른 문제 같네요. 그러니까 목구멍의 혹 때문이라는 말씀이죠? 박 기자님, 여기가 이비인후과가 아니라는 거 잘 아시죠? 우리 센터의 방향과는 좀 거리가 있어 보이네요. 솔직히 전 딴 문제는 별로 관심 없거든요."

센터장의 냉담한 반응에 박 기자는 잠시 고민하는 듯 보였으나 이내 진지한 어투로 설득을 시도했다.

"거식증이라 치고 그냥 가시죠. 본인은 목에 뭐가 있어서 삼키질 못한다고 말하는데 그게 거짓말입니다. 왜 거식증 환자들 대부분이 갖가지 먹지 않을 이유를 만들고 주변 사람을 속이잖아요."

"거짓말 아니야!"

영음은 손이 바르르 떨리는 걸 느꼈다.

"너 이쑤시개는 먹잖아! 그러면 그건 어떻게 삼키는 건데?"

"그건……."

궁지에 몰리자 영음도 박 기자에 대한 비밀을 폭로해 버리고 싶었다. 이 인간은 다른 사람들한테 뭔가를 들어내면서 사랑받는 기분을 느낀다고, 여기가 치과였다면 칫솔이나 치약 같은 걸 요구했을 거라고. 물론 센터장은 여기는 정신의학과가 아니에요, 관심 없어요, 라고 답할 테지만.

잠시 정적이 흘렀다. 영음은 흩어져 있는 마음을 쓸어 담고 박 기자가 왜 이런 자리를 마련했는지부터 생각했다. 센터장의 다양한 의견을 빠짐없이 메모하는 박 기자! 분명 무슨 이유가 있어 보였다. 그 어느 때보다 진지하며 필요 이상으로 열정 어린 태도. 갑자기 영음은 코끝이 찡해지는 걸 느꼈다. 몸처럼 어느덧 마음마저 말라비틀어져 버렸나 씁쓸하기까지 했다.

영음은 팸플릿을 만지작거렸다. 이쯤 되니 스스로 의심이 들기 시작했다. 삼키지 못하는 건 그저 망상에서 비롯된 걸까. 박 기자의 말처럼 먹지 않기 위한 구차한 변명 같은 건가. 실은 아주 잘 먹을 수 있으면서. 생각해 보니 짧은 기간이었지만 다시 먹을 수 있게 된 날도 존재했다. 또, 이쑤시개는 얼마든지 잘만 먹질 않는가. 정말 내면 어딘가에 체중에 대한 두려움이 존재하는 건 아닐까. 말라비틀어진 이쑤시개를 동경해 무의식이 그것만큼은 허락해 준 걸까. 아니야, 아니다. 목구멍에는 분명 당구공만 한 무언가가 존재하고 극심한 고통을 선사한다. 숨을 끊어버릴 듯한 그 고통. 그럼, 그 고통은 무어라 설명할 수 있단 말인가. 그녀는 매우 혼란스러웠다.

한참 동안 아무 말 없이 컴퓨터 모니터만 바라보던 센터장이 손가락으로 책상 위를 가볍게 두드려 소리를 냈다. 이이 영음과 박 기자를 번갈아 보며 말했다.

"이쑤시개라… 그거 흥미롭네요. 전문용어로 피카(Pica)라고 하죠. 이식증. 이식증은 넓은 의미에서 식이 장애에 속하니까. 이게 더 재밌겠네요. 그래요, 이 방향으로 논의하죠. 좋아요. 아주."

경직됐던 박 기자의 얼굴에 다시금 미소가 감돌았다. 영음은 도대체 뭐가 더 재밌고 좋다는 것인지 이해하지 못했다. 박 기자는 이식증에 대해 좀 더 질문했고 센터장은 낭랑한 목소리로 마치 인터뷰라도 하듯 설명했다. 영음도 집중해 듣고 있다는 의미로 중간중간 고개를 끄덕였다.

"이식증은 영양분이 없는 이상한 물질을 먹는 증상이에요. 뭐, 유리나 흙, 점토, 머리카락, 종이 따위의 먹어서는 안 될 해로운 걸 먹는 것이죠."

영음은 그 후로도 혼자 몇 차례 더 센터를 방문했다. 형식적인 질문지를 풀어서 제출했다. 항상 마지막 빈칸에는 '더는 이쑤시개를 먹지 않겠습니다.'라고 적었다. 속옷만 입은 채 전신사진도 찍었다.

이제 그녀는 이식증 환자 취급을 받았다.

박 기자의 기사가 유명 포털 사이트 메인을 장식했다. 윤 대표는 흡족한 표정으로 마우스 스크롤을 내렸다. 라이프 뷰의 홈페이지에는 '정담; 식이 장애 전문 치료센터' 광고 배너가 하나 더 추가됐다.

"박 기자, 아주 그럴싸하던 걸. 연재 기사로 가보면 어떨까."

윤 대표의 제안에 박 기자는 고개를 끄덕였다. 영음의 눈치를 살피는 일도 잊지 않았다.

영음은 그때까지 아무것도 모르고 있었다. 윤 대표는 평소보다 기분이 좋아 보였고 박 기자는 쓸데없이 주변을 어슬렁거렸다. 그러거나 말거나 영음은 입구 쪽에 놓인 화분에 물을 그득하게 주고 쓰레기통에 종량제 봉투를 갈아 끼우는 일에 열중할 뿐이었다.

"영음, 내가 밑에 내려다 놓을까?"

가득 찬 종량제 봉투의 주둥이를 묶고 있는데 박 기자가 물었다. 별스러운 일이었다.

"괜찮아."

박 기자는 영음의 표정을 한번 훑더니 의미심장한 표정으로 되물었다.

"정말 괜찮은 거 맞지?"

그때라도 눈치챘다면 박 기자의 얼굴에 대고 속 시원하게 소리라도 한번 질러봤을 테다.

잠시 후, 영음은 빈 사무실에 홀로 남아 비명을 질렀다.

이쑤시개만 먹는 30대 여성을 위기에서 구하다

식이장애의 일종인 이식증(pica), 합병증으로 심각한 상태…

일반 성인 여성 절반에도 못 미치는 몸무게

정답 식이 장애 전문 치료센터 방문 뒤… 삶의 질 개선

그녀는 박 기자가 작성한 홍보 기사를 드디어 읽고 말았다. 윤 대표가 그토록 만족해하고 포털 사이트에서 사람들의 관심을 한 몸에 받는 그 기사를 말이다.

사람들은 극단적이고 비정상적인 걸 꺼리는 한편, 열광하기도 한다. 영음은 무관심보다 더 무서운 게 호기심이라는 걸 누구보다 잘 알았다. 그리고 박 기자는 그 삐뚤어진 대중의 호기심을 영업 전략으로 사용하는 방법을 누구보다 잘 알았다.

무엇보다 영음의 기괴망측한 전신사진은 가히 관심받을 만했다. 이식증에 대한 설명과 함께 속옷 차림의 사진이 올려져 있었다. 사진 밑에는 '오로지 이쑤시개만 먹는 30kg의 30대 여성 L 씨, 센터 방문 당시 실제 모습.'이라고 설명도 덧붙여져 있었다.

모자이크나 블러 처리도 없이 얼굴을 공개한 마당에 L 씨? 그녀

는 정신이 아득해지는 걸 느꼈다. 무엇보다 더 기분 나쁜 건 몸무게가 잘못됐다는 거였다. 35.7kg인데 억울했다.

영음은 전날 저녁 박 기자에게 걸려 왔던 전화 한 통을 떠올렸다. 어째 이상하다 싶었지, 하며 머리를 주먹으로 두어 번 쥐어박았다. 어휴, 이 바보. 이 바보.

고시원 침대에 걸터앉아 링거 바늘을 빼고 있던 참이었다. 딱 그때 전화가 울렸다. 박 기자였다. 통화 버튼을 누르자마자 다짜고짜 급하게 올려야 할 기사가 있다고 했다. 짜증이 밀려왔다. 퇴근하기 전까지 아무 말도 하지 않았으면서 왜 이제 와서 이러나 싶었다. 사무실 의자에 반쯤 누워 유튜브 영상을 보며 낄낄거리던 박 기자의 여유 넘치던 모습이 떠올랐다.

홈페이지 관리자 모드의 아이디와 비밀번호는 영음만 알았다. 윤 대표와 박 기자는 그녀에게 시키면 됐으므로 따로 외우거나 적어둘 필요가 없었다. 보통 기사가 작성되면 윤 대표의 확인을 거쳐 그녀에게로 넘어왔다. 그녀는 관리자 모드로 접속해 홈페이지에 기사를 올렸다. 사진과 자료도 규격에 맞춰 편집했다. 광고 요청이 오면 배너를 제작해 메인에 넣는 것도 그녀가 해야 할 일이었다.

"박 기자, 그 기사 말이야 지금 내 메일로 보내줄 수 있어?"

고시원에는 느리긴 하지만 공용 컴퓨터가 한 대 있었다.

박 기자는 번거롭게 하기 싫다며 관리자 모드의 아이디와 비밀번호를 물어왔다. 좀처럼 보기 드문 사려 깊은 행동에 영음은 약간 감동했고, 아이디와 비밀번호를 박 기자에게 술술 불러줬다.

사람들은 하찮은 물건을 사거나 배달 음식을 시켜 먹을 때도 리

뷰를 따져 읽었다. 박 기자는 그 습관에서 힌트를 얻었다. 정담의 센터장을 만났을 때 이를 바탕으로 한 제 소신을 밝혔다.

"후기야말로 기업과 소비자 모두에게 큰 영향력을 끼치죠. 거식증에 걸린 사람이 직접 상담과 치료를 받고 회복했다는 후기형 기사를 쓰는 겁니다. 그래서 광고 효과를 극대화하겠습니다. 객관성을 높이기 위해 사진도 첨부하고요."

물론 센터장은 곤란한 표정을 지었다.

"환자들은 말이죠. 예민해요. 본인의 사례가 후기로 소비된다면 참지 못할 겁니다. 그리고 사진요? 고소당하기 딱 좋아요."

그렇다고 물러설 박 기자가 아니었다. 미리 짜놓은 계획을 일목요연하게 제시했다. 듣고 있던 센터장은 자기 허벅지를 딱, 소리나게 내리쳤다.

그로부터 며칠 뒤, 정담의 센터장은 라이프 뷰의 계좌로 광고비를 입금했다. 입금된 광고비의 일부는 박 기자의 인센티브로 이미 제공됐다.

이렇게 철저히 계산된 비즈니스 앞에서 영음은 의심 없이 옷을 벗었다. 선물을 좋아하는 박 기자에게 고가의 헤어핀을 사주며 고마운 마음을 전하기도 했다. 이렇게 사람 뒤통수를 후려칠 줄은 생각지도 못했다. 분하고 원통했다.

상담 치료로 식이 장애에서 벗어난 L 씨는 "이쑤시개 먹는 일이 잘못됐다는 건 알았지만, 끊을 수 없었다. 하지만 센터에서의 지속적인 치료를 통해 식이 문제에서 완전히 벗어나 건강을 되찾았다"라며 눈시울을 붉

헀다.

정답의 센터장은 "건강을 회복해 직장 생활을 시작한 L 씨는 센터에 주기적으로 방문해 회복 관리를 받고 있다"라며 "종합적이고 체계적인 치료 계획으로 앞으로도 다양한 식이장애 환자들에게 새 삶을 선물하고 싶다"라고 밝혔다.

소설을 썼네, 소설을! 영음은 박 기자가 쓴 기사를 곱씹어 읽었다. 읽을수록 헛웃음이 새어 나왔다. 기자가 아니라 소설가가 되는 편이 나을 법했다고 그녀는 생각했다. 기사를 삭제하기 위해 관리자 모드로 접속을 시도했지만 번번이 실패했다. 비밀번호가 바뀌었다는 걸 뒤늦게 눈치챘다. 그녀는 가방에서 이쑤시개 하나를 꺼내 잘근잘근 씹었다. 계속해서 박 기자에게 전화를 걸었지만 받질 않았다.

영국의 한 여성은 14년째 목욕 스펀지를 먹고 있으며, 중국의 어린 소년 뱃속에서는 거대한 헤어 볼이 발견됐다. 세계 각지에는 유리를 삼키고, 흙을 마시고, 점토를 먹는 이식증 환자들이 살고 있었다. 이제 한국의 이쑤시개를 먹는 L 씨도 그들의 사례에 추가될 예정이었다.

때마침 사무실에 들어온 윤 대표에게 영음은 울먹이며 말했다.

"기사 좀 내려주세요."

그녀는 입사 이후 처음으로 윤 대표에게 요구라는 걸 했다. 윤 대표는 인상을 찌푸렸다.

"내가 자선 사업가니?"

그녀도 이번만큼은 물러서지 않았다.

"그러면 사진에다가 모자이크라도 하게 해주세요."

"광고가 묶인 기사잖아. 모자이크를 하면 충격이 줄잖아. 왜, 쪽 팔려? 네가 그렇게 잘나가? 서울 바닥에 네 부모 형제 빼고, 널 알 아보는 사람이 몇이나 돼? 마음에 안 들면 그만둬. 박 기자는 혼자 여러모로 궁리한 모양인데. 똑같은 직원이면서, 애사심이라고는 눈곱만큼도 없어서는."

그 일이 벌어진 이후 영음은 애사심이 넘치는 박 기자와 한 달이 넘도록 눈도 미주치지 않았다.

사건 당일, 박 기자에게 용서받을 마지막 기회라며 기사를 지우 라고 말했으나 먹힐 리 없었다. 뭐 예상대로였고, 영음은 약이 올 라 견딜 수가 없었다.

영음은 퇴근할 생각도 하지 않고 관리자 모드의 비밀번호를 알 아내려 고군분투했다. 분해서 울고 또 울면서. 머릿속으로 윤 대표 와 박 기자를 끊임없이 연상하며 그럴싸한 연관성을 찾아 헤맸다. 갖가지 숫자와 문자를 조합해 비밀번호 입력란에 올렸다.

'비밀번호가 틀렸습니다.'

영음은 가만히 앉아 있기도 힘들 정도로 체력이 바닥났음을 느 꼈다. 여기서 그만 포기할까, 싶어질 때마다 그녀는 박 기자가 쓴 기사를 다시금 읽어 내려갔다. 시간을 허비하지 않게 노트에 조합 한 비밀번호를 일일이 적어가며 열중했다. 동이 떠오를 때까지 말이다. 물론 부질없는 짓이었다.

'박수영, 저주할 거야.'

'윤호식, 돈만 밝히는 꼰대.'

이대로는 화병이 나고 말지 싶어 노트에 빨간 사인펜으로 박 기자와 윤 대표에게 하고 싶은 말을 적었다. 글씨 위에 글씨를 반복해서 적고 또 적었다. 그러다 영음은 책상에 그대로 엎드려 쓰러지듯 잠들었다. 출근한 윤 대표는 화를 내다시피 하며 그녀를 흔들어 깨웠다. 하지만 벌겋게 충혈된 영음의 눈을 보고 윤 대표는 화들짝 놀라 소리쳤다.

"뭐야! 눈병이야? 옮는 거 아니야? 그냥 집에 가서 쉬어."

영음은 고개를 가로저었다.

"어? 에이, 마음대로 해!"

윤 대표는 후다닥 대표실로 피하듯 사라져 버렸다. 그때 출입문에서 인기척이 들렸고 박 기자가 들어왔다.

"굿모닝!"

굿모닝? 영음은 눈에 한껏 더 힘을 주어 박 기자를 노려봤다. 몸이 바들바들 떨리기 시작했다.

"영음! 아직도 화가 안 풀린 거야? 그런데 얼… 얼굴에다 뭐라고 쓴 거야?"

말을 채 끝맺기도 전에 박 기자는 영음의 볼에 쓰인 글씨를 읽어 냈다. 상이 뒤집혀 자세히 봐야 알아볼 수 있었다.

"꼬. 꼰대. 박. 수. 수영, 저. 저주할 거야?"

영음은 제 볼을 만지작대다 일어나 화장실로 향했다. 거울을 보고야 비로소 알았다. 노트에 쓴 글씨가 볼에 판박이처럼 새겨져 있었다.

화장실에서 나온 영음은 박 기자와 눈을 마주치지 않았다. 시간은 무심히 흘러갔다.

뻔뻔한 박 기자도 이번만큼은 좌불안석이었다. 라이프 뷰에 입사한 이래 잊고 지냈던 동료와의 불화. 매사 물러터진 영음 아니던가. 박 기자는 그녀를 손아귀에 쥐고 제 마음대로 조종할 수 있을 거라 여겼다. 하지만 이제 좀처럼 쥘 수 없는 존재가 돼버렸음을 느꼈다.

박 기자는 영음과 사이가 멀어진 지 한 달 하고도 보름이 지났을 즈음, 조심스레 그녀를 집으로 초대했다. 불편한 관계를 청산하고 싶은 마음도 있었지만, 그보다 더 큰 이유가 존재했다. 연이어 자신을 덮치는 불운!

이 기간 동안 박 기자는 총 세 번의 접촉 사고를 겪었다. 운전면허를 취득하고 난 뒤 줄곧 무사고를 이어왔는데, 보험회사에서도 의심할 정도로 어이없는 사고를 연이어 당했다. 그뿐만이 아니었다. 지갑도 분실해 버렸다. 인근 파출소의 연락을 받고 지갑을 되찾긴 했지만, 안에 든 현금은 자취를 감춘 뒤였다. 지지리 궁상이지만 영혼의 반려자로 영원히 함께할 줄 알았던 남자친구와도 갑작스레 결별했다.

이처럼 나쁜 일이 생길 때마다 막대기 같은 몸을 바들바들 떨며 자신을 노려보던 영음의 모습이 자꾸만 떠올랐다. 한쪽 볼에 빨간색으로 쓰여 있었던 '박수영, 저주할 거야.'라는 문구와 함께.

영음은 박 기자의 초대가 처음에는 별로 내키지 않았다. 하지만 결국 응하기로 했다. 사직서를 낼까도 고민했고 다른 일자리를 찾아보기도 여러 날이었다. 그럴수록 몸무게는 줄어들었고 뼈마디의 시린 증세는 한층 더 심각해졌다. 무엇보다 귓가에서 리코더 소리가 끊이질 않아 참기 힘들었다. 병원에서는 스트레스와 영양 부족으로 생기는 일시적인 이명 증세일 거라고 말했다. 그렇게 그녀는 전의를 상실하고 말았다. 그 무렵, 박 기자가 뜻밖의 초대를 건네온 것이다.

영음은 약속한 날 박 기자의 원룸으로 찾아갔다. 족발과 막국수, 소주 세 병, 그리고 이쑤시개 한 통을 사이에 두고 두 사람은 마주 앉았다. 처음 만난 사이보다 한층 더 어색하게 서로를 바라봤다. 영음은 박 기자의 눈이 아니라 머리에 달린 머리핀을 유심히 봤다. 그건 그러니까, 자기가 선물한 머리핀이었다. 돌려달라고 하고 싶은 마음이 굴뚝같았다.

박 기자는 소주를 몇 잔 마시더니 기분이 좋아졌다. 원룸 여기저기에 처박혀 있던 물건들을 하나씩 영음을 중심으로 늘어놓고 자랑하기 시작했다. 숨은그림찾기처럼 방 안 여기저기에서 모습을 드러냈다. 좁은 공간에서 끊임없이 물건들이 튀어나오는 광경이 신기해 영음은 눈을 뗄 수 없었다.

"이거 조선 통신사가 가져온 상아인데."

박 기자가 말했다. 나무 받침대 위에 잘 다듬어진 코끼리의 엄니가 고정돼 있었다. 영음은 별 의심 없이 그걸 바라봤다.

"조선 통신사가 뭔 줄은 알지? 그 사람들이 오만에서 가져온 물건이래. 빈티지 수입 가구점에 진열된 걸 내가 너 주려고 샀다. 너 오만 좋아하잖아."

영음은 그제야 그걸 유심히 들여다봤다. 플라스틱으로 상아를 본뜬 저렴한 제품이었다. 받침대 위에 요염하게 오른 그것은, 하늘을 향해 활처럼 휜 모양새였다. 높이 치솟은 끄트머리 부분을 필요 이상으로 뾰족하게 다듬어 장식품이라기보다 무기에 가까워 보였다. 불량품처럼 보이기도 했다. 어쨌든 보는 것만으로도 소름 돋는 그런 물건이었다.

"조선 통신사는 일본에 파견된 외교 사절 아닌가. 오만에도 갔어?"

영음이 물었다.

생각지 못한 영음의 반격에 박 기자는 장식의 끝에 찔리기라도 한 듯 움찔했다.

"아, 그럼, 조선 통신사가 아니었나? 나도 들은 거라 좀 헷갈려서 그래. 영음, 학교 다닐 때 역사 공부 좀 했나 봐? 하여튼 조선 시대 물건은 맞아. 못 믿겠으면 〈진품명품〉 갖고 나가보시든지."

조선 시대에 플라스틱이라니. 자세히 들여다보면 금세 어디쯤에서 'made in china'라고 새겨진 걸 찾을 수 있을 테다. 멋이라고는 전혀 느낄 수 없는, 혐오스럽기까지 한 걸 왜 자신에게 떠넘기려는지 영음은 도무지 이해되질 않았다. 또다시 자신이 박 기자에게 선물한 머리핀이 눈에 들어올 뿐이었다.

"고시원에 이런 게 어울릴 리 없잖아. 다른 사람 줘."

"아직도 화가 안 풀렸냐? 내가 이렇게까지 하는데도?"

· 사람들의 소장품에 대해 소개하고 감정 가격을 추정하는 TV 시사 교양 프로그램이다.

"들고 가기도 쉽지 않으니까 그래."

"관둬! 차린 건 없다만 네가 좋아하는 이쑤시개나 좀 더 들지 그래?"

박 기자는 장식품을 발로 아무렇게나 쓱 밀어 놓고는 비아냥거리기 시작했다.

영음은 박 기자가 더 취하기 전에 기회를 봐서 일어날 작정이었다. 이전에 몇 차례 박 기자의 취한 모습을 본 적 있었다. 대낮부터 회에 정종 몇 잔을 걸치고 와서 사무실 바닥에 죄다 게우는 일은 박 기자에게 일상이나 다름없었다. 물론 윤 대표도 가만히 있을 사람이 아니었다. 한번은 윤 대표가 보다 못해 고함을 질렀고 박 기자는 그대로 돌진해 그를 들이받았다. 그 일로 일주일 동안 윤 대표는 한의원에 다니며 침을 맞아야 했다.

영음의 뇌리에 문득 그 일이 스쳤다. 서둘러 집으로 돌아갈 채비를 했다.

"너 맞잖아. 이쑤시개 먹는 거! 내가 어디 거짓을 썼냐? 야! 기자는 말이야. 그 어떤 외압에도 진실을 써야 한다고!"

"뭐?"

"너 따위가 그런 걸 알 리가 있나."

박 기자가 검지로 영음의 이마 정중앙을 밀며 말했다.

영음은 그 바람에 휘청거리며 뒷걸음질 쳤다. 그녀는 서둘러 윗옷을 챙겨 입으며 생각했다. 박 기자의 초대에 응한 게 실수다. 형식적이어도 좋으니 미안하다는 말, 그 한마디를 기대했다. 영음은 스스로가 한심스러워 미칠 지경이었다.

"다시 말하지만, 난 거식증도, 이식증도, 아니야! 몇 번을 말해야 해? 내게 병이 있는 건 맞아. 하지만 네가 쓴 글은 전부 거짓이라고! 내 목구멍 안을 말이야, 무언가가 꽉 막고 있어서 먹고 싶어도 도저히 삼키지 못하는 것뿐이라고!"

박 기자의 표정이 괴상하게 변했다.

"증명해봐, 네가 지껄이는 말이 거짓이 아니란 걸. 그럼 사과할게."

박 기자는 상 위의 족발 한 점을 집더니 영음의 앞으로 가져갔다. 영음은 더는 참을 수 없음을 느꼈다. 곧바로 박 기자의 손을 거칠게 내리쳤다. 족발은 바닥으로 떨어졌고 곧이어 영음도 족발처럼 바닥으로 내동댕이쳐졌다.

박 기자의 육중한 몸에 깔린 그녀는 비둥댔다. 무슨 일이 벌어지고 있는지 생각할 겨를도 없었다. 그저 죽을힘을 다해 발버둥 칠 뿐이었다.

박 기자는 그녀의 입을 강제로 벌렸다. 상추며 막국수며 손에 잡히는 대로 그녀의 입속으로 쑤셔 넣기 시작했다.

"내가 그 병, 고쳐줄게."

음식물을 뱉어내지 못하도록 영음의 입을 힘주어 틀어막으며 말했다.

몸을 버둥거리던 영음의 눈이 순식간에 뒤집혔다. 곧이어 사지가 뒤틀리기 시작했다. 그제야 박 기자는 정신이 돌아왔다. 볼품없이 말라비틀어진 몸 위에서 내려와 방바닥에 앉았다.

영음은 한동안 고통에 몸부림치며 음식물을 겨우 뱉어냈다. 이가 맞부딪치며 딱딱거리는 소리를 냈다. 호흡도 가빴다. 몇 번 숨을 깊게 들이쉬고 나서야 살아 있음을 확신했다. 분했다. 자존심이 상했다. 울지 않으려고 노력했다. 하지만 그럴수록 눈물은 멈추질 않았다. 끝내 어린아이처럼 엉엉 소리 내어 울어버렸다.

무릎에 얼굴을 파묻은 채 서럽게 우는 영음을 보자 박 기자는 술기운이 확 달아났다. 뒷일이 두려워진 것이다. 그녀가 더 큰 저주를 퍼붓는 건 아닐까. 그건 그렇다 치고 폭행죄로 고소하면 어떻게 대응하지? 고소한 김에 기사 내용까지 문제 삼아 명예훼손죄를 더하면. 박 기자는 개미 같은 목소리로 말을 건넸다. 우선 달래고 보자는 마음에서였다.

"뭐 이깟 일로 울고 그래?"

박 기자는 걸레로 방을 좀 치운 뒤에 그녀에게 상아 장식과 몇 가지 물건을 더 챙겨주기로 마음먹었다. 이전의 관계로 되돌아갈 수 없을 것 같다는 불길한 예감도 따라붙었다. 욕실에 들어가 세수를 하고 걸레에 물을 적셨다. 남자친구와 이별하던 날, 그가 남긴 말이 수도관에서 콸콸 쏟아져 나오는 듯했다.

"넌 술이 문제야. 술 때문에 큰일 치르고 말 거야."

그 생각을 채 끝마치기도 전에 정말이지 큰일은 벌어지고야 말았다.

욕실에서 나오던 박 기자는 바닥에 흩뿌려져 있던 족발을 밟았다. 육즙이 풍부하기로 유명한 가게의 족발이었다. 미끄덩, 하면서 균형을 잃었고 육중한 몸은 둔탁한 소리와 함께 바닥으로 내동댕이쳐졌다.

생각보다 긴 정적이 흘렀다. 영음은 그제야 눈물을 훔치고 고개를 들었다. 방바닥에 미동 없이 누워 있는 박 기자를 바라봤다. 조선 통신사가 오만에서 수입해 왔다던 그 장식품이 박 기자의 머리맡에 있었다. 순간, 섬뜩하리만큼 뾰족한 끄트머리가 떠올라 몸서리쳤다. 그녀는 서둘러 박 기자에게 말을 걸어보았다.

"바닥을 항상 조심해야지."

꽤 오랜 시간 대답을 기다려봤지만, 박 기자는 아무 말도 하지 않았다. 대신 막국수 소스 같은 피가 바닥을 적시기 시작했다.

영음은 갑자기 찾아든 또 한 번의 기회를 마주했다. 세상에! 또다시 목 안의 당구공이, 호두알만 해지고, 땅콩만 해지는 느낌이 들었다. 비명을 질렀다. 구급차를 부르는 일도 잊었다. 뭐에 홀리기라도 한 듯 머릿속은 언제 끝나버릴지 모를 이 순간을 놓치기 싫다는 생각만으로 가득했다.

영음은 먹기 시작했다. 라마단을 끝낸 무슬림처럼.

거봐, 엄청나게 잘 먹네.

한동안 박 기자의 비아냥거리는 목소리가 영음의 곁을 따라다녔다.

치즈버거를 베어 물면서 영음은 생각했다. 사랑이라는 게 맛을 가졌다면, 바로 이와 같은 맛일 거라고. 물론 사랑을 해본 적은 없었다. 짝사랑도 사랑으로 쳐준다면 뭐, 할 말은 많지만 말이다.

남은 버거를 전부 입안으로 밀어 넣고 오물거렸다. 그 순간, 옆 테이블의 남자가 웃기 시작했다. 영음은 힐끗 곁눈질로 남자를 바라봤다. 햄버거를 먹는 제 모습이 우스꽝스러웠나 싶었다.

남자는 언제 웃기라도 했냐는 듯 심드렁한 표정으로 돌아갔다. 그의 시선은 휴대폰 액정에 고정되어 있었다. 그러다가 또 한 번 실소했다. 마주 앉은 여자는 감자튀김을 집다 말고 남자를 노려봤다. 한참이 지나서야 남자는 여자의 그 시선을 눈치챘다.

"아이-씨, 왜 또!"

"휴대폰 좀 그만 보면 안 돼?"

"너 먹는 거 기다려주는 거잖아. 별걸 갖고 또 시비질이야. 다

먹었으면 그만 가."

남자는 말을 끝마치기도 전에 먼저 자리에서 일어났다. 여자는 아직 절반도 먹지 못한 햄버거와 남자의 뒷모습을 번갈아가며 쳐다봤다. 그러다 여자는 옆 테이블의 영음과 눈이 마주쳤다.

영음은 연애를 텔레비전 드라마로 배웠다. 그래서 실제 커플을 보면 신기한 눈으로 그들의 사랑을 시청하곤 했다. 두 사람의 심상치 않은 분위기에 그녀는 얼른 고개를 돌려버렸다. 이미 바닥난 콜라를 빨대로 빨면서 아무것도 못 봤다는 듯 딴청 부렸다. 그녀는 생각했다. 연애라는 건 구경만으로도 이토록 힘든데 직접 하는 건 오죽할까.

영음의 시선을 의식한 여자는 불에 데기라도 한 듯 별안간 소리를 질렀다.

"야, 헤어져!"

여자는 자기가 사랑받지 못하고 있다는 걸 영음에게, 그러니까 다른 여자에게 들켜버려 비참한 모양이었다. 영음의 시선을 동정으로 착각한 게 그 여자의 실수였다.

남자는 그 순간에도 휴대폰의 액정만 주시했다. 깔깔대는 웃음소리와 엉뚱하다 싶은 효과음이 스피커를 통해 흘러나왔다. 여자가 가게 안이 울릴 정도로 쩌렁쩌렁하게 소리 질렀다. 남자의 시선이 비로소 여자에게 향했다. 남자는 대꾸 없이 홀로 가게 밖으로 나가버렸다.

여자는 가방도 챙겨 들 겨를도 없이 남자를 좇아 뛰쳐나갔다. 영음은 치킨너깃 한 조각을 입에 넣고 유리창에 시선을 고정했다.

여자는 저만치 걸어가는 남자의 옷깃을 거칠게 잡아챘다. 그때까지도 남자는 휴대폰만 보고 있었다. 여자는 남자를 길에 세워두고 그냥 울기 시작했다. 남자는 난처한 표정으로 주변을 살피더니 휴대폰을 주머니에 넣었다. 그제야 남자의 시선은 온전히 여자의 차지가 됐다. 영음은 커플의 신경전을 바라보면서 이번에는 새우버거를 먹어야겠다고 생각했다.

박 기자가 사고로 세상을 떠난 지 어느덧 한 달이 지났다. 광대가 도드라졌던 영음의 얼굴에 살이 조금씩 붙기 시작했다. 영음은 먹는 동안에도 초조함을 떨칠 수 없었다. 언제 갑자기 목구멍으로 가는 길에 자물쇠가 채워질지 두려웠기 때문이다. 무슨 자동문이라도 되는 것처럼, 죽음 앞에서 스스로 열렸나가 어느 순간 닫혀버리지 않던가. 정확한 기한도 없으며 이렇다 할 규칙도 찾을 수 없었으므로 영음의 식욕은 허락된 시간 속에서 늘 쫓기는 신세였다.

그녀는 문득 조선 통신사의 상아를 떠올렸고, 그 행방이 궁금해졌다. 경찰이 증거품으로 가져간 뒤에 어떻게 처리했는지는 알지 못했다. 상아를 떠올리니 어이없던 죽음 앞에서 맛본 그 족발이 떠올랐다. 고들고들한 그 식감을 다시 한번 되새겼다. 목구멍을 타고 부드럽게 넘어가던 순간의 쾌감! 그 무엇에도 비할 수 없었다. 그녀의 입안에 어느새 침이 흥건히 고였다.

그랬다. 그날도 영음은 강력한 식욕에 사로잡히고 말았다. 아니, 미쳐버린 식욕에. 그녀는 박 기자의 시신 옆에서 정신없이 주린 배를 채워댔다. 한참 먹다가 시계를 보니 이미 두 시간이 지나 있었다. 박 기자의 뺨에 붙은 막국수 면을 떼어내며 영음은 문득

한 가지 사실을 깨달았다. 어쩌면 죽음을 목격했을 때 드는 그 감정, 말로 형용할 수 없는 묘한 흥분과 긴장! 그게 잠시나마 먹을 수 있게 해주는 열쇠이지 않을까.

일전에도 이와 비슷한 경험을 한차례 겪었기 때문에 영음은 전보다 더 체계적으로 이 순간을 즐기기로 했다. 먹어봤자 대부분 결국 게우거나 체해서 고생했지만 말이다. 그녀는 매일 아침 하루 동안 먹을 메뉴를 적었고 틈틈이 다양하게 먹기 위해 노력했다. 식비는 생각보다 많이 소요됐다. 그동안 먹을 수 없었던 게 다행이라 여겨질 정도로 통장의 돈은 금세 바닥났다.

"그날 왜 박수영 씨의 집을 방문하셨나요?"

박 기자의 가족들은 한동안 영음을 의심했고 경찰 수사를 의뢰하기까지 했다. 영음은 난생처음 경찰서에 가 조사를 받아야 했다.

"이전에도 자주 방문하셨나요?"

"아뇨. 처음 갔어요."

"그렇다면 왜 박수영 씨가 사망한 날 그곳에 함께 계신 겁니까."

"초대를 받았거든요."

"혹 다툼이 있었다든지?"

볼품없이 마른 몸에 부석부석한 얼굴의 영음을 보자마자 경찰은 일찌감치 의심을 거둬들였다. 박 기자의 가족들도 영음을 직접 마주하고는 타살 가능성을 접었다. 박 기자의 당시 몸무게는 영음의 두 배를 훨씬 뛰어넘었으며, 다툼이 있었다면 영음이 죽는 것이 이

치상 맞아 보였다.

그렇지만 그들에게는 풀리지 않는 의구심이 하나 남아 있었다. 영음도 이미 짐작했다.

"왜 바로 신고하지 않으셨죠? 몇 시간이 지난 뒤였잖습니까?"

'아, 제가 먹느라 정신이 팔려서 시간이 그렇게 지난 줄 몰랐습니다.'

이렇게 솔직하게 말할 수는 없는 노릇이었다.

박 기자는 분명 그 자리에서 즉사했다. 하지만 유족의 생각은 달랐다. 바로 병원에만 데려갔다면 목숨은 건졌을지도 모른다고 여겼다. 죽어가는 동료를 방치한 걸 석연치 않게 생각했으며 뭔가 이유가 있을 거라는 식으로 넘겨짚었다.

윤 대표는 끊임없이 영음을 의심하고 또 의심했다. 박 기자가 쓴 기사 때문에 앙갚음한 게 틀림없다고 믿었기 때문이다. 그는 그런 이야기를 유족들에게도 넌지시 흘렸다.

"저도 모르게 그만 잠이 들었거든요. 그 사이에 혼자 소주를 세 병 정도 마셨나 봐요. 원래 술을 좋아했어요. 하필 넘어져도 그렇지, 어떻게 그걸. 전 발견하자마자 곧장 신고한 거예요. 잠깐 눈 좀 붙였다고 생각했는데 두 시간이나 지난 줄은 미처 몰랐어요."

"다른 방에서 잔 것도 아니고 원룸인데 어떻게 전혀 모를 수가."

"제가 잠귀가 좀 어둡거든요. 형사님, 그런데 그 상아 장식 말이에요."

"상아요?"

"목뒤에 박혀 있던 것 말이에요."

"아, 그 플라스틱 장식품 말이군요."

"맞죠? 그거 플라스틱."

얼마 지나지 않아 경찰 조사는 마무리됐다. 박 기자의 직접적 사인은 '플라스틱 물체 삽입으로 인한 후두부 외상성 출혈 및 뇌 손상'으로 밝혀졌다.

어느 늦은 오후, 영음은 다시 먹지 못하게 됐다. 하지만 이번에는 울지 않았다. 담담하게 받아들였으며, 평소처럼 다시 이쑤시개를 삼켰고, 링거로 영양분을 투여받았다. 그녀에게는 이제 또 먹을 수 있을 거라는 희망이 존재했다. 세상에 사람은 많고 사람이라면 누구나 죽지 않는가. 해결책을 알게 된 문제는, 더는 문제로 불리지 못했다.

다만, 죽음의 순간을 목격할 기회! 그걸 어떻게 잡아내느냐가 새로운 문제로 남았다.

신문사 사무실 건물에 여성복 판매장이 새로 오픈했다. 원래 카페가 있던 자리였다. 영음은 옷 가게 주인이 마네킹에게 옷 입히는 모습을 구경했다. 마네킹의 포즈는 도도했고 옷을 한층 더 매력적으로 보이게 했다.

주인은 바깥에 선 영음을 발견했다. 마치 아는 사이라도 되듯 유리문을 사이에 두고 웃으며 손을 흔들었다. 영음은 어색해서 멀뚱히 쳐다만 봤다. 주인은 유리창을 콩콩 두드리더니 안으로 들어오라고 손짓했다. 난처해진 영음은 그냥 모른 척하고 피해버릴까도 고민했다. 하지만 자주 마주칠 게 뻔했고 괜히 불편한 사이가 되긴 싫어, 입구로 발걸음을 옮겼다.

얼떨결에 영음은 주인 여자가 건넨 원피스를 들고 탈의실까지 밀려갔다. 밖에서 주인 여자는 지퍼는 제가 올려줄게요, 하고 소리쳤다. 쭈뼛거리며 입고 있던 옷을 벗었고 원피스 밑 부분을 머리에 집어넣었다.

그녀는 대부분 고무줄로 된 바지나 치마를 입었다. 시중에 나온 가장 작은 치수의 옷을 사도 허리 부분이 흘러내릴 정도로 컸기 때문이다. 주인은 허락도 없이 탈의실 커튼 안으로 얼굴을 들이밀었다. 오늘 처음 본 사이라고는 믿을 수 없을 정도의 친화력이었다.

"이거 누가 뭐래도 언니 옷이다. 이게 좀 작게 나와서 진짜 날씬한 사람 말고는 못 입어."

40대 중반쯤 돼 보이는 여자는 지퍼를 올려주면서 연신 언니, 언니, 해댔다. 영음은 그 호칭이 싫어서 여자를 피해 얼른 전신 거울 앞에 섰다.

뉴트럴 톤의 베이지와 아이보리 색상의 옷감이 절묘하게 섞인 민무늬 원피스였다. 소재가 풍기는 고급스러운 느낌 때문인지 클래식해 보이기까지 했다. 무엇보다 영음의 하얀 피부를 더욱 돋보이게 했다. 종아리 중간까지 내려오는 에이라인 스타일이라 길이감도 마음에 들었다. 무엇보다 천이 까슬까슬해서 여름 내내 잘 입을 수 있을 것만 같았다.

"언니, 올드 머니 룩 들어봤지? 세련돼 보이고 고급스럽다. 몇 벌 더 피팅해 볼래?"

"아니요. 이것만 살게요."

그녀도 거울에 비친 자기 모습이 싫지 않았다. 살이 좀 오른 탓도 있겠지만 적당한 길이감이 몸의 단점을 잘 감춰줬다. 그녀의 몸무게보다 적어도 3kg 정도는 더 나가 보였다.

"탈의실에 있는 옷 담아줄 테니까 그대로 입고 가면 좋겠다."

영음은 고개를 끄덕였다.

이후에도 옷 가게 여자는 영음만 보면 언니, 언니 부르며 달려나왔다. 한 손에는 그녀가 입을 만한 옷을 들고. 일반 성인 여성이 입기에는 무리가 있는, 치수가 잘못된 그런 작은 옷들이었다.

라디오에서 뇌 과학자들의 대화가 흘러나왔다. 사랑은 두뇌의 화학반응이라는 내용이었다. 남녀가 사랑에 빠질 때 도파민, 페닐에틸아민, 옥시토신, 엔도르핀 등의 호르몬이 단계적으로 분비된다고 했다.

영음은 라디오를 들으며 생각했다. 먹지 못하는 것도, 죽음을 목격할 때마다 먹을 수 있게 되는 이 괴상한 습성도, 호르몬 때문이 아닐까. 하지만 뇌 과학자가 아니기에 정답은 알 수 없었다.

천경준도 영음을 처음 본 순간, 커피를 많이 마셨을 때처럼 각성 상태를 경험했다. 아마도 그의 뇌가 페닐에틸아민을 분비한 모양이었다. 첫눈에 반하는 시간은 10만 분의 15초라고 했다. 일반인이 그 시각을 가늠해 보긴 힘들지만, 그가 영음을 처음 봤을 때 엄청난 양의 페닐에틸아민이 솟구친 건 확실했다.

새 원피스의 놀라운 위력일지도 모른다. 그래서 여자들이 옷에 그토록 많은 돈을 소비하고 새로운 디자인의 옷이 매일 쇼윈도에 걸리는 것일 수도 있다.

경준은 그동안 여러 명의 여자와 연애를 했지만, 이런 기분은 처음이라고 여겼다. 과학적인 관점에서 본다면 착각에 불과하겠으나 적어도 그는 사랑을 확신했다.

윤 대표는 후배를 통해 경준을 소개받았고 함께 일할 것을 권하는 중이었다. 라이프 뷰에는 박 기자의 빈자리를 채울 사람이 필요했다. 하지만 마땅한 사람을 구하기란 쉬운 일이 아니었다. 언론인들의 세계에서 윤 대표는 평판이 무척 나빴다. 그는 홈페이지의 광고 배너가 몇 개 줄어든 걸 확인하고 목덜미를 잡았다. 하루라도 빨리 사람을 구해야만 했다.

경준은 윤 대표와 이야기를 몇 마디 나누고는 라이프 뷰에서 일할 마음이 싹 가셨다. 본인 이력에도 별 도움이 되질 않을뿐더러 간판만 언론사였지 광고사나 다름없었다. 이런 곳에 자신을 소개한 선배가 야속하게 느껴졌다. 하지만 그녀가 사무실로 들어선 순간, 마음이 바뀌었다.

경준은 여전히 영음에게 시선을 고정한 채 윤 대표에게 말했다.

"저 당장 내일부터 출근하겠습니다."

천경준은 알아주는 명문대 언론학과를 나왔다. 주변 사람들은 그가 대학에 입학한 순간부터 '천 기자'라고 불렀다. 그 정도로 기대가 컸던 것이다. 그는 어릴 때부터 기자의 꿈을 가졌으며 줄곧 잘해왔다. 학부 시절에는 교내 언론사에서 기자로 활동했고 '올해 최고의 학생 기자상'을 받기도 했으니까.

졸업하고 나서 소위 언론 고시라는 것에 몸을 던졌다. 기자가 되려면 당연히 거쳐야 하는 일이었으므로 그는 자신 있게 도전했다. 처음 몇 년간은 종합 일간지 중 세 곳, 경제 전문지 한 곳을 목표로 정했다. 자신의 이념에 가장 부합하는 곳들로 엄선했다. 이념보다는 명성을 따졌던 동기들은 먼저 차례로 합격해 언론사 명함을 들고 찾아왔지만, 그는 뜻을 굽히지 않았다.

몇 번의 시험과 불합격 통보는 그의 20대를 집어삼켰다. 허망하게 사라진 시간의 뒷모습에서 참았던 욕망을 마주했다. 그는 연애도 하고 싶고 차도 갖고 싶었다. 결국 차를 구매했다. 그러고 나니 기름값이 필요해졌다. 어머니에게 받는 돈만으로는 부족하다고 느꼈다. 손을 벌릴 때마다 제 빈 손바닥을 마주 봐야 해 비참했다. 그렇게 서른이 됐다.

경준은 시험 없이도 들어갈 수 있는 무가지의 기자로 우선 취직했다. 공부는 틈틈이 할 생각이었다. 기사를 쓰기 시작하고 매달 월급을 받았다. 치열할 필요도 없는 그 생활이 나쁘진 않았다. 하지만 경준은 주변에 분명히 해뒀다. 이곳은 잠시 거쳐가는 곳이며 아르바이트로 하는 것뿐이라고.

그 잠시는 이력서 경력란에 유일한 한 줄로 남았고 오늘까지 이어졌다. 그는 자존심 때문에 여전히 약간의 희망을 남겨뒀으며, 자신도 모르는 사이에 커져버린 열등감을 숨기고 지냈다.

입사하고 며칠 지나지 않았을 때부터 경준은 외부에 취재가 있어도 오후 여섯 시쯤 되면 사무실로 돌아왔다. 그는 퇴근할 생각은 하지 않고 괜히 재활용 쓰레기를 분리하거나 사무실 바닥을 쓸었다. 영음은 그가 더러운 걸 참지 못하는 성격이라고 생각했다. 그래서 여섯 시가 오기 전에 서둘러 청소를 마쳤다. 그러자 그는 화장실 청소를 시작했고 흡연실의 재떨이까지 비웠다. 어떤 날은 마치 할 일을 찾지 못해 불안한 사람처럼 사무실 내부를 서성거렸다.

경준은 영음과 함께 퇴근하기 위해 매번 그녀를 기다리는 중이었다. 그의 이런 의도를 전혀 눈치채지 못한 영음은, 그가 성인 ADHD라도 앓는가 하는 안쓰러운 의심을 했다.

그녀기 할 일을 미치고 기방을 챙겨 일이나자 경준도 출입문 쪽으로 걸어갔다.

"같은 방향인데 함께 타고 가죠."

그는 어김없이 영음에게 이렇게 말했다.

영음은 그의 배려가 무척이나 부담스러웠다. 가는 동안 그와 무슨 대화를 해야 할지부터 스트레스였다. 혹시 그가 껄끄러운 질문 같은 걸 해온다면? 달리는 차 안은 비좁은 공간이라 피하고 숨는 것도 불가능했다.

그녀는 초반에 몇 번은 거절했다. 하지만 그는 보기보다 집요했다. 그렇게 한 번, 두 번 함께 퇴근하는 횟수가 늘었다. 신기하게도 우려했던 불편함이나 불쾌감은 없었다. 덕분에 이제는 완전히 익숙해져 퇴근 셔틀버스 같은 느낌이 들었다.

그는 바래다주는 길에 가끔 영음에게 저녁 식사를 청했고 번번이 거절당했다. 그럴수록 그는 그녀가 더 좋아졌다. 난처한 표정으로 퇴짜를 일삼는 그녀가 그의 눈에는 귀엽게만 느껴졌다. 자신이 알던 여자들은 밥을 사주겠다고 하면 망설이는 기색도 없이 달라붙었다. 조심스럽고 신중한 그녀의 모습에 그는 더 큰 매력을 느꼈다.

"혹시 돈가스 좋아하세요?"

하루는 그녀가 먼저 경준에게 물었다. 그는 영음과 함께라면 돈가스 소스만 준다고 해도 마실 의향이 있었다.

두 사람은 강변에 자리한, 오래된 경양식집에 갔다. 영음은 그의 눈치를 살피며 돈가스를 썰고, 또, 썰었다. 그에게 몇 차례나 거절을 했던 것이 내내 마음에 걸렸다. 하지만 자신이 먹지 못한다는 사실을 알리고 싶진 않았다. 그건 곧 자신을 평가하는 수단이 되고 약점이 되리라는 걸 앞서 박 기자를 통해 배웠기 때문이다.

그래서 연기하기로 마음먹었다. 잘게 썬 돈가스를 슬며시 접시 바깥으로 밀어내고 물수건으로 덮어 감췄다. 가끔 그와 눈이 마주치면 영음은 자연스럽게 글라스에 담긴 물을 마셨다. 경준의 음식이 줄어들면 좀 더 드세요, 하고 돈가스를 덜어줬다. 그는 영음의 다정하고 배려 깊은 모습에 또 한 번 반하는 중이었다.

그 무렵, 특수 영양 수액이 새롭게 개발되어 출시됐다. TPN 제제 1L당 2,000kcal에 달하는 고열량이었다. 완전 비경구 영양 환자들에게는 희소식이나 다름없었다. 김 내과 의사는 이 수액을 통해 입으로 음식을 섭취하는 것 이상의 효과를 누릴 수 있다고 했다. 체중도 증가할 수 있고, 그렇게 된다면 생리도 다시 시작하게 될 것이라고 덧붙였다.

영음은 10년 가까이 생리를 하지 않았다. 검사 결과 다행히 조기 폐경은 아니었지만, 난소의 기능이 많이 저하돼 있었고 이대로라면 곧 그렇게 될 것이라고 했다. 그러니 영음에게 특수 영양 수액은 연명 이상의, 정상적인 삶의 범주로 들어설 수 있다는 희망이었다. 하지만 문제가 있었다. 특수 링거는 비용이 기존의 세 배가량 비쌌다.

영음은 윤 대표에게 월급을 조금만 더 인상해 달라고 요청했다. 그녀가 예상했던 대로 윤 대표의 반응은 냉담, 그 자체였다.

"대표님, 5년째 백만 원은 너무하잖아요."

"너무한 건 내가 아닌 거 같은데? 벌써 잊었어? 사격증 하나 없는 널 취직시켜 주고 사정 다 봐주고 한 게 누구냐?"

"많이도 아니라 조금이요. 조금. 요즘 최저 시급이 얼마인 줄 아세요?"

"최저 시급? 내가 이전에도 말했잖아. 마음에 안 들면 그만두라니까! 나가서 다른 데 구해봐. 병든 닭 같은 너를 다른 데서 써줄 거 같니?"

사무실 안으로 들어온 경준은 아까부터 이 상황을 엿듣는 중이었다. 다른 의도는 없었다. 그녀가 어떤 여자인지 자세히 알고 싶었을 뿐이다. 또, 좋은 형님처럼 구는 윤 대표의 실체도 덤으로 확인할 기회였다. 그는 잠입 취재라도 하듯 숨어 그들의 대화에 귀기울였다.

윤 대표가 말했다.

"병신 같은 년."

욕설을 듣고도 영음은 아무런 대응을 하지 못하고 한참을 멍하니 서 있기만 했다. 앙상하게 말라비틀어진 그녀의 전신이 맞은편 유리창에 반사돼 비쳤다. 그래, 틀린 말은 아니었다. 자기야말로 병신 중의 병신이다. 먹지 못하는 병신. 그녀는 아랫입술을 깨물었다.

"뭐 해? 안 나가?"

영음은 잔뜩 풀이 죽어 대표실 밖으로 걸어 나왔다. 곧이어 밖에 서 있던 경준과 마주쳤다. 그의 시선은 뾰족한 얼음송곳으로 변해 영음의 가슴 깊숙이 파고들었다. 참기 힘든 모멸감이 흘러내려 온몸을 적시는 기분이었다. 그 순간, 그녀는 햄버거 가게에서 벌어진 남녀 간의 다툼을 비로소 이해할 수 있었다. 자신과 눈이 마주쳤던 여자가 왜 그토록 남자에게 소리 지르며 화를 냈는지 알 것만 같았다. 영음은 누군가 자신의 비참한 모습을 관람했다는 사실에 더 큰 비참을 경험했다.

눈물이 맺힌 영음의 두 눈을 마주 보는 순간 경준은 맥이 탁 풀려버렸다. 그는 생각할 틈도 없이 곧장 대표실 문을 박차고 안으로 들어갔다.

윤 대표는 영음의 월급을 50만 원 인상해 줬으며, 그해의 최저임금에 도달할 때까지 매년 10%씩 인상할 것을 근로 계약서에 표기했다. 연차도 지급하기로 했다. 근로기준법을 앞세워 압박해 오는 경준에게 윤 대표는 꼼짝할 수 없었다. 사랑에 빠진 남자가 이뤄낸 아름다운 성과였다.

영음은 입사 5년을 훌쩍 넘기고서야 근로 계약서라는 걸 처음 작성했다. 그리고 특수 영양 수액을 시도해 볼 수 있게 됐다.

이 사건을 계기로 경준과 영음의 관계도 큰 변화를 맞았다.

어쩌다 저녁 한번 먹은 사이에서 평일이 아닌 주말에도 만나는 사이로 발전했다. 두 사람은 호수 주변의 산책로를 걷거나, 대학로에 연극을 보러 가기도 했다. 매번 권하는 쪽은 경준이었다.

경준은 그녀와 연애를 시작한 걸로 여겼다. 하루의 대부분을 그녀에게 할애하고자 노력했다. 인간이라면 어찌할 수 없는, 잠자는 시간만을 제외하고 말이다. 하지만 그건 어디까지나 혼자만의 착각이었다. 영음은 자신에게 배려와 친절을 베푸는 그가 고맙고 좋았다. 하지만 연애 경험이 없던 터라 그서 동료끼리 어울리는 정도로만 이해했다. 괜한 착각을 했다가 상처받기 싫었다. 먹지도 못하는 여자의 연애란, 애당초 불가능하다고 생각했다. 사랑이라는 감정을 가진 두 사람이 만나 식욕을 해결하는 일. 그건 연애의 기본 중에서도 기본이지 않던가.

함께하는 시간이 길어질수록 무언가 먹어야 하는 불편한 상황이 늘었다. 그때마다 그녀가 메뉴를 골랐는데 손이 꽤 많이 가는 번거로운 음식으로 정했다. 해물찜이나 불에 굽는 고기 종류 같은 걸로 말이다. 해물찜 속의 새우를 찾아서 천천히 껍질을 까거나 직접 고기를 굽고 자르면서 경준을 교묘히 속였다.

경준은 그녀가 보통 사람들보다 입이 짧고 적게 먹는다고만 생각했다. 좀 더 살이 붙으면 좋겠다는 생각도 했지만, 입 밖으로 꺼내지는 않았다. 무슨 음식을 먹든 엄마처럼 자신을 살뜰히 챙겨주는 그녀가 그저 좋았다.

"영음 씨, 이걸 어떻게 해야 하나."

경준은 난처한 표정으로 영음의 뒤에 바짝 붙어 섰다. 두 사람은 이제 막 영화를 보고 상영관에서 나오는 중이었다. 영음은 긴장해 몸이 꼿꼿해졌다. 왜 그러냐는 질문도 못 한 채 가만히 서 있을 수밖에 없었다. 영화관 의자에 무언가 묻어 있었던 게 아닐지 생각했다. 두 시간이 넘는 영화였다. 무엇이었든 옷감과 혼연일체 되기에 충분한 시간이었다.

"왜 그래요? 뭔가 묻은 거죠?"

영음의 질문에 경준은 무슨 말을 하려다 말고는 고개만 끄덕였다. 영음은 복부 쪽에서 희미하게 밀려오는 통증을 느꼈고 설마 하는 생각에 민트색 원피스의 옷자락을 잡고 뒤를 확인했다. 이미 손을 쓸 수 없을 정도로 치맛자락이 피로 얼룩져 있었다. 생리였다. 생리라니. 어안이 벙벙했다. 의사의 말대로 다시 생리가 시작됐다. 그런데 하필이면 왜 지금인가.

주차해 둔 차 앞에 섰을 때는 어찌할 바를 몰랐다. 이대로 차에 타면 시트가 엉망이 될 게 뻔했다. 망설이는 영음을 보고 그가 말했다.

"괜찮아요. 어서 타요. 지금 차가 막힐 시간이니까 우선 우리 집으로 가요. 바로 한 블록만 가면 되거든요. 가면서 필요한 거 사고 내 옷으로 갈아입어요. 그럼 내가 얼른 세탁소에 다녀올게요."

영음은 거절하고 싶었다. 이 꼴로 남의 집으로, 그것도 남자의 집으로? 하지만 차가 막힌다는 말에 어쩔 수 없이 승낙했다. 차의 시트에 최대한 궁둥이가 닿지 않도록 영음은 스쿼트 자세로 버텨 앉았다.

경준은 올해 서른여섯 살이다. 5년 전, 자기 나이와 비슷한 15평짜리 빌라를 매입했다. 지금껏 두 명의 여자와 이 집에서 동거했다.

첫 번째 여자는 언론 고시 학습 모임에서 우연히 만난 같은 과 후배였다. 당시 그는 반지하에 살고 있었다. 두 사람은 그곳에서 매일 함께 공부도 하고 사랑도 나눴다. 자연스럽게 여자는 그곳에 책과 옷 같은 짐을 놓고 갔다. 어느 날부터는 본인 자신도 놓고 가는 일이 많아졌다.

여자가 먼저 모 중앙지의 시험에 합격했고, 기자로 채용됐다. 여자는 바빠졌고 어느 날부터 반지하에 오는 걸 꺼렸다. 경준은 그 여자 때문에, 이 15평짜리 빌라를 매입했다. 물론 자기가 번 돈으로 산 건 아니었다. 어머니의 적금 통장을 몇 개 깼고 약간의 대출을 받았다.

반지하를 벗어났음에도 여자가 출근하면 경준은 여전히 축축한 어둠을 맞닥뜨렸다. 그 무력감을 잊고자 무가지 기자 아르바이트를 시작했다. 두 사람 몫의 생활비도 필요했다. 그 사이 여자는 수습 기자에서 정식 기자로 채용됐다. 경준은 여자에게 청혼했다가 이별을 선고받았다. 여자는 이미 동료 기자와 눈이 맞아 있었다.

이 집에서 동거한 두 번째 여자는, 첫 번째 여자와 친구 사이였으며 그들의 연애를 속속들이 다 알고 있었다. 두 번째 여자는 경준과 사귀는 동안에도 첫 번째 여자와 친구 관계를 잘 지켜냈다. 하지만 집안 곳곳에 남아있는 친구의 흔적과 취향은 버리고 싶어했다. 그렇게 대대적인 인테리어 공사가 시작됐다.

여자는 내로라할 부잣집 딸이었다. 아무것도 하지 않아도 한 달간 쉬지 않고 일하는 이들보다 쓸 수 있는 돈이 더 많았다. 여자는 낡은 15평의 빌라에 기적을 불어넣었다. 경준은 퇴근해 집에 올 때마다 자기 집이 맞는지 헷갈려 다시 밖으로 나가 호수를 확인하곤 했다.

여자는 어린 시절 망막아세포종˚으로 한쪽 눈을 적출했다. 이후 의안 삽입 수술을 받았고 다소 불편은 따랐지만, 생활에 큰 어려움이나 지장은 없었다. 하지만 성인이 된 이후 부작용을 겪었고 여러 차례 재수술을 받았다. 끝내는 의안 제거 수술을 받아야 했다. 여자는 한쪽 눈으로 자신이 짝사랑했던 경준과 친구의 연애를 모두 지켜봤다. 그리고 결국에는 그 틈을 비집고 들어서는 데 성공했다.

경준은 이 여자에겐 한쪽 눈이 없으므로 첫 번째 여자와는 달리 한 곳만 볼 것이라고 믿었다. 눈이 하나라는 점을 장점으로 생각했다. 하지만 두 번째 여자는 동거한 지 1년 만에 집안에서 소개한 남자와 선을 보고 결혼해 버렸다.

˚ 망막에 생기는 악성 종양이다.

"집이 정말 예쁘네요."

영음은 집의 실내장식을 칭찬했다. 경준은 그때까지도 이 집의 역사가 된 두 여자를 떠올리는 중이었다. 그리고 영음을 바라봤다. 이 여자만큼은 이전의 배신자들과는 확연히 다르다고. 그는 또 한 번 확신했다.

"오늘 자고 갈래요?"

영음은 당황했다. 자고 가라고 했지, 좋아한다는 고백은 아니라며 스스로 다그쳤다.

"왜요?"

그녀가 물었다.

"세탁소에서 내일 아침에나 옷을 찾으러 오라고 해서요."

영음은 얼굴이 벌겋게 달아올랐다. 그러면 그렇지 무엇을 기대했던가. 경준의 티셔츠와 반바지를 입고 있는 자신의 실루엣이 유리창에 비쳤다. 포대 자루를 뒤집어쓴 것처럼 볼품없게 느껴졌다.

"사실 옷은 한 시간 뒤에 찾으러 오라고 했어요."

그가 수줍은 목소리로 고쳐 말했다.

"네?"

"같이 있고 싶어서요. 같이 있으면 좋으니까."

그날 두 사람은 한 침대에 누워 잤다.

경준은 이 집의 천장을 함께 바라봤던 과거의 여자들을 다시 떠올렸다. 영음에게 팔베개를 해주며 옛사랑들에게 고했다. 이 여자는 달라. 정말 달라. 그러다 잠이 들었다.

영음은 심장이 멎을 것 같다는 표현을 비로소 실감했다. 누군가와 한 침대를 써본 적이 없었다. 항상 혼자 잠들었고 혼자 깼다. 물론 기억에도 없는 아주 오래전에는 엄마가 옆자리를 지켰겠지만 말이다.

영음은 어둠에 익숙해지기 위해 사방을 두리번거렸다. 집 안에 있는 사물의 윤곽이 선명해질 즈음, 다시금 경준을 보았다. 쌕쌕 숨소리를 내며 자는 이의 얼굴에 바짝 자기 얼굴을 가져다 댔다.

그의 폐에서 나온 뜨스한 공기가 그녀의 얼굴을 매만졌다.

두 사람의 연애는 비교적 순조로웠다. 따로 데이트 일정을 잡을 필요도 없었다. 윤 대표가 자리를 비운 사무실은 곧장 데이트 장소로 탈바꿈했다. 영음은 윤 대표가 알게 되는 것이 싫다고 부탁했고 경준도 동의했다.

두 사람은 아침이면 영음의 고시원 앞에서 만났고 저녁에도 그곳에서 헤어졌다. 영음은 될 수 있으면 퇴근 후 데이트하는 걸 피했다. 링거를 맞으러 가야 하기도 했지만 저녁 식사 시간과 맞물려 있어 무언가 먹으러 가야 한다는 부담이 컸기 때문이다. 그녀는 자신의 상황을 숨길 수 있는 한 숨길 작정이었다.

"경준 씨, 지났는데."

경준의 차가 고시원을 지나 계속 달리는 중이었다. 영음은 그가 딴생각을 하다가 실수로 지나쳤다고 생각했다.

"잘 아는 맛집이 있어. 오늘은 거기 가서 우리 저녁 먹고 가자.

괜찮지?"

경준이 말했다. 이번만큼은 메뉴의 선택권을 놓친 듯했으므로 영음은 당황했다.

"메뉴가 뭐야?"

"명태 머리 전."

난생처음 듣는 메뉴라 영음은 혼란스러웠지만 침착하게 질문했다.

"생선 머리니까 가시가 많겠지?"

"그렇지. 왜 생선 머리라서 좀 그렇나?"

"아니. 좋아."

'엄마네 전집'은 손님들로 북새통이었다. 가게 안은 허름했고 좁은 편이었지만 테이블은 다닥다닥 꽤 많이 들어차 있었다. 서로의 팔꿈치가 닿고 누구 하나가 지나가려면 의자를 당겨 앉아야 할 정도였다. 하지만 비좁은 공간은 손님들에게 별 문제가 되지 못했다. 퇴근 후의 시장기를 달래는 것이 중요할 뿐이었다. 야외에도 간이 테이블이 몇 개 깔려 있긴 했지만, 그도 오래전에 꽉 찼다.

주인 여자는 혼자서 전을 부치고 주문을 받고 계산도 하고 테이블까지 치웠다. 여기저기서 소음처럼 주문이 빗발쳤으나 전과 막걸리는 일사불란하게 테이블 위에 놓였다. 영음은 그 모습이 신기할 따름이었다. 몇몇 사람들이 일행과 함께 자리가 나기를 기다리고 있었고 그녀도 이들 뒤에 줄을 섰다.

가게 유리창과 내부에는 플래카드가 붙여져 있었다. 꽤 유명한 맛집인 모양이었다. 영음은 다음에 먹을 기회가 생긴다면, 이 집에 꼭 다시 방문해 맛을 보겠다고 다짐했다.

경준은 주차할 자리를 찾지 못해 가게 주변을 몇 바퀴째 돌고 있었다. 다시 가게 앞을 지날 때 창문을 내려 영음에게 곧 갈게. 하고 말했는데 전혀 곤란한 표정이 아니었다. 그는 무척 해맑아 보였다. 이 상황을 즐기기라도 하는 것처럼.

가게 앞을 지나쳐 가는 그의 차를 보고 주인 여자는 뒤집개를 든 채 밖으로 나왔다. 한참 차 꽁무니만 뚫어져라 바라보다가 들어갔다. 잠시 뒤, 주인 여자는 줄 서 있던 이들에게 비닐봉지를 하나씩 나눠주며 말했다.

"명태 머리 전 포장했으니까 갖고 가서 먹고 다음에 와요. 미안해요. 오늘 내 아들이 오랜만에 와서."

영음도 얼떨결에 전이 포장된 비닐봉지를 받았다.

주인 여자는 주방 선반에 서서 요리용 망치로 명태 머리를 쾅, 쾅, 내리치고 있었다. 그러는 동안에도 유리창을 통해 밖을 내다보는 걸 잊지 않았다.

영음도 유리창을 통해 납작하게 펼쳐진 명태 머리를 한 번 보고, 주인 여자를 한 번 봤다. 주인 여자의 얼굴이 묘하게 누군가와 닮았다고 생각할 즈음 그가 다가왔다. 그는 가게 안을 향해 이렇게 외쳤다.

"엄마, 아들 왔어!"

엄마라니. 영음은 순간 쇠망치가 쾅, 쾅, 자기 머리를 내리치는 듯한 기분이었다.

영음은 가게 안에서 저작 운동에 매진하는 이들을 물끄러미 바라봤다. 그들의 턱관절, 그러니까 머리뼈와 아래턱뼈를 연결하는 그곳의 끊임없는 움직임을 보고 있었다. 실은 시선을 어디에 두어야 할지 몰라서였다. 경준은 명태 머리 전을 먹느라 바빴고 그 옆에는 주인 여자, 그러니까 그의 어머니는 영음을 빤히 쳐다보고 앉아 있었다.

저작 운동을 하면 신경 교류로 인해 뇌가 자극되고, 이에 따라 판단력과 사고력이 향상된다고 했다. 또, 기억력 증진에도 도움이 된다. 가게 안의 손님들은 전을 입에 넣고 저작 운동으로 얻은 판단력과 사고력, 기억력을 수다에 활용하는 것 같았다. 씹고, 떠오르는 걸 이야기하고, 또 씹고, 또 이야기하고. 가게 안은 그들의 이야기가 제멋대로 뒤섞어 소란스러웠고 접시는 금세 비었다.

영음은 무슨 말을 해야 할지 도무지 생각이 나질 않았다. 입이 딱 달라붙어 버린 기분이었다. 저작 운동이 미흡해서일까. 그 생각에 어금니를 조심스레 맞부딪쳤다.

딱. 딱. 딱.

자신의 남자친구가 빚어낸 이 어색한 순간이 빨리 흘러가길 기도했다.

딱. 딱. 딱.

맹렬한 저작 운동을 펼치던 손님들의 추가 주문이 이어졌다. 하지만 엄마네 전집 주인 여자는 장사할 마음이 식은 듯 보였다. 계속해서 영음만 빤히 쳐다볼 뿐이었다. 노려본다고 말하는 게 맞을지도 모르겠다. 경준은 대신 네, 네, 곧 나가요. 라며 손님들을 진정시켰다. 그제야 주인 여자는 자신의 주방으로 되돌아갔다.

쇠망치로 또다시 명태 머리를 내리치기 시작했는데 아까보다 그 강도가 더 세진 것 같았다. 영음은 눈치챘다. 경준의 어머니가 자신을 마음에 들어 하지 않는다는 사실을. 경준은 뭐가 좋은지 연신 방실대며 전이 부쳐져 나오면 손님 테이블로 날랐다.

주인 여자는 기가 막혀 눈물이 하늘로 솟구칠 노릇이었다. 방금 가게 앞에 서 있는 영음을 보고 주인 여자는 이렇게 생각했다. 어쩜 저리도 볼품없이 생겼을까. 명태 대가리에 붙은 살이 저 여자보다는 많겠네. 이어 아들의 차가 가게 앞을 지나치는 걸 봤고 피로가 눈 녹듯 사라지는 경험을 했다.

주인 여자에게 경준은 하나뿐인 아들이자 자신의 유일한 자랑거리였다. 자리가 나기를 기다리는 손님들에게 전을 포장해 돌려보내기로 했다. 그 볼품없는 여자에게 줄 봉투에는 전을 한 장 더 집어넣었다.

그러고는 신나는 마음으로 쇠망치를 들고 명태 머리를 두드렸다. 이제 손님도 주문도 그만 받아야지 싶었다. 그런데 볼품없는 여자가 가게 앞에 계속 서 있는 게 보였다. 자꾸 자신을 힐끔거리기까지 했다. 주인 여자는 명태 머리에 밀가루를 묻혀 두드렸다가 달걀물에 넣었고 이어 철판 위에 올렸다. 한 번 뒤집어 두고 다시 나가서 말해줄 참이었다. 오늘은 장사 끝! 그런데, 그 사이에 아들이 그 볼품없는 여자를 끌어안다시피 하고 가게 안으로 들어왔다.

테이블에 다정하게 앉아 시선을 나누는 경준과 영음을 보자니, 주인 여자는 속이 철판 위의 전처럼 지글거렸다.

윤 대표는 고추기름이 번들거리는 숙주 한 가닥을 젓가락으로 건져내 입으로 가져갔다. 그 이상도 이하도 아닌 딱 장례식장에서 나오는 그 육개장 맛이었다.

점심을 늦게 먹기도 했거니와 본래 장례식장에 오면 음료수나 한잔 마시고 음식에는 일절 손을 대지 않았다. 흑백텔레비전 속에서 금방 빠져나온 것 같은 사람들이 서성거리고 케케묵은 안부를 대신하는 듯한 곡소리를 들으면 있던 식욕도 달아났다.

하지만 자신의 맞은편에서 육개장에 밥을 말아 한 그릇을 비우고 이어 한 그릇을 더 탐하는 영음을 보자니 궁금했다. 저렇게 맛있나, 도대체 얼마나 맛있기에. 평소 그녀가 무언가 먹는 걸 본 적 없던 윤 대표였다. 그러므로 맛을 안 볼 수가 없었다.

갖은 나물과 소고기가 얼큰하게 푹 고아진 육개장을 한술 뜬 영음은 자신이 이곳에 왜 온 건지도 잊었다. 그릇째 들고 바닥에 남은 국물까지 말끔히 들이켰을 때 윤 대표의 시선이 느껴졌다. 하지만 감칠맛의 리듬에 요동치고 있는 식욕을 도저히 뿌리칠 수가 없었다. 옆에 놓인 육개장 그릇을 쓱, 앞으로 끌어왔다.

영음은 소고기 덩어리를 어금니로 씹으며 갖은 양념과 육즙이 빚어내는 조화를 기분 좋게 즐기는 중이었다. 적당히 질긴 것이 마음에 들었다. 접객실 도우미들이 목이 긴 국자로 육개장이 담긴 큰 통을 휘휘 내젓는 모습을 바라봤다. 저기서 소고기만 한 국자 건져 먹고 싶다고 생각했다.

옆 테이블에서 손님들끼리 이야기가 오고 갔다. 영음은 귀를 기울였다.

"왜 장례식장에서 육개장을 주는 건지 혹시 알아?"

"가장 대중적이라서?"

"선조들은 말이야. 붉은색이 잡귀와 나쁜 운을 몰아내는 색이라고 생각했대. 뜨겁고 빨간 국. 육개장이 딱이지."

영음은 생각했다. 잡귀와 액운은 핑계다. 그저 맛있어서 맛있으므로 육개장이다. 어느새 콧잔등에 송골송골 땀이 맺혔다.

"원래 이렇게 잘 먹었던가?"

윤 대표가 질책하듯 물었다.

"육개장을 정말 오랜만에 먹다 보니까, 맛이 있네요."

물론 이전에도 육개장을 먹을 기회는 존재했다. 박 기자의 장례식장. 하지만 박 기자의 가족들은 그녀에 대한 원성이 만만치 않았다. 영음은 조문조차 할 수 없었다.

"좋은 자리도 아니고. 동료라는 사람이, 참."

영음은 대꾸 없이 문상객을 맞이하고 있는 경준을 바라봤다. 그렇다. 그녀가 먹을 수 있게 됐다는 건, 또 누군가 죽어버렸다는 뜻이다.

얼마간 먹을 수 있을 거라는 기대는 영음을 흥분시키기에 충분했다. 반면, 이제는 죽음을 바라는 사람처럼 보이기도 했다. 그래서 자꾸만 제 주변으로 죽음을 끌어들이는 건 아닌지 슬그머니 겁이 났다. 자신의 식욕이 뻔뻔하고 무섭게 느껴졌다. 사랑하는 남자의 어머니가 돌아가셨는데 육개장은 왜 이토록 맛있느냐 말이다.

"내가 이런 말까지 하려는 건 아닌데 말이야. 오해하지 말고 들으라고. 박 기자 그렇게 된 게 불과 몇 달 전이잖아. 그런데 이번에는 천 기자 어머니가? 우리 신문사에 마가 꼈나 싶은 정도야. 물론 잘 알고 있어. 박 기자는 사고였지. 천 기자의 어머니는 살해한 범인이 바로 자수했고. 그런데 참 이상도 하지. 난 왜 이상할까."

"하고 싶으신 말이, 정확히 뭔가요?"

"기자 생활을 오래 하다 보면 말이야, 반 무당이 되더라고. 왜 누가 죽을 때마다 우리 영음 씨가 그곳에 껴 있을까? 우연히도."

그때, 상주가 영음과 윤 대표가 앉아 있는 테이블로 다가왔다.

"두 분 뭐 좀 드셨어요? 죄송해요. 제가 혼자 상주 노릇을 하려니, 미처 챙기실 못하네요."

영음은 경준의 야윈 모습을 보자니 울컥 눈물이 쏟아졌다. 반 무당이라고 자처한 윤 대표는 난처해하며 그녀를 나무랐다.

"농담을 좀 했기로서니 뭘 그런 거로 울고 그래. 다 큰 처자가."

✤

엄마네 전집은 보통 오후 다섯 시쯤 문을 연다. 경준의 어머니이자 엄마네 전집 주인 여자는 오후 두 시에 나와 장사 준비를 했다. 재료를 손질하고 달걀물을 만들고 철판에 기름칠을 한다. 그날은 영음을 두 시쯤 가게에서 만나기로 했으므로 오전부터 가게에 나와 재료를 손질했다.

홀로 어찌 키운 아들인가. 주인 여자는 울화통이 치밀었다. 그 바람에 발밑에 둔 계란판을 보지 못하고 그대로 밟아버렸다. 바스락 소리가 나면서 슬리퍼 안의 양말까지 젖고 말았다. 스테인리스 볼을 들고 와 성한 달걀을 골라내려던 주인 여자가 갑자기 그 자리에 주저앉아 버렸다. 온전한 달걀인 줄 알고 집어 드는 것마다 족족히 깨져서 바닥으로 쏟아지고 손을 적셨다. 골라내는 게 무의미했다.

주인 여자는 계란판에 놓인 것이 깨진 달걀이 아니라 산산이 부서진 자기 꿈인 것 같아 짜증이 났다.

엄마네 전집 주인 여자의 이름은 오명숙이다. 오 여사는 경준을 스물세 살에 낳았다. 친오빠의 소개로 만난 남자와 스무 살에 결혼했고 2년 뒤, 태기를 느꼈다. 하지만 남편은 그때쯤 권태기를 느끼고 있었다.

경준의 아버지는 아기가 태어나기 몇 달 전 사우디아라비아의 사막에 배관을 심으러 가야 한다고 말했다. 몇 년은 외국에 나가 있어야 한다며 그렇게 흐지부지 떠났다.

경준이 다섯 살이 되던 해, 남자는 오 여사의 친오빠에게 멱살이 잡힌 채 집으로 돌아왔다. 오랫동안 씻지도 못하고 먹지도 못한 모양새였다. 사우디아라비아는 고사하고 사우나도 한 번 못 간 행색이었다. 그 시절 오 여사는 남의 식당에서 설거지도 하고 쟁반을 이고 시장통에 배달도 다녔다. 그렇게 벌어 세 사람이 함께 먹고 살았다.

경준의 일곱 번째 크리스마스이브였다. 그의 아버지는 아들 선물을 사 오겠다며 오 여사의 지갑에 있던 현금을 빼갔다. 천 원짜리까지 모조리. 그러고는 또다시 자취를 감췄다. 동네 미용실 여종업원도 함께 사라진 걸 미뤄 짐작건대 계획적인 도주였다.

오 여사에게 결혼은 실수였지만 그 결과로 얻은 경준은 찬란, 그 자체였다. 초등학교 1학년 때부터 교내 백일장은 혼자 다 휩쓸었으며 6학년 때는 전교 학생회장까지 역임했다. 그즈음부터 오여사는 전집을 시작했다. 남편이 특히 좋아했던 명태 머리 전. 그리운 마음 반, 미운 마음 반으로. 메뉴판에 명태 머리 전을 적으면서도 생각했다. 어쩌면 남편이 돌아올지도 모른다고.

경준은 오 여사를 단 한 번도 속상하게 한 적 없는 아들이었다. 명문고에 진학하고도 성적은 항상 상위권을 유지했다. 그러더니 언론인이 되겠다는 포부를 밝히며 명문대 언론학과에 신학했다.

연이어 언론사 시험에 떨어지긴 했지만, 비주류 인생을 살아가고 있지만, 오 여사는 여전히 자기 아들은 곧 퓰리처상을 거머쥘 것이라고 믿고 있다. 그 믿음은 엄마네 전집의 대표 메뉴인 명태 머리 전을 하루에도 몇십 장씩 부치게 하는 원동력이었다. 아, 그런데 영음이라니! 오 여사는 아들의 인생이 위태로워질 것을 직감했다.

"장사합니까?"

고개를 들어 출입문을 바라봤다. 행색이 남루한 이가 가게 안을 기웃대며 물었다.

"아직 장사 안 합니다."

오 여사는 달걀물에 젖은 양말을 벗어 던지며 말했다. 그러다 문득 곧 개가 올 텐데 싶었다. 돌아서는 이에게 얼른 말했다.

"저기, 들어오셔요. 장사하렵니다."

텅 빈 가게보다 이른 시각에도 손님이 찾는 가게인 게 더 좋을 것 같았다. 그러니까 좀 있어 보이고 싶었다. 내가 이 정도다, 라는 인식을 영음에게 심어주고 싶은 오 여사였다. 한편으로, 저 손님이 사우디아라비아에서 돌아왔을 때의 남편을 닮은 탓에 매몰차게 대할 수도 없었다.

오 여사는 서둘러 지진 명태 머리 전과 막걸리 한 병을 테이블에 내주었다. 그러고는 오늘 판매할 명태 머리를 두드리기 시작했다.

오 여사는 며칠 전 사무실로 전화해 영음을 찾았다. 수화기 너머로 영음의 쉰 목소리가 들려왔다.

"영음 씨? 나 경준이 엄마."

"네? 아, 안녕하세요."

오 여사의 미간이 절로 찌푸려졌다. 볼품없는 몸뚱이만큼이나 목소리도 듣기 싫은 쇳소리였다.

"길게 말 안 할게요. 언제 쉬는 날에 가게로 좀 와요. 경준이한테는 비밀로 하고. 여자들끼리 할 이야기가 있어서 그러니까."

그로부터 정확히 이틀 뒤, 영음은 연차를 쓰고 경준의 어머니이자 전집 주인 여자인 오 여사를 만나러 엄마네 전집으로 향했다.

그녀가 가게에 도착하자, 오 여사는 더 힘을 줘 망치질했다.

"아무 데나 앉아요."

앉든지 말든지, 쾅쾅.

"뭐 마실 거 좀 줄까? 근데 술뿐이네."

술도 괜찮으면 냉장고에서 꺼내 마시든지. 쾅쾅. 나도 장사만 아니면 진작 한잔했다. 이게 어디 말이 되기나 해? 감히 내 아들을! 꽝꽝.

"경준이한테는 따로 말 안 했죠?"

말하기만 해봐라. 꽝꽝. 그땐 네 머리통을 두드려줄 테니까. 꽝꽝.

영음은 의자 하나에 아무렇게나 걸터앉았다. 가게를 울리는 둔탁한 소리에 맞춰 제 심장이 뛰는 걸 느꼈다. 손가락으로 머리만 자꾸 매만졌다.

마음의 준비를 끝마쳤다는 듯 비장한 표정으로 오 여사는 쇠망치를 내려놓았다. 곧이어 영음의 맞은편에 자리를 잡고 앉았다. 하필이면 바로 옆 테이블에 그 손님이 있어 약간 신경이 쓰였다.

손님은 막걸리 사발을 들이키며 흥미롭게 바라봤다.

오 여사가 첫마디를 건넸다.

"나는 혼자된 지 30년이 훨씬 넘었어요. 경준이 임신했을 때부터 거의 혼자였으니까. 여자의 힘으로 혼자 아이를 키운다는 건 무척 힘든 일이에요. 아직 아이를 낳아보지 않아 잘 모르겠지만."

"잘 압니다."

알아? 네까짓 게 뭘 알아?

영음의 그 대답은 어디까지나 오 여사의 노고를 충분히 이해한다는 뜻이었다. 그러니까 '혼자서도 누구보다 훌륭하게 아드님을 잘 키우셨네요'라는 의미를 내포했다.

하지만 오 여사의 귀는 다르게 들었다. 자기를 만만히 생각해 말을 잘랐다고 여겼으며 '이런 구멍가게나 하는 주제에 공치사 하기는.'이라고 비아냥거린다고 생각했다.

오 여사는 다시 한번 목에 힘을 주며 말했다.

"명태 머리가 별 볼 일 없어 보이지만 생각보다 먹을 게 많아요. 내 말은 하찮은 음식이 아니란 말이야! 그리고 여기가 허름해 보여도 나 혼자 다 하니까 인건비가 들겠어, 뭐 다른 게 들겠어? 또 단골들은 옛날 현금 계산하던 때부터 오던 사람들이라 현금 주고 가거든. 내가 알짜배기예요. 내가! 그래요."

옆에서 듣고 있던 남루한 차림의 그 손님이 두 사람의 대화에 불쑥 끼어들었다.

"거 그럼 하루에 매상이 얼마나 돼요?"

오 여사는 잠시 공중을 향해 눈알을 바삐 움직이더니 대답했다.

"진짜 장사 안 된다 하는 날도 뭐, 하루에 백 장 이상은 파니까. 술이다 뭐다 하면. 문 열면 무조건 못해도 백은 벌죠."

"백? 이야~ 그럼 한 달이면 3천이네. 기업이네, 기업이여."

엄마네 전집은 개업한 이래로 한 달에 3천만 원이라는 매출을 기록해 본 역사가 없다. 어쩌다 한두 번 하루 매상이 백만 원 가까이 난 적은 있다.

오 여사는 계산이 왜 이렇게 됐나 싶었지만, 기업의 총수처럼 어깨에 힘이 들어갔다.

"나는 아가씨랑 우리 경준이가 어울리지 않았으면 좋겠어. 둘 다 나이도 찼고 장난으로 연애할 시기는 지났잖아요? 아가씨도 이렇게 사귀다 몇 년 지나버리면 금값 똥값 되는 거 시간문제야."

"그게 무슨 말도 안 되는 소리야! 금값은 계속 금값이야. 절대 똥값 안 돼. 원래 똥이니까 똥값이지. 다 제값이 있어. 양주값이 막걸리값 되는 거 봤어?"

손님이 또다시 참견했다.

오 여사는 도끼눈으로 손님을 째려보며 말했다.

"아저씨는 막걸리나 잡수세요. 남의 일에 신경 끄고."

"네, 그럽죠. 막걸리 한 병이랑 머리나 한 접시 더 먹읍시다."

오 여사는 손님이 추가 주문을 하는 바람에 영음에게 할 말을 바삐 이었다.

"단도직입적으로 말할게요. 난 아가씨가 싫어요!"

영음의 귓가에 리코더 소리가 또다시 울려 퍼졌다. 차라리 다행이었다. 제 청각을 방해하는 이 소음이, 눈물 나게 고마울 지경이었다.

"너무 싫다고!"

오 여사는 그 말만 남기고 벌떡 일어나 조리대 앞으로 가버렸다.

오 여사는 무심하게 식용유를 둘렀다. 그다음 명태 머리에 밀가루 옷을 입히고 달걀물에 한 번 푹 담갔다가 열이 오른 철판 위로 올렸다. 치이-익. 그제야 슬쩍 영음을 쳐다봤다. 멍하니 앉아 있는 꼴을 보자니 자기가 너무 모질었나 싶었다. 하지만 이내 고개를 내저었다. 다시 명태 머리 손질을 시작했다.

손님은 영음과 오 여사를 번갈아 보더니 눈치 없이 또다시 입을 열었다.

"살살 두들겨도 알아듣겠구먼. 쇠망치까지 써서 작살을 내나."

오 여사가 대답했다.

"쇠망치로 두들겨야 제맛이니까."

영음은 쇠망치로 가격이라도 당한 듯 두 손으로 얼굴을 감싼 채 화장실을 향해 뛰어갔다. 다행스럽게도 화장실은 가게 밖에 따로 마련돼 있었다. 그래서 마음 편히 30분쯤을 울고 세수하고, 울고 세수하고를 반복했다. 비련의 여주인공이 된 것만 같아 눈물이 멈추질 않았다.

❖

장례식장에서 나온 윤 대표와 영음은 주차장에서 인사를 나누고 헤어졌다. 영음은 그 주변을 한참 서성거렸다. 그때 휴대폰이 울렸다. 경준은 휴대폰을 귓가에 댄 채 주변을 두리번거리고 있었다.

영음은 드디어 올 게 왔구나 싶었다. 그가 질문할 몇 가지를 머릿속으로 되짚었다. 그날, 거기에, 왜, 갔는지. 입안이 바싹 말랐고 그날처럼 심장이 요동쳤다. 오 여사의 죽음은 갑작스레 벌어진 일이었고 그는 장례식 준비만으로도 바빴다. 그래서 두 사람은 여태 대화할 겨를이 없었다.

주차장 옆 벤치에 나란히 앉았다. 영음은 예감했다. 그는 헤어지자고 말할 것이다. 자신을 계속 만나기에는 찝찝하겠지. 이별보다 두려운 건, 그의 원망이었다. 그 공간에 같이 있었는데도 왜 죽음을 막지 못했냐고 따져 물을 테다. 며칠간 그녀에게 연락 한 통 없던 경준이었다.

"영음아."

"경준 씨 마음 이해해."

영음은 시선을 바닥에 둔 채 그가 할 이별 통보에 대한 답을 미리 내놓았다. 얼굴을 바라볼 용기는 나질 않았다.

"우리 결혼하자."

영음을 향해 날아든 건 이별도, 추궁도 아닌, 청혼이었다. 경준은 반지 하나를 주머니에서 꺼냈다. 영음은 속이 체한 것처럼 더부룩했다.

"그게 무슨 소리야? 갑자기."

"우리 엄마도 그러길 바라실 거야. 나도 못 지킨 임종을 네가 지켰잖아. 이건 운명이 아닐까?"

"뭐?"

"디자인이 마음에 안 들 수도 있시만, 이거 우리 엄마 결혼반지야."

영음은 경준의 손바닥에 놓인 볼품없는 반지를 무심히 바라봤다. 가운데에 박힌 콩알만 한 루비는 자잘한 세월의 흠집으로 오래전 빛을 잃었으며 순금으로 된 링 부분은 원형이라기보다 다각형에 가깝게 찌그러져 있었다.

그녀는 고개를 들어 경준과 눈을 맞췄다. 이 세상의 아들들은 왜 저리도 제 어미 속을 모를까.

"우리 엄마는 결혼 생활이 썩 좋지 못했어. 실은 결혼 생활이랄 것도 없었지. 우리 엄마 몫까지 우리가 행복하게 살자. 이 반지로 약속해. 그럼, 엄마도……."

경준은 흐느끼며 영음의 손가락에 반지를 끼우려 했다. 반지는 영음에게 너무 헐거웠다. 그는 반지를 약지에서 중지로, 중지에서 검지로 옮겨 끼워주며 계속 서럽게 울었다.

영음은 그의 어깨를 토닥였다. 그러는 동안에도 집에 가는 길에 옛날 통닭 한 마리를 사서 가야겠다고 생각했다.

❖

가게로 돌아왔을 때, 안은 이상하리만큼 적막했다. 테이블에는 새로 나온 전이 그대로 놓여 있었고 그 손님은 보이질 않았다. 오 여사도 없었다. 몇 발짝 더 옮기자, 주방 조리대 밑에 사람의 다리 같은 게 드러났다. 영음은 숨을 죽인 채 좀 더 앞으로 다가갔다. 바닥에는 금고가 입을 쩍 벌린 채 엎어져 있었고 그 밑으로 핏물이 조르륵 흘러 배수구로 향하고 있었다.

오 여사는 바닥에 엎드린 채 미동도 없었다. 영음은 오 여사를 뭐라고 불러야 좋을지 막막해 잠시 머뭇댔다. 어머님? 아줌마? 이모님? 사장님? 그러는 사이 피 묻은 요리용 망치가 눈에 들어왔다.

오 여사의 두개골은 한쪽이 심하게 함몰된 상태였다. 계란판의 깨진 달걀처럼.

영음은 뒷걸음질 쳤다. 호칭 정리가 애매했는데 부를 필요도 없었다. 가방을 집어 들고 휴대폰을 찾았다. 그때 접시에 놓인 노르스름하게 지진 명태 머리 전이 눈에 들어왔다. 예전부터 먹어보고 싶었다.

오 여사의 명태 머리 전. 지금이 아니면 영영 맛볼 수 없는 명태 머리 전. 이제 겨우 한 장 남은 한정판 명태 머리 전.

영음은 범인이 고맙게도 남겨 놓은 그 명태 머리 전을 손으로 뜯어 입속으로 집어넣었다. 고소한 맛이 입안에 퍼졌다. 이번만큼은 시간을 지체하지 않고 신고하기로 했다.

"여기 엄마네 전집인데요. 사장님이 쇠망치로 머리를 맞은 것 같아요."

그리고 영음은 구급차가 도착할 때까지 천천히 음식을 즐겼다.

가게 안에는 경준이 오 여사의 안전을 위해 달아둔 방범 CCTV 가 빨간 불빛을 껌벅이며 그녀의 모습을 지켜보고 있었다.

범인은 그러니까 남루했던 그 손님으로 밝혀졌다. 그는 범행을 저지른 지 몇 분 지나지 않아 경찰서로 가서 자수했다. 살해의 동기를 묻자 머뭇거렸다. 그는 입맛을 다시며 이렇게 말했다.

"맛있어서. 맛있어서 그랬어요."

그게 대체 무슨 소리냐며 경찰이 되물었다.

그는 이렇게 말했다고 한다.

"주머니에 만 원밖에 없었는데 생각보다 너무 맛있어서, 먹다 보니 8천 원어치나 더 먹어버렸습니다. 주인 여자가 보통이 아니었어요. 날 그냥 보내줄 거 같지 않았습니다. 그런데 말입니다. 뭐에 씐 거처럼 때마침 선반에 놓인 쇠망치가 눈에 들어왔어요. 그냥 그걸로 위협만 하고 도망치려 했어요. 하, 거의 현금 장사라는 주인 여자 말이 갑자기 떠올랐습니다. 열어 보니 금고는 텅 비어 있었지만."

수화기 너머의 상대는 우느라 말을 제내로 잇지도 못했나. 엉음은 "이모, 진정 좀 해."라는 말만 계속 반복했다. 그 말을 하는 동안 그녀의 볼에도 눈물이 흘렀다.

청혼을 받아서인지 장례식장에 다녀와서인지는 영음도 확실치 않았다. 까마득히 잊고 있던 존재들이 기억의 수면 위로 두둥실 떠오르기 시작했다.

며칠 뒤, 영음은 더는 견딜 수 없어 예전에 쓰던 다이어리를 찾았다. 다이어리의 맨 뒷장에 잡다한 연락처들을 기록해 둔 걸 떠올린 것이다. 그녀는 지나버린 세월을 가늠했다. 놀라울 정도로 빠르게 흘러버린 시간이 야속했고 거짓말처럼 느껴졌다. 어느덧 가족과 연락을 끊고 지낸 지 10년도 더 지났다.

부모와 살던 집, 부모의 휴대폰 번호를 눌러 차례로 전화를 걸어봤지만, 예상대로 이미 없는 번호였다. 다행스럽게도 무안의 이모 집 전화번호는 여태 살아 있었다.

"여보세요."

수화기 너머에서 익숙한 목소리가 흘러나왔다. 영음은 가슴을 쓸어내리며 기어들어 가는 목소리로 겨우 소리 내 불렀다.

"이모."

자신을 이모라 부를 사람은 이 세상에 단 한 사람뿐이었다. 순심은 그 호칭만 듣고도 숨이 가빠졌다. 심장 부근에 손을 얹고 침을 삼켰다. 믿기 어려웠다.

옆에 있던 순심의 남편도 놀라긴 마찬가지였다. 밑반찬 몇을 앞에 두고 소주를 마시던 중이었다. 갑작스러운 아내의 반응에 소주 한잔을 입에 털어 넣고 삼키는 것도 잊었다.

"영. 영음이냐?"

"이모, 잘 지냈어?"

"오메! 참말로 니 영음이 맞냐? 아이고, 이 문딩이 가시나야!"

자식이 없던 순심은 영음을 제 딸처럼 생각했다. 병이 발병하고 의사도 무당도 못 고치자, 제 집으로 데리고 내려왔다. 안 해본 게 없을 정도로 별짓을 다 했다. 하지만 저 화상 때문에! 저 빌어먹을 인간! 통화하던 순심은 화장대 거울에 비친 제 남편을 노려봤다. 제 조카와 이렇게 멀어져 버린 게 다 남편 탓이라 여겼다.

영음은 무안에서 1년 정도 요양차 지내다가 집으로 돌아간 후로 이모와 연락이 끊겼다. 사이비 종교에서 운영하는 요양 시설에 들어가 있느라, 그 후론 자립하느라 그랬다. 이모뿐 아니라 모두와 연락을 끊고 지낼 수밖에 없었다.

"니 지금 대체 어디냐?"

"서울이지."

"서울 어디냔 말이여? 내가 지금 가려니까."

"이 시간에 어떻게 와. 차가 어딨다고."

"택시라도 전세해서 갈라니까 어딘지만 말해! 아이고, 영음아! 이 매정한 것아."

순심은 또다시 눈물을 흘렸다. 이제는 수화기를 붙들고 대성통곡하기 시작했다. 마치 죽었던 이가 살아 돌아오기라도 한 듯.

"근디 니 이제는 먹을 수 있냐?"

영음은 그 질문을 듣고 잠시 고민했다. 이제는 먹을 수 있기도 하고, 먹지 못하기도 한다. 아예 먹지 못할 때보다 더 고통스럽고 저주스러웠다. 뭐라고 대답하는 게 맞는 건지도 헷갈렸다. 전화로 설명하기에는 애매했다. 그냥 멋쩍은 웃음소리로 대답을 대신했다.

"이모, 내가 내려갈게. 조만간."

"참말이지? 영음아! 난 지금도 이게 꿈인가 싶어서 안 믿기고 그런다. 언제든 아무 때나 와도 된다. 알았지야?"

창밖에는 어둠과 약간의 빛만이 존재했다. 영음은 눈을 붙이기 위해 시트에 몸을 깊숙이 기댔다. 그러나 이내 몸을 일으켜야만 했다. 버스 특유의 흔들거림 때문에 속이 메스꺼웠고 조금 어지러웠다. 창문을 열 수 있으면 좋으련만. 언제부터 고속버스 내부가 통유리 창으로 바뀌었는지 새삼스러울 뿐이었다.

자정쯤에 출발한 심야 고속버스라 그런지 버스 안은 한적했다. 그녀를 포함해 예닐곱 명이 타고 있었는데 뿔뿔이 흩어져 앉아 있었다. 영음을 제외하고는 모두 잠이 든 모양이었다. 버스 안에 혼자 있다고 해도 믿어질 만큼 적막했다.

시간을 확인하기 위해 휴대폰을 들여다봤다. 아직도 한참을 더 가야만 했다. 새벽 네 시쯤은 돼야 목포에 도착할 테다. 시간은 더뎠고 잠은 오질 않았다. 휴대폰 배터리도 그다지 넉넉하지 않아 그냥 주머니에 도로 넣었다.

목포에 도착하면 마땅한 곳을 찾아 첫 버스가 다닐 때까지 기다릴 계획이었다. 무안까지 택시를 타도 나쁠 건 없지만 이모 내외의 잠을 설치게 하기 싫었다.

버스 터미널까지 배웅하러 나온 경준도 처음에는 영음을 말렸다. "내일 아침 일찍 출발하지 그래. 급한 일도 아니잖아."

영음은 모두가 잠든 시각에 어디론가 떠난다는 건 멋진 일이라고 오래전부터 생각해 왔다. 그동안은 하루하루를 겨우 연명하다시피 버텨왔으므로 버스를 타고 장거리를 이동하기란 불가능한 일이었다. 하고 싶다고 할 수 있는 일이 아니었다. 그런 까닭에 심야 고속버스를 타보는 건 이번이 처음이었다. 뭐든 환상으로 간직할 때가 제일 황홀한 법이다. 막상 해보니 별 멋은 없었고, 목포에 도착할 때까지 견뎌야 할 지루함이 벌써 걱정됐다.

며칠 전 통화할 때 이모는 영음에게 언제든 아무 때나 오라고 말했는데, 영음은 그게 바로 오늘이라고 결정했다. 이렇게 빨리 내려갈 생각은 아니었지만 막상 이모 목소리를 듣고 나니 그리운 기분이 들었다. 무엇보다 제 부모에 대한 소식도 알고 싶었다. 출발하기 전, 이모에게 따로 연락하지는 않았다. 미리 알렸다가는 번잡스럽게 손님맞이 준비를 할 사람이었다. 부담 주기 싫어서 그랬다. 그저 그날 이모 집에서 나오던 날처럼, 다시 이모 집으로 돌아가고 있었다.

휴게실에서 잠시 쉬어가겠다는 안내 방송이 흘러나왔다. 버스의 내부 전등이 켜졌다. 잠들어 있던 사람들이 불빛에 잠시 술렁였다. 부스럭거리며 일어나 기지개를 켜기도 하고 좌석 위의 짐칸에서 무언가 꺼내기 위해 수선을 떨기도 했다.

영음은 그 틈에서 이쑤시개가 담긴 통을 꺼냈다. 창밖의 휴게실 불빛을 바라보면서 이쑤시개를 먹기 시작했다. 호두과자, 옥수수, 호떡, 쥐포, 핫도그. 어렴풋이 메뉴를 적어 놓은 간판이 보였다. 이쑤시개를 씹으며 그것들이 가진 맛을 떠올렸다.

✛

무당들은 매번 손미녀의 혼령이 영음에게 붙었다고 앵무새처럼 말했다. 가지각색의 방술 따위를 해봤으나 별 차도가 없었다. 결국 집을 떠나 있는 편이 좋겠다는 결론이 났다. 영음은 굿도 무당도 지겨워서 차라리 그게 낫겠다고 생각했다.

그녀는 순심 이모를 따라나섰다. 귀신이 된 미녀 언니가 여태 집에 남아 자신을 괴롭히는 거라면, 차라리 제가 다른 곳으로 가버리겠다는 심산이었다. 무엇보다 엄마는 미신에 찌들고 아빠는 그런 엄마에 찌들어 있었다. 그들에게도 여유를 주고 싶었다.

그렇게 무안군 일로읍에서 1년 가까이 지냈다. 그곳은 서울과 공기의 질 자체가 달랐다. 영음은 콧구멍을 통해 맑은 공기를 깊게 들이마시며 생각했다.

정말 귀신에 씐 것일까. 그래, 그렇다 치자. 그렇지만 제아무리 귀신이라고 한들 서울의 정반대인 여기까지는 따라오지 못하겠지. 거기다 여긴 마늘과 양파를 대규모로 재배하는 지역 아니던가. 그렇다면 여기 자체가 퇴마 구역이다. 귀신은 감히 발도 못 붙일 동네!

영음은 순심과 각별한 사이였다. 이모가 자신을 얼마나 아끼고 걱정하는지 누구보다 잘 알았기에 이모 집에 대한 별다른 거부감도 없었다. 하지만 일전에 말했다시피, 영음은 여기서 보낸 시간을 악몽처럼 기억한다. 부러진 앞니와 골절된 갈비뼈, 부상으로 뒤범벅된 추억만 안고 서울로 돌아와야 했으니까. 사람이 귀신보다 무서운 걸 그때 처음 깨달았다.

어쨌든 앵무새 같던 그 무당들의 묘책은 다 틀려먹었다. 이 일을 계기로 영음의 부모는 무당들과의 교류를 완전히 끊어냈다. 대신 수신님에게 그 믿음을 온전히 바치게 된 것이다.

무안군 일로읍은 영산강이 흐르는 평야 지대로 논과 밭이 끝없이 펼쳐졌다. 사람들은 순박했으며 이렇다 할 사건이나 사고 하나 없이 고요하고 평화로운 동네였다. 영음도 그곳에 처음 도착했을 때 가슴속 빗장이 모두 열리는 듯했다.

하지만 이모 집에는 이모만 사는 게 아니었다. 그의 남편, 이모부가 있었다. 술만 마시면 동네 개들마저 혀를 찰 정도의 진상. 술 주정뱅이 이모부가 그 고요하고 평화로운 마을에서 이모와 함께 살았다.

영음과 이모 그리고 이모부, 세 사람은 자주 숨바꼭질을 했다. 세 사람 모두 숨바꼭질을 즐기기에는 나이가 많았지만 그랬다. 그 게임은 별안간 소리 소문 없이 시작됐다. 술래는 항상 이모부였다. 세상에서 가장 포악스러운 술래. 그 술래를 피해 어디로든 내달려야 했으며, 알아서 몸을 숨겨야만 했다.

영음의 이모부는 알코올중독자였다. 적당히 취한 날은 적당히 넘어갔지만, 본인의 주량 이상으로 마신 날에는 다른 사람이 되어 집으로 돌아왔다. 신기한 점도 있었다. 절대 집은 잊어버리지 않고 제 발로 잘 찾아온다는 점. 가로등 하나 없는 촌길을, 완벽하게. 논두렁이 곳곳에 있는 동네였다. 심지어 집으로 오는 길에 저수지가 하나 있는데 절대 빠지는 법도 없었다.

만취한 날의 이모부는 요란했다. 연신 딸꾹질을 해대며 나타나서는 대문을 걷어찼고, 사람이 보이면 사람도 걷어찼다. 경찰이 보인다면? 당연히 경찰에게 달려들었다. 오죽했으면 읍내의 식당과 술집에는 이모부를 위한 '주량 한계령'이 내려졌을까. 그에게는 소주 세 병 이상 판매하지 말자고 합의한 것이다. 하지만 그가 누구인가. 1차에서 가볍게 두 병을 마시고 장소를 옮겨 2차에서는 안 마신 척 세 병을 마셨다. 그렇게 합계 다섯 병이 완성되면, 숨바꼭질이 시작됐다.

그는 동네에서 '주 씨' 혹은 '주 씨 아저씨'로 통했다. 그의 본래

성을 아는 사람도 그렇지 않은 사람도 그냥 '술 주(酒)'를 성으로 써서 그렇게 불렀다.

술에 취하지 않은 주 씨는 세상 수줍고 소심한 남자였다. 부당한 일을 보면 못 본 척했고, 그런 일을 당하면 그저 참았다. 뭐든 속으로 삭이고만 살았다. 이모는 남편의 이런 성정을 누구보다 잘 알았다.

"자네가 미신을 믿는 것맹키로 나는 이걸 믿네."

어느 날 주 씨는 맨 정신에 아내에게 이렇게 고백했다. 처음 술을 입에 댔던 그날을 추억하면서 말이다. 그 씁쓸하고 뜨거운 것이 목구멍을 타고 내려갔을 때 비로소 자기 안의 남자가 눈을 떴다. 하고 싶은 말을 하고 화도 낼 줄 아는 자신을 발견한 것이다. 그러니 자신에게 천하무적의 힘을 주는 술을 숭배할 수밖에 없었다. 실제로 주 씨는 취한 자신을 무서워하는 사람을 보는 걸 술이 주는 기쁨 중의 하나로 여겼다.

순심은 제 남편을 미워한 적은 있지만 사랑하지 않는 건 아니었다. 누군가 제 남편 흉을 보기라도 하면, "세상에 흠 없는 놈이 어디 있단가. 술이 문제여. 술이. 우리 남편 흠은 흠도 아니란께."라고 말하곤 했다.

두들겨 맞아 얼굴에 멍 자국이 생겨도 그저 술버릇, 개 같은 술버릇을 탓하며 남편을 감쌌다.

순심은 오래전 불임 판정을 받았다. 아들이 아닌 딸을 낳았다는 이유로도 구박받던 그런 시절이었다. 그녀에게 쉬쉬하며 시댁 식구들은 주 씨에게 이혼을 종용했다. 아니면 어디서 아이라도 하나

낳아 데려오라고 강요했다. 하지만 그는 단호했다.

"생기면 낳을 거고, 안 생기면 말라요. 그냥 우리 둘이 살라니까 참견하지 마쇼. 이 사람한테 괜히 스트레스도 주지 말고. 안 그럼 나 다신 집에 안 올라요."

그는 그녀를 끝까지 포기하지 않았다. 그녀도 마찬가지다. 그의 술버릇을 고치는 건 불가능하다는 걸 누구보다 잘 알지만 그를 포기하지 않았다. 그렇게 이 지긋지긋한 숨바꼭질을 이어갔다.

아픈 조카가 요양을 오자, 숨바꼭질은 이전보다 더 흥미진진해졌다. 특히 영음은 먹지를 못하니 기력이 쇠해 잘 달리지 못했다. 뭐, 원래 달리기는 젬병이기도 했다. 이에 반해 순심은 숨바꼭질에 이력이 붙어 능란했다. 하지만 조카의 안위를 위해 대신 잡혀주기 일쑤였다. 그래서 코피도 터지고 한쪽 눈두덩이에 시퍼렇게 멍이 들기도 했다.

어느 날부터 주 씨는 취하면 대놓고 "꼭꼭 숨어라, 머리카락 보인다."를 외쳤다. 공포 영화에서나 나올 법한 음색으로 말이다.

술에 취한 미친놈을 피해 영음은 달리고, 또 달렸다. 칠흑 같은 어둠 속에서 달빛 하나에 의존해 숨이 턱 끝까지 차오를 때까지. 어느 집 담벼락에 숨어 있다가 존 적도 있었다. 한번은 도망치다 스텝이 엉켜 넘어지고 말았다. 얼굴을 그대로 바닥에 부딪쳤는데 아픈지도 몰랐다. 살기 위해선 곧장 일어나 달려야만 했다. 한참을 달음박질치는데 입안이 왠지 허전했다. 혀로 찬찬히 훑다가 앞니가 깨진 걸 알게 됐다.

다음 날, 영음은 이모와 함께 읍내 치과로 가서 앞니 본을 뜨고

왔다. 다행히 뿌리는 남아 금방 새 이를 가질 수 있었다. 당분간 앞
니로 씹는 일을 조심하라고 의사는 당부했다. 하지만 영음에게 씹
을 거라곤 이쑤시개뿐이니 조심하고 말고도 없었다.

영음은 이모가 난처해하는 걸 알고 부모에게 이모부와의 숨바꼭
질 이야기는 하지 않았다.

"달리다가 돌부리에 걸렸고 이가 부러졌어."

영음이 단순하게 정리해서 말하자 영음의 엄마가 화를 냈다.

"잘 먹지도 못하는 애가 달리기는 왜 달려!"

이모부는 밤에만 취하는 게 아니었다. 낮에도 어디서 그렇게 술
을 얻어먹고 취해서 나타나는지 알 수가 없었다.

이웃집에 살던 간호사는 이모부 때문에 집으로 오는 걸 극도로
싫어했다. 이틀에 한 번꼴로 방문해 영음에게 수액을 놔줬는데, 팔
에 고무줄을 묶으며 매번 말했다.

"이번이 마지막이야. 좀 힘들어도 병원에 와서 맞아. 나 손 떨려
서 못 하겠어."

그날은 주삿바늘을 꽂기 위해 한참 혈관을 찾고 있을 때였다.
방문이 벌컥 열리면서 이모부가 등장했다. 이웃집 여자는 줄행랑
을 쳤지만, 영음은 재수 없게 목덜미를 잡혀 그대로 마당으로 내던
져졌다.

이모가 말렸기에 망정이지, 안 그랬으면 그날 죽었을지도 모른
다. 갈비뼈 석 대가 부러졌고 영음의 부모는 그 소식에 놀라 달려
왔다. 영음은 그렇게 숨바꼭질 놀이에서 빠졌다.

국밥에 소주 한 병을 먹던 주 씨는 오늘따라 괜히 술이 쓰게 느껴졌다. 아직 반병이나 남았는데 속도 울렁이는 거 같고 어째 술맛이 별로였다. 그는 자리에서 일어나 계산대 앞으로 걸어갔다.

그를 평소 잘 알던 사장은 계산하려다 말고 무슨 일인가 싶어 물었다. 평소라면 적어도 한 병은 비워야 자리에서 일어나던 주 씨였다. 그런 그가 술을 남겼으니 이상하기도 했고 걱정도 들었다. 사람이 변하면 죽는다던데.

"주 씨도 이제 다 됐네. 술을 다 남기고 말이야."

소심한 주 씨는 주인의 그 말 한마디에 속이 뒤틀렸다. 다시 자리로 가서 남은 소주병을 챙겨 들었다.

"남기긴 누가 남겨. 딴 데 가서 마실 거여."

절반 남은 소주병을 손에 쥐고 털레털레 집으로 돌아왔다. 그래, 술을 버리면 안 되지. 술을 버리면 벌받지.

주 씨의 아내는 거실에 앉아 도라지를 까다 말고 현관문 열리는 소리에 바지춤을 끄집어 올렸다. 여차하면 바로 내달리려고 준비했다. 주 씨가 신발장 위에 소주병 하나를 올려놓고 욕실로 향하는 걸 보고야 안도했다.

양말을 벗던 주 씨가 순심을 힐끔 보며 물었다.

"뭔 도라지를 온종일 깐단가?"

"한 푸대 다 까믄 3만 원 준답디다. 언제 올지는 몰라도 영음이 오믄 차비라도 챙겨 줄라고 그러요."

"갸는 인제 좀 괜찮단가?"

"엊그제 통화했을 때 뭐 좀 묵냐고 물어본께는 그냥 웃고 말던디. 벌써 10년이나 지났은 께 인제는 뭘 묵겄지 안 글겄소? 근디 캠핑장 잡초 제거 또 하기로 했소?"

주 씨는 양말 발목 부분을 까서 하나로 포개 모으더니 거실 어디쯤으로 던졌다.

"아! 이 씨가 약 갖고 왔단가?"

"아까 낮에 와서 살포기를 찾긴 하던디."

주 씨는 얼마 전부터 캠핑장 잔디 관리하는 일을 했다. 잔디는 살리고 잡초만 죽이는 게 중요했다. 두세 달에 한 번꼴로 잔디용 제초제만 뿌리면 되는 쉬운 일이라 들었다. 하지만 불과 2주 전에 약을 쳤는데 잡초가 다시 자라나 캠핑장의 김 사장을 화나게 하고 말았다.

주 씨의 난처한 사정을 들은 이 씨는 잡초에 직방인 약이 있다며 나눠주겠다고 했고 직접 가지고 들렀다. 주 씨는 하필 그때 읍내에 나가 있었던 터라 이 씨는 순심에게 살포기의 행방을 물었다.

"이게 독한 거시라 물에다가 희석해서 써야 한디. 살포기 어딨나 모르요? 내가 만들어 놓고 가믄 좋겄는디."

그때도 순심은 거실에서 도라지를 까는 중이었다.

"나는 몰라요. 그 양반이 하는 건."

이 씨도 약속이 있어 바삐 나가봐야 하는 상황이었다.

"그라믄 약을 어디다가 좀 덜고 갈란께, 살포기에 물 20리터 채우고 섞어가꼬 쓰라고 하쇼. 어디다 부서 노까?"

순심은 도라지를 한 개라도 더 깔 욕심에 마당으로 나가보지는 않고 대화를 이어갔다.

"거기 보믄 병 있을 거요. 쌔— 빨거요."

이 씨의 눈에 가지런히 세워져 있는 빈 소주병 무더기가 눈에 들어왔다. 이 씨는 그중 하나를 집어 제초제를 들이부었다.

"이게 무색무취여. 근디 진짜 독한거요잉. 꼭 물 20리터에 섞어 가꼬 써야 합니다. 어디다가 둘까요?"

안에서 더는 대답이 없자 이 씨는 제초제가 든 소주병을 고추 분쇄기 옆에 따로 세워뒀다. 그러고는 안을 향해 크게 소리쳤다.

"고추 분쇄기 옆에다가 놔뒀소잉."

순심은 낮의 일을 곱씹으며 남편에게 이 씨의 당부를 전했다.

"물에 섞어서 쓰랍디다. 바깥에 보믄 어디 놔뒀을 거요. 근디 언제 약 치러 갈라고요?"

이미 욕실 안으로 들어간 주 씨가 소리쳤다.

"상관허덜 마. 내가 알아서 할란께."

순심은 다시 도라지 까는 일에만 몰두했다. 밖에서 별스럽게 까치 우는 소리가 들렸다. 괜히 거기다가 화풀이했다.

"원, 미친놈의 까치 새끼! 밤에 누가 오겄다고 쳐 울어 싸. 까치가 아니라 까마귀 새낀가."

그러면서도 도라지의 맨 밑동을 잡고 칼로 살살 긁어냈다. 물에 불려 놓은 도라지는 그날 모두 처리해야 했다. 너무 욕심냈나 싶어 한숨이 났고 등짝이 뻐근했다.

간밤에 운 게 까마귀는 아니었던 모양이었다. 아침이 밝자, 순심의 집에 손님이 찾아왔다.

"오메! 영음아!"

순심은 또 눈물부터 보였다. 반갑기도 했으나 여전히 비쩍 마른 조카를 보자 여태 그 병을 떨치지 못했음을 직감했다.

"여태 이러믄 어쩌자는 거냐. 그 화냥년 땜시다. 그 화냥년 땜시여."

영음은 어느덧 60대 중반이 된 이모의 얼굴을 자세히 살폈다. 세월에 구겨지듯 주름진 피부, 푸석하고 숱이 없는 머리카락, 군데군데 비어버린 치아. 눈에서 흘러나온 눈물은 주름이 팬 곳으로 흘러가 고이지 못하고 이내 흡수되듯 사라졌다.

"그 화냥년이랑 너랑 뭔 원수가 졌기로!"

이모는 누군가를 나무라듯 두 손으로 제 허벅지를 소리 나게 쳤다.

화냥년. 어린 시절 영음은 그 뜻을 몰랐다. 하지만 그 단어가 미녀를 뜻하는 건 줄은 알았다. 이모는 미녀를 그렇게 칭했다. 이모뿐만이 아니었다. 언니는 어느 순간부터 그 수치스러운 단어로 불렸다. 여태 그렇게.

"이모, 아니야. 그런 거. 아직도 내가 아픈 게 미녀 언니 때문이라 생각해?"

"아니긴 뭐가 아니여! 집안에 들이지 말아야 할 사람을 들여서 니가 이러는 거라 한 거 잊었냐? 느그 집에 갸 말고 또 누구를 들였냐? 갸여. 갸 땜시여. 집구석을 아주 개작살을 내븐 년."

영음은 이모의 말이 귀에 들어오질 않았다. 다만, 다시금 그날이 떠올라 가슴 언저리가 아려왔다.

✛

영음은 미녀가 죽었던 날, 그녀의 아버지인 손 씨를 처음 봤다. 그날은 폭설로 휴교령이 내려진 날이었으며, 미녀의 열여덟 번째 생일날이기도 했다.

천장에 매달려 있던 미녀는 신고를 받고 출동한 구급대원들이 바닥으로 내렸다. 이미 살려내긴 늦었지만, 자기들끼리 할 수 있는 몇 가지 조치를 취했다. 영음은 그 방에 들어가진 못하고 거실을 서성였다.

그들은 영음의 엄마인 성란과 잠시 이야기를 나눴다. 영음은 그들이 무슨 이야기를 했는지 듣지 못했다. 다만 엄마가 그들에게 솜이불을 건네주는 모습을 보았을 뿐이었다. 그들은 미녀가 전날까지 덮었을 이불을 펼쳐 미녀에게 덮어주고는 돌아갔다. 아빠는 그즈음 회사에서 급히 돌아왔다.

그렇게 미녀의 가족 중 누군가 오기를 기다리며 몇 시간을 흘려보냈다. 그때까지만 해도 현실감이 없었다. 믿기지가 않았다. 언니는 그냥, 머리끝까지 이불을 뒤집어쓴 채 자는 것처럼 보였다. 이름을 부르면 금세 일어날 것 같았다.

영음은 손 씨 아저씨가 택시에서 내려 대문을 향해 걸어올 때 비로소 실감했다. 대문 앞에 몰려 있던 사람들이 홍해의 기적처럼 두 갈래로 갈라져 손 씨에게 길을 내줬다. 그는 비척거리다가 두 번이나 미끄러져 넘어졌다.

영음의 부모는 바깥의 소란을 듣고 손 씨가 왔구나, 하고 짐작했다. 서둘러 마당으로 나가봤지만 그에게 다가갈 엄두가 나지 않았다. 손 씨는 영음 아빠를 보자마자 달려들어 멱살을 쥐었다.

우리 미녀 살려내, 라고 잔뜩 갈라진 목소리로 외치고 또 외쳤다.

영음의 아빠는 살인자라도 된 듯 고개를 떨구었다. 손 씨는 곧, 손의 힘을 풀었다. 아빠의 품에 잠시 머리를 기댄 채 멈춰 있었다. 하지만 울지는 않았다.

손 씨는 먼저 집 안으로 들어갔다. 무표정한 얼굴이었다. 영음은 그때 처음 보았다. 눈물 한 방울 맺히지 않았으나, 지독하게 슬퍼하는 인간의 얼굴을.

성란은 손 씨에게 슬며시 물었다.

"혼자 오셨어요?"

같이 오지 않은 미녀의 엄마에 관해 물은 것이다.

"병원에."

성란은 고개를 끄덕였다. 차라리 다행이라 여기며 안심하는 듯했다.

손 씨는 미녀가 누워 있는 방에 들어갔다. 그가 미녀의 곁에 다가가는 모습이, 슬로비디오처럼 느릿하게 보였다.

"담배, 담배 있나?"

손 씨는 갑자기 담배를 찾았다. 영음의 아빠는 주머니에서 담뱃갑을 꺼내 통째로 그에게 건넸다. 당황한 나머지 담뱃갑을 거꾸로 건넨 탓에 담배가 바닥으로 쏟아졌다. 손 씨는 아무렇게나 하나를 집어 들었다. 그러고는 재빨리 밖으로 나갔다. 신발도 제대로 신지 못하고. 그 모습 때문에도 담배는 그저 핑계처럼 보였다.

손 씨를 혼자 내보낸 건 실수였다. 영음의 부모 중 누군가가 따라나가 동네 여자들의 입방아로부터 그를 지켜야 했다. 그가 전봇대에 기대 라이터를 켜는데, 아니나 다를까 동네 여자들 몇이 모여 지껄여댔다. 동네 비디오 가게의 주인인 여자와 친하게 지내던 무리였다.

영음은 손 씨의 뒤를 따라 나갔다. 사실 그에게 몰래 할 말이 있었다. 바지에 오줌을 쌀 것처럼 무섭고 두려웠지만 그래야 할 것만 같았다. 하지만 동네 아줌마들 때문에 기회를 놓치고 말았다.

"몰래 밤마다 비디오 가게에 가서 그 순신한 민기를 꼬느기고."

"어휴, 지금 민기는 또 얼마나 충격이겠어."

"애가 생긴 건 자기 아빠는 아닌 게 지 엄마를 닮았나."

손 씨는 자기 딸에 관한 이야기를 마주했다. 천박한 행실에 대한 비난이었다. 그런 딸을 둔 손 씨를 흘겨보는 이도 있었다. 이게 다 무슨 소리인가. 손 씨는 억장이 무너졌다. 아직 딸의 얼굴조차 겁이 나 보질 못했다. 그동안 무슨 일이 있었는지, 하필 제 생일날 무슨 억하심정으로 그랬는지, 뭐라도 짐작 가는 게 있는지, 영음의 부모에게 묻고 들어보려 했다. 딱, 담배 한 대만 피우고 말이다.

몇 모금 빨다 만 담배를 던지고 손 씨는 이야기 속에 등장하는 비디오 가게로 달려갔다. 저 앞에 바로 보이는 비디오 가게.

얼마 지나지 않아 그곳은 쑥대밭이 됐다. 자식을 잃은 아비는 이제 더 이상 잃을 게 없는 듯 보였다.

물론 민기의 엄마, 비디오 가게 주인 여자도 가만히 당하고만 있진 않았다.

"어디에 와서 행패야! 오죽 창피한 짓을 했으면 스스로 목숨을 끊었겠어? 딸년이나 그 애비나 경우 없기는."

영음은 비디오 가게 앞에까지 손 씨를 쫓아왔다. 늦었지만 이제라도 제가 한 짓을 말해야 한다고 자신을 어르고 달랬다. 미녀 언니는, 그러니까 미녀 언니는 말이에요.

민기 엄마의 신고로 경찰이 왔다. 경찰들은 풍비박산이 난 비디오 가게 내부를 확인하고 사진도 찍었다. 이내 손 씨를 경찰차에 태워 연행해 갔다. 딸의 장례식 준비는 고사하고 철창에 갇힐 신세가 된 것이다.

영음은 경찰을 보니 몸이 후들거렸고 얼른 손으로 제 입을 막아 버렸다.

손 씨의 절규가 들렸다.

"아니야! 아닐 거야! 우리 미녀는 절대 그럴 리 없어!"

동네 여자들은 그 후로도 미녀에 관한 이야기로 한동안 시끄러웠다. 모이기만 했다 하면 미녀 얘기였다. 어디서 얻은 정보인지 손 씨의 가계도까지 읊어대며 미녀를 비방하기 바빴다.

"나이도 어린 게 어디서 그런 짓을 배워서. 망측하기도 하지. 세상에 그 짓을 하면서 비디오로 찍어달라고 민기한테 애원하고 그랬대."

모두 무엇이 진실인지는 상관없어 보였다. 이야기는 거듭되고 숙성될수록 그게 곧 진실이 되고 마는 법이니까. 사람들은 그저 하나의 흥밋거리로 남의 불행을 즐길 뿐이었다.

영음은 하고 싶은 말이 있었지만 참았다. 어른들이 마음대로 말하도록 내버려 두기로 마음먹었다. 누명이란 어디까지나 당사자가직접 나서서 해명해야 할 일이라 여겼다. 그런데 그냥 그렇게 죽어버리다니. 그러지 말았어야 하는 게 아닌가. 왜 자신에게 이런 마음의 짐을 남겼는지, 도리어 언니가 원망스럽기까지 했다.

✣

"이모, 혹시 엄마랑 연락해?"

영음이 조심스레 물었다. 순심은 왜 그 이야기가 안 나오나 싶었다는 눈치였다.

순심은 하던 일을 멈추고 먼저 자리를 잡고 앉았다. 영음의 눈에 깨진 식탁 모서리가 들어왔다. 이모부가 술에 취해 무언가를 던지거나 내리쳐서 생긴 흔적일 것이다. 영음은 집안을 빙 둘러봤다. 곳곳에 흠집이 나고 어딘가 찌그러진 물건들이 보였다. 영음은 그것들을 보고 생각했다. 엄마에 관해 물어보긴 했으나 어쩌면 이모도 잘 모를 수도 있을 것이라고. 자기의 삶을 돌보기에도 버거웠을 테니 말이다.

"그 남자랑 정말 결혼이라도 할 생각이여? 얼마나 만났는디? 그쪽 부모는 두 분 다 살아 계시냐?"

영음은 이모의 질문에 얼굴이 화끈거렸다. 경준, 그러니까 만나는 남자가 있다는 말을 꺼낸 걸 후회했다. 갑자기 여기에 찾아온 것도, 오랜만에 나타나 부모의 안부를 묻는 것도 어떤 필요에 의해서인 것처럼 보이겠지. 마치 결혼 준비를 위한, 준비처럼 말이다.

오랜 시간 부모를 잊고 지낸 건 사실이다. 보고 싶다거나 그립다는 생각도 크게 들지 않았다. 무언가를 씹어 삼키고 싶다는, 끊임없이 밀려드는 욕구 때문에 다른 생각을 할 틈이 별로 없었다.

한편으로, 자신이 할 수 있는 최선을 다한 셈이기도 했다. 제 주변에 있어봤자 좋을 게 없으니까. 그걸 증명하듯 부모는 파산하지 않았는가. 영음은 생각했다.

"몇 년 전 니 외할매가 돌아가셨다. 성란이는 장례식장에도 오질 않드라. 근디 한 몇 달쯤 지나쓰까? 갑자기 찾아온 거여. 외할매가 살던 그 순천 집 알지야? 집을 좀 팔믄 안되겄냐고 하드라고. 돈이 급하다믄서. 그러라고 했지. 근디 그 후로는 연락이 안 된다. 누구 말 들어본께 강원도 어디 종교 시설로 들어갔다는 거여."

"하, 종교 시설?"

"그때 우리 집에 올 때도 뭔 남자를 데꼬 왔드라고. 깎아논 밤톨같이 생긴 사람이랑 같이 왔든디."

영음은 짧게 신음했다. 수신님과의 추억이 떠올랐다. 번쩍이던 시설 설립자의 포르쉐가 눈앞으로 스쳐 지나갔다.

"아빠는 같이 안 왔고?"

"느그 아빠가 어디가 좀 아프다던디. 뭣시 그리도 바쁜가 이야기 나눌 새도 없었단께."

그녀는 두 손으로 얼굴을 감쌌다.

"그래서? 아직도 거기에 있다는 거야?"

"아니. 거그를 찾아가 본 께 불이 나블어 가꼬 다 타블고 없드라. 여태 소식이 없어. 으이그. 느그 애미도 어쩌다가 그런 년을 집에 들여가꼬."

결국, 모든 원망과 미움은 손미녀의 차지였다.

"이모 잊었어? 나 미녀 언니 아니었으면 이미 물에 빠져 죽었어."

모두 그 일에 대해서는 잊고 있었다. 생명의 은인. 빗물에 불어난 하천에 빠졌을 때 미녀가 영음을 구한 일이 있었다.

"유달산 밑에 진짜 용한 무당이 있다던디. 내일 나랑 거기나 한번 가보믄 어찌겄냐."

"이모, 혹시 홍 보살 말이야."

"홍 보살?"

"그때 내가 입었던 괴황 한복 기억나?"

"그래, 알지."

"나 아직 그거 갖고 있거든. 얼마 전에 문득 그날 생각이 나서."

"아휴, 그거를 여태 갖고 있어야? 근디 거그는 인제 못 만나."

"왜? 왜 못 만나?"

영음은 조바심 나는 목소리로 물었다.

"그날 이후에 내가 홍 보살한테 다시 가꼬 사정을 했씨야. 그래도 하던 굿은 어찌 됐든 끝내줘야지 않겠냐고. 못 허겄대. 돈도 다 내줘블드라."

"그랬구나."

순심은 태연하게 말을 이어 나갔다.

"팥죽집 여자는 그 후에도 찾아 댕겼는가 봐. 근디 홍 보살이 아프디야. 손님도 못 받고 누워만 있드래. 조수가 그러드란다. 굿 허다가 살 맞아가꼬 그런다고. 그때 니 굿 허다가 그랬는가 싶어서 찝찝허기도 하고. 그러지 말고 유달산으로 한번 가보잔께. 응?"

주 씨는 마당에서 부산을 떨었다. 한쪽에 비닐로 싸둔 화로를 꺼내 그 안에 숯을 차곡차곡 채웠다. 어찌나 정성을 다하는지, 순심은 그 모습을 보고 눈살을 찌푸렸다. 그러거나 말거나 그는 창고에서 토치까지 꺼내왔다. 잠금장치를 열고 손잡이를 몇 번 딸각거리니 파란 불빛이 솟았다. 그걸 숯에 가져다 댔다. 슈-우욱. 숯이 불을 삼키기 시작했다.

순심은 그냥 프라이팬에 구우면 간단할 걸 누가 먹는다고 저렇게 일을 벌이냐며 타박했다. 하지만 그는 그럴수록 더욱 열정을 다해 고기 구울 준비를 했다. 그에겐 고기는 숯불에 구워야 제맛이라는 철학이 있었다. 그렇다고 매번 그 철학을 고집하는 건 아니었다.

"참 별스럽게 저래싸네."

순심은 퉁명스럽게 말했다.

그는 대답 없이 침만 꼴깍 삼켰다. 시장했는지 아니면 벌써 구운 고기를 입안에 넣는 상상이라도 했는지 모를 일이다.

"소주도 사왔단가?"

그는 흘리듯 아내에게 물었으나 돌아오는 대답이 없었다.

영음은 달리는 고속버스 안에서 뒤늦게 후회했다. 미리 조그마한 선물이라도 준비해 둘 걸 그랬다. 박봉이긴 하지만 어엿한 직장인의 신분이었다. 터미널에 도착하면 근처에 뭐라도 살 게 있나 찾아볼 생각이었다. 하지만 그 시각에 문을 연 상점은 보이질 않았다. 어쩔 수 없이 이모 집에 빈손으로 오고 말았다.

오후쯤 됐을 때, 이모가 읍내에 볼일이 있어 나갈 참인데 같이 가겠느냐고 영음에게 물었다. 영음은 바로 따라나섰다. 이모가 일을 보는 동안 자신은 마트에 들러 삼겹살과 몇 종류의 과일을 샀다. 장바구니를 채우는 동안 자신도 모르게 씁쓸한 웃음이 새어 나왔다.

순심은 쟁반에 찬을 담아 내왔다. 쌈장, 마늘, 푹 삭은 배추김치가 전부였다. 화로 옆 테이블 대용으로 사용하는 종이 상자 위에 쟁반을 내려놓있다.

"난 안 묵을 거요. 혼자 많이 잡수쇼."

순심은 그 말만 남기고 도로 들어가 버렸다. 주 씨는 영 못마땅한 표정으로 숯을 편편히 골랐다.

이제 마당에는 두 사람만이 어정쩡한 간격을 두고 어색하게 서 있었다. 영음은 괜히 쟁반에 놓인 집게로 삼겹살을 쿡쿡 찔러댔다.

"안 나온가!"

주 씨는 정적을 참지 못하고 집 안을 향해 소리쳤다.

"이모!"

영음도 순심을 불러봤다. 차라리 아까 이모가 들어갈 때 슬쩍 따라 들어갈 걸, 후회했다. 이제 와서 이모부만 마당에 덩그러니 두고 가기가 그랬다.

순심은 고기 생각이 없었다. 여전히 아무것도 먹지 못하는 조카

를 앞에 두고 목구멍으로 고기가 넘어갈 리 있겠는가. 세상에, 여
태 먹질 못하다니. 이게 무슨 조화란 말인가.

"안 묵는다고! 안 먹어!"

순심은 자신도 모르게 짜증을 쏟았다. 그 바람에 주 씨는 멋쩍
은 표정으로 오로지 숯만 바라봤다. 취하지 않은 이모부는 원래 그
랬다.

"건강하시죠?"

영음은 어색한 정적을 깨기 위해 먼저 말을 붙였다.

"나야, 뭐."

주 씨는 멋쩍게 웃었다. 그러더니 대뜸 거실 창문 쪽을 향해 소
리쳤다.

"옆집에 가서 명이나물 한 접시만 얻어와. 소주도 있능가 물어
보고."

영음은 달궈진 석쇠 위에 삼겹살 몇 덩이를 올렸다. 기름이 숯
에 닿자, 불길이 치솟고 연기가 나기 시작했다. 서로의 얼굴이 보
이지 않을 정도로 뿌옇게 연기가 치솟았다. 어색한 사이에 연기만
한 것도 없었다.

"넌 아직도 여전히 못 먹지?"

영음은 고개를 끄덕였다.

"소주가 있으면 좋았을 건디. 그냥 딱, 한잔만 할라고. 요즘에는
많이도 안 마신다. 그리고 이제는 술 먹어도 예전처럼 그러지 않는
다. 정말이야. 니 이모한테 물어봐."

"네, 알아요."

영음은 애써 미소 지었다.

주 씨는 자기가 말해 놓고 얼굴이 달아오를 만큼 민망했다. 그 해결책으로 또다시 순심을 향해 큰소리를 쳤다.

"명이나물 좀 가져오란께!"

순심은 마지못해 슬리퍼를 끌며 마당으로 나왔다. 두 사람을 지나 옆집으로 향했다.

"구신들은 저런 건 안 잡아가고 뭐 헌가 몰라."

이렇게 투덜거리는 것도 잊지 않았다.

삼겹살을 입에 한가득 넣고 오물대던 주 씨의 눈에 소주병 하나가 들어왔다. 고추 분쇄기 옆에 반듯이 놓여 있는 소주병! 어제 국밥집에서 믹다 남겨온 세 버을랐다.

옳다구나! 다시 한번 삼겹살을 상추에 싸서 입안으로 쑤셔 넣었다. 그리고 고추 분쇄기 옆으로 다가갔다.

그는 소주병을 집어 들었다. 손목 스냅을 이용해 병을 흔들었다. 찰랑찰랑, 이 경쾌한 움직임. 그는 병째 들고 쭉 한 모금을 들이켰다. 꿀꺽! 맛이 좀 이상했지만 목구멍 안으로 마저 흘려보냈다. 기름으로 번들거리는 입술에 만족스러운 미소가 걸렸다.

영음은 그 모습을 보면서 술이 저렇게 좋을까 싶었다. 아까 마트에서 한 병만이라도 사 올 걸 너무 매정했나 싶었다.

그날 저녁, 세 사람 모두 일찍 잠자리에 들었다. 순심과 영음은 안방에 누워 잤고, 주 씨는 거실에 이부자리를 펴고 잠들었다. 순심도 영음도 어찌나 피곤하던지 눕자마자 곯아떨어졌다. 그 바람에 거실에서 주 씨의 앓는 소리를 듣질 못했다. 텔레비전에서 흘러

나오는 소리 때문이기도 했다.

주 씨는 욕실로 가서 몇 차례 구역질했다. 급체한 거라고 생각했다. 한 사람은 원래 먹질 못하고, 한 사람은 괜히 심통을 내며 안 먹겠다고 하니 생각보다 고기가 많이 남았다. 그래서 평소보다 과식하고 말았다. 그게 결국 탈을 내는구나, 싶었다.

점차 호흡이 가빠졌고 숨 쉬는 것조차 힘들게 느껴졌다. 가슴팍이 조여드는 건지 아니면 반대로 팽창하는 건지 도통 알 수가 없었다. 이상한 통증이었다. 위장은 쓰라렸고 식도는 숯이라도 삼킨 듯 뜨거웠다.

주 씨는 쓸데없이 자는 사람들을 깨우고 싶지 않았다. 오랜만에 만난 조카가 혹시 또 술주정한다고 생각하면 어떡하나 싶기도 했다. 그는 현관문을 열고 마당으로 나갔다. 바람을 쐬기 위해서였다. 왠지 그러면 괜찮아질 것만 같았다.

그는 한쪽에 고추를 널어놓은 평상에 누웠다. 매운 내가 코를 찔렀다. 하지만 이내 그 감각 또한 무뎌졌다. 몇 차례 더 구역질했다. 이제는 어지러워 머리를 들 수조차 없었다. 겨우 고개만 옆으로 돌려 입안의 걸 뱉어냈다. 토사물에는 피가 섞여 있었지만, 빨간 고추 때문인지 어두워서인지 그걸 알아채지는 못했다. 다만, 가을바람이 선선하다는 생각만 했다.

다음 날 아침이 밝았다.

켜져 있는 텔레비전, 널브러진 이부자리. 순심은 현관문을 열고 밖으로 나갔다. 흙바닥에 떨어져 있는 고추가 먼저 눈에 들어왔다. 간밤에 야속한 바람이 훑고 갔나 싶었다. 그 생각이 미처 끝나기도 전에 평상에 누워 잠든 남편이 보였다. 말리려고 널어놓은 고추를 이불 삼아 깔고 누워 자는 남편.

"또 나가서 술 처먹었구먼. 어휴! 못 살아."

바닥에 떨어진 고추를 주워 올리며 잔소리했다. 그러다 평상 주변에 토해 놓은 흔적을 발견했다. 선지 같은 핏덩이도 보였다.

"오메! 이게, 이게, 다 뭐시여?"

순심은 그제야 등 돌리고 누워있는 제 남편을 바로 봤다. 피부는 이미 산 사람이라고 할 수 없을 정도로 시커멓게 변해 있었다. 토사물로 범벅이 된 얼굴 부근에는 아직 소화되지 못한 명이나물과 고기 조각이 묻어 있었다.

순심은 그걸 떠올렸다. 설마, 설마 아닐 거야. 그녀는 천천히 고개를 돌려 고추 분쇄기 부근을 바라봤다. 없다, 소주병이 없었다. 제초제가 담긴 그 소주병이!

"악!"

순심은 짧게 비명 지르고 제 남편 옆에 주저앉았다.

이제 막 잠에서 깬 영음은 심상치 않은 기운을 느꼈다. 왠지 모르게 몸이 가뿐했고 입안에 침이 고였다. 눈을 비비며 서둘러 이모를 찾아 밖으로 나왔다. 눈앞에 믿을 수 없는 광경이 펼쳐졌다. 한참 더 눈만 비비고 서 있었다.

"영음아. 이 일을 어쩌냐. 어쩌믄 좋겄냐."

생각보다 차분한 목소리라 영음은 더 어찌할 바를 몰랐다. 가빠진 숨을 내쉬며 한 걸음씩 제 이모를 향해 다가갔다.

"이모."

아무런 대비도 없이 감당하지 못할 충격을 맞닥뜨리면, 사람은 그 무게에 짓이겨진다. 그러니까 바로 지금, 영음이 보고 있는 이모처럼.

순심은 입가에 미소까지 머금고 애교를 부리듯이 주 씨의 소매를 잡아 앞뒤로 흔들어 보았다. 반응이 없자 아이처럼 생떼를 쓰기 시작했다.

"일어나. 일어나야지. 우리 숨바꼭질하자. 내가 숨으려니까 얼른 쫓아와 찾아보라니까."

순심은 죽은 이의 볼에 제 볼을 맞대고 끌어안았다. 그러고는 우는 게 아니라 소리 내어 웃기 시작했다.

"아이고, 이 양반아! 술을 하루가 멀다고 마셔댔으믄서 술맛을 그리도 몰라!"

순심은 숨이 넘어갈 듯 웃었다.

영음은 어디로든 달려 나가 숨고 싶었다. 가만히 서 있다가는 미쳐버릴 지경이었다. 자기 눈앞에서 이모부가 벌컥대고 마신 게 잔디에 뿌릴 제초제였다니. 그걸 직접 보면서도 말리지 못했다니.

반쯤 넋을 놓은 이모가 침을 질질 흘리며 영음에게 말했다.

"나 땀시다. 내가 그걸 잘 뒀어야 했는디. 내가, 내가, 죽인 거여."

"……."

순심은 제 가슴팍을 주먹으로 소리 나게 쳐댔다.

"아이고, 그걸! 어떻게 그거—슬."

그 순간, 영음의 뇌리에 홍 보살이 했던 말이 스쳤다.

'영가가 해코지를 시작하면, 그 사람뿐 아니라 그 주변까지 괴롭혀. 사람이나 물건에 살을 내리게 해서 죽게도 만든다.'

"이모 잘못이 아니야. 나 때문이야. 아니, 미… 미녀 언니 때문이야."

영음은 멍한 눈을 한 채 대답했다. 그렇지 않고서야 어떻게 이런 일이 벌어질 수 있단 말인가. 하필 자기가 왔을 때. 하필.

"그게 뭔 소리냐."

순심은 울다 말고 영음을 쳐다봤다.

영음은 더 이상 이모가 눈에 들어오지 않았다. 어디선가 풍겨오는 된장찌개 냄새에 정신이 팔렸다. 이 순간에도 자꾸만 입에 침이 고인다는 사실이 끔찍했다.

그녀는 신발을 고쳐 신고 밖으로 내달렸다. 자신을 쫓는 식욕으로부터 멀리, 더 멀리 달아나고 싶었다.

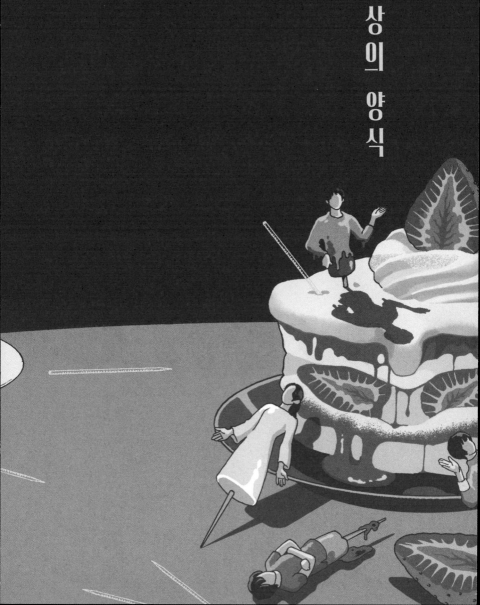

상어의 양식

경준은 영음을 조심스레 흔들어 깨웠다. 영음은 무슨 꿈이라도 꾸는지 표정을 일그러뜨리며 고통스러워했다.

"영음아, 영음아."

"아-악! 저리 가!"

영음이 소리를 지르며 자리에서 일어났다. 그녀의 옷은 땀으로 축축하게 젖어 있었다. 경준은 놀란 표정으로 영음의 이마를 한번 짚어보더니 욕실로 가 수건을 가져왔다.

"악몽이라도 꾼 거야?"

"왜?"

"힘들어하길래."

"아."

"무슨 꿈이기에?"

"나 어렸을 때… 초등학교 4학년 때, 물에 빠져 죽을 뻔한 적이 있어. 그날이, 그날이 너무 또렷하게……."

영음은 갑자기 밀려드는 한기에 몸을 조금 떨었다. 숨이 가빠져 제대로 말을 잇지도 못했다.

"몸이 안 좋으면 하루 쉬는 건 어때? 메일로 기사랑 작업해야 할 것들 내가 넣어주면 되잖아. 윤 대표한테 전화해서."

경준의 말에 영음은 가볍게 고개를 저었다.

꿈속에서 영음은 열한 살이었다. 익숙한 노란 원피스에 분홍 구두를 신고 있었다. 바로, 그날처럼 말이다.

기나긴 장마가 지나고 모처럼 맞이한 맑은 날이었다. 하교한 아이들 몇 명이 모여서 하천 근처로 내려갔다. '슬기로운 생활' 교과 시간에 개구리밥, 부레옥잠, 물상추 같은 수생 식물에 대해 배웠다. 선생님은 조별로 수생 식물을 채집해 오는 숙제를 내줬다. 그즈음 유례없는 비가 연이어 쏟아졌고 곳곳이 침수되기도 했다. 그래서 아이들은 모처럼 해가 뜨자 곧장 숙제를 하러 하천으로 향한 것이다. 범람의 흔적을 향해 햇살이 내리쬐었다.

맥없이 부러진 수양버들 가지가 빨대처럼 구부러져 흐르는 물에 처박혀 있었다. 강물은 밀크커피 같은 색으로 변해 있었고, 질척거리는 바닥은 녹아버린 젤리 같았다. 식물 채집은 고사하고 발견도 하지 못할 그런 날이었다.

아이들은 며칠 사이 극심하게 변해버린 자연 때문에 매우 놀랐다. 하지만 별로 실망하지는 않았다. 그 나이는 실망을 잘 모르는 시기이기도 했다. 아이들은 숙제는 금세 잊고 노는 데 정신이 팔렸다.

영음은 친구들과 함께 물속으로 던져 넣을 걸 찾아다녔다. 처음에는 작은 돌부터 시작했다. 부러진 나뭇가지, 누가 버리고 간 캔, 나중에는 혼자 들기 힘든 크기의 바위까지 함께 옮겨 물 안으로 던져 넣었다.

풍덩!

불어난 물은 무엇이든 삼켰다. 물이 치솟았다가 가라앉을 때마다 아이들은 함께 환호했다. 어린 영음의 눈에 그건, 입을 가진 황톳빛의 거대한 괴물이 살아 움직이는 것처럼 보였다.

영음은 또다시 괴물의 먹이를 찾으러 어디론가 달려갔다. 그러다 잠시 멈춰 섰다. 구두가 불편한지 슬쩍 벗어 발을 들어 올렸다. 이내 구두 뒤꿈치를 구겨 신고 만족스러운 표정으로 아이들 틈으로 달렸다. 엄마가 질색하던 영음의 습관이었다.

어느덧 지루해진 아이들은 하나둘씩 집으로 돌아갔다.

영음은 그때쯤 횡재한 기분이었다. 꽤 의미 있어 보이는 구슬을 발견한 것이다. 그건 땅바닥에 파묻힌 채 윗부분만 살짝 드러나 있었다. 그 시절, 또래 아이들에게 구슬은 보물처럼 여겨졌다. 영음은 막대 하나를 주워 와 흙을 파내기 시작했다.

"인제 그만 가자."

"우리 먼저 집에 간다."

"정말 갈 거야."

친구들의 말이 귀에 들어올 리 없었다. 영음은 온통 그 일에만 열중했다. 땅바닥에서 거대한 행성이라도 뽑아내듯 말이다. 흙을 다 파내고 보니 구슬은 흡족하게도 구슬이 아니었다. 그건 골프공이었다. 신이 난 영음은 그제야 고개를 바로 들었고, 어느덧 하천에 혼자 남겨졌다는 걸 알았다.

치맛자락을 가랑이 사이로 말아 넣고 영음은 조심스레 강물 근처로 내려갔다. 흙탕물이긴 하지만 골프공과 제 손에 묻은 흙을 씻어낼 심산이었다. 유유히 흐르는 물에 손에 쥔 골프공을 담그고 살랑살랑 흔들었다. 이내 한쪽 발이 미끄러지면서 몸의 균형을 잠시 잃었다. 영음은 몸을 반듯이 세우려 다리에 힘을 줬는데, 그럴수록 나머지 발마저 물 안으로 빨려 들어갔다.

풍덩!

황톳빛의 괴물은 또다시 입을 벌려 영음을 삼켰다. 영음은 수영을 할 줄 몰랐다. 살기 위해 팔을 양옆으로 뻗어 휘저었으나 금세 물속으로 가라앉았다. 빨간 책가방이 부표처럼 떠올랐다가 가라앉기를 반복할 뿐이었다.

그때 누군가 비명을 지르며 물가로 달려 내려갔다. 교복 차림의 미녀였다. 친구들로부터 영음의 행방을 듣고 때마침 하천 근처까지 마중 나온 길이었다.

미녀는 망설이는 기색 없이 그대로 물속으로 뛰어들었다. 물살을 가르며 영음을 향해 헤엄쳐 갔다. 그리고 버둥대는 영음의 목을 끌어안고 물 밖으로 끄집어냈다. 미녀는 숨 돌릴 틈도 없이 곧장 다시 물속으로 들어갔다. 저 멀리 떠내려가는 영음의 분홍 구두를 건져 오기 위해서였다. 그건 영음이 아끼는 구두였다.

"너 괜찮아?"

미녀가 물을 짜낸 제 옷자락으로 영음의 얼굴을 닦아주며 물었다. 그리고 안심하라는 듯 웃어 보였다. 영음은 고개만 끄덕였다. 미녀는 물에서 겨우 건져 온 분홍 구두를 탈탈 털더니 영음의 발에다 신겨줬다.

"신발 꺾어 신지 말래도."

몸을 오들오들 떠는 미녀를 보자 영음은 코끝이 찡했다.

"언니, 나도 언니가 위험한 일에 처하면 목숨 걸고 구할 거야."

영음은 미녀를 안아주며 이렇게 약속했다. 그 말에 미녀는 새파래진 입술로 희미하게 미소 지었다.

"거어지이—잇말!"

주파수가 맞지 않은 라디오에서나 흘러나올 법한 목소리였다. 꿈은 기억과 다르게 변주되기 시작했디. 영음은 품에서 미녀를 밀쳐냈다. 갑자기 하천의 물이 하늘 높이 용솟음쳤다. 영음은 안간힘을 써봤지만, 손끝 하나도 움직일 수 없었다.

그때였다.

"영음아, 먹고 싶니? 또 먹게 해줄까?"

미녀가 새파란 입술로 영음에게 물어왔다.

"아—악! 저리 가!"

그 순간, 옆에 있던 경준이 영음을 흔들어 깨운 것이다.

몇 주 전, 영음은 경준의 집으로 이사했다. 이사라고 해봐야 승용차 트렁크도 다 채우지 못하는 단출한 짐을 옮기는 일이었다. 짐을 차에 실으면서 망각하고 있던 제 가난을 확인해 우울해졌다. 경준에게 그걸 들키는 것 같아 조금 민망하기도 했다.

경준의 어머니가 살아 있었다면 그가 이렇게 서둘러 청혼하지 않았을 거라고 영음은 확신했다. 동거하는 일도 힘들었을 테다. 차라리 그편이 훨씬 나았을 텐데……. 그와 함께 지내는 시간이 쌓일수록 후회도 쌓였다. 타인과 함께 산다는 게 이토록 불편할 줄이야. 특히 무언가를 감춰야만 하는 상황이라 더 그랬다.

경준은 그녀가 이모 집에 다녀온 날부터 함께 살자고 졸라댔다.

영음은 장례식장에서 그가 내민 반지를 얼떨결에 받아 꼈다. 그게 결혼을 승낙한다는 의미가 될 줄은 몰랐다. 뒤늦게 알아채긴 했지만, 그녀 역시 경준을 좋아했기에 오해를 바로잡지는 않았다. 자기를 아껴주는 남자가 있다는 사실만으로도 영음은 큰 행복을 느꼈다.

하지만, 결혼! 영음은 결혼, 그 자체를 진지하게 고민해 본 적이 없었다. 어쩌다 이 지경까지 온 걸까, 하는 생각이 들었을 땐 이미 그녀는 경준의 집 거실에 있었다. 그녀의 짐이 든 상자와 함께.

그의 집에는 안방을 제외하고 작은 방이 하나 더 있었다. 그곳에는 옷장 하나와 책장, 선반, 그리고 쓰지 않는 물건들이 쌓여 있었다. 영음은 그 방에 자신이 가져온 옷가지를 걸어두고 책장에 책 몇 권을 꽂았다. 새로운 공간에 너무 쉽사리 흡수돼 버리는 거 같아 허무했다. 누군가 자신의 존재를 일순간에 삼켜버린 기분이랄까.

작은 방을 벗어나 거실로 나오던 영음은 문득 방문 손잡이가 없다는 걸 알아차렸다. 손잡이 부분은 구멍이 뻥 뚫린 채 방치돼 있었다.

"아, 문손잡이? 내가 곧 고칠게."

영음의 시선을 의식한 경준이 곧장 대답했다.

방문 손잡이는 예전에 경준과 동거했던, 그러니까 이 집의 인테리어를 담당했던, 그 두 번째 여자와 지낼 때 부숴버렸다.

여자는 경준과 싸우면 작은 방의 문을 걸어 잠그고 나오질 않았다. 그때마다 경준은 미친 듯이 불안했다. 그 안에서 뭘 하는 것일까, 혹시 자기와의 사랑을 접고 다른 남자와 연락하면서 새로운 사랑을 준비하는 건 아닐까.

그도 처음 몇 번은 열쇠로 문을 열고 들어가 여자를 달랬다. 하지만 반복되는 다툼 사이에 열쇠를 분실했다. 여자는 툭하면 방문을 잠갔고 경준은 제힘을 사용해 문을 열었다. 그렇게 손잡이는 부서졌다.

영음과 합치기 전, 그는 마트에 들러 새로운 침구 세트, 접시, 생필품 등을 샀다. 빨래 건조대가 낡아서 새로 사야 했는데 그때 다양한 디자인의 문손잡이도 구경했다. 문손잡이를 고칠까, 하고 잠시 고민했지만 관두기로 했다. 영음과도 분명 싸우게 될 일이 생기고 말 테니까.

뒤늦게 휴대폰 알람이 울렸다. 영음은 먼저 침대를 벗어났다. 샤워를 한 뒤에 아침 식사를 준비했다. 대부분 식빵 두 쪽과 과일 잼을 내놓았다. 시간이 넉넉할 때는 달걀부침도 했다. 경준이 욕실로 들어가 문을 닫으면 갓 구운 빵을 담은 접시 하나와 빈 접시 하나를 식탁에 올렸다. 빈 접시는 영음의 위장 전술이었다. 영음은 그가 욕실에서 나오기 전에 먼저 방으로 들어가 로션을 바르고 젖은 머리를 말렸다.

미처 생각지 못했던 문제들이 곳곳에 도사렸다. 함께 살게 되면 끼니도 함께 해결해야 한다는 걸 잊고 있었다. 식당이나 외부에서야 보지 않을 때 뱉어내거나 몰래 버리면 됐다. 영음은 어쨌든 그동안 먹지 않고도 먹은 척할 수 있었다. 하지만 집안에서는 곤란했다. 자칫 잘못했다가는 들키고 말 것이다.

영음은 자진해서 아침 식사를 준비하겠다고 말했다. 출근 준비로 바쁘다 보니 각자 요령껏 먹는 분위기로 밀고 나갔다. 왜 인간은 하루 세 끼를 먹도록 정해뒀는지. 아침은 그렇다 치지만 저녁 식사는 위기일발이었다. 영음은 머리를 짜내 간헐적 단식을 핑계 삼았다. 규칙적으로 저녁 식사만큼은 거르고 있다고.

경준은 영음의 식습관을 문제 삼지 않았다. 하지만 다른 걸 요구했다. 그는 그녀가 자기를 위해 요리해 주길 원했다. 자기 어머니처럼 요리를 잘하는 여자가 이상형이라는 말도 덧붙였다.

영음은 요리를 해본 적이 거의 없었다. 남이 해준 음식도 먹질 못하니 직접 요리할 필요는 더욱 없었다. 간도 볼 수 없는 처지여서 그저 막막할 따름이었다. 인터넷 레시피를 보고 정량을 준수해 시도했다. 하지만 경준의 표정에 극명히 나타났다. 그녀가 만든 음식은 정말 맛이 없었다.

요리 실력은 둘째 치고, 영음의 식욕도 문제였다. 냄비 안에 끓는 찌개를 볼 때마다 그녀의 식욕도 함께 바글거렸다. 먹을 걸 눈앞에 두고 먹지 못하는 것도 고통이지만 먹을 걸 직접 생산해 내면서도 먹지 못하는 건… 더 큰 고통이었다.

"요리는 말이야, 그냥 내가 할게."

더는 참기 힘들었는지 그가 먼저 이야기를 꺼냈다. 그때 영음은 돌아서서 안도의 한숨을 내쉬었다. 요리의 문제가 일단락되자 또 다른 문제가 고개를 들었다.

영음은 일주일에 몇 차례, 많을 때는 거의 매일 수액을 맞아왔다. 입을 통해 영양분을 공급할 수 없으니, 혈관을 통해 공급받는 것이다. 이건 생명과 직결된 문제라 영음은 몇 년째 고시원 앞의 김 내과에 다녔다.

물론 경준의 집 근처에도 병원은 얼마든지 있었다. 하지만 영음은 자신의 상황을 또다시 일일이 설명하기 싫었다. 나니던 곳에 가면 말이 필요 없었다. 이제는 팔만 내밀면 알아서 알코올 솜으로 쓱쓱 닦고 주삿바늘을 꽂아줬다.

김 내과까지는 여기에서 다섯 정거장 거리였다. 왕복 20분 정도의 수고를 감수하면 됐다. 영음은 경준의 저녁 식사를 챙기고 그가 먹는 동안 산책하러 다녀오겠다며 집을 나섰다. 본인의 식사를 위해서.

이쯤 되자, 영음은 동거한 걸 후회했다. 직장마저 같다 보니 숨이 막힐 지경이었다. 식욕은 주체하기가 힘들 정도로 치솟았고 경준은 점심시간마다 사무실 밑에서 영음에게 전화했다.

"점심 먹게 윤 대표 몰래 나와."

영음은 점심시간의 도서관이 몹시 그리웠다. 앙드레 지드의 『지상의 양식』 뒤에 숨어 이쑤시개를 탐닉하던 그 나날들! 문득 사서 보조의 안부도 궁금했다. 그녀는 여전히 삼각김밥에 딸기우유를 먹고 있을까.

정말이지 이건 연애가 아니라 형벌 같다고, 영음은 중얼거렸다.

경준은 CCTV 영상이 담긴 USB를 돌려받았다. 경찰에 그날의 증거로 제출했던 것이었다. 거기에는 잔혹한 범죄 현장과 어머니의 비참한 마지막 모습이 담겨 있었다. 그런데 미처 보지 못한 무언가가 더 존재했던 모양이다.

담당 형사는 경준에게 USB를 건넬 때, 의미심장한 말을 덧붙였다.

"참 알 수가 없네요."

경준은 눈만 껌뻑였다. 형사는 무슨 말을 더 하려다가 말았다.

"직접 보면 알 겁니다."

직접 보면 안다? 경준은 이미 이 안에 든 영상을 보긴 봤다. 하지만 빠른 속도로, 영상의 중간중간을 건너뛰며 봤으니 놓친 장면이 있을지도 몰랐다. 그는 노트북을 가지고 카페에 들렀다. 제일 구석진 자리에 앉아서 다시 영상을 재생하기 시작했다.

범인이 가게로 들어왔다. 물론 그때는 어디까지나 손님이었을 테다. 엄마는 막걸리와 전을 내줬고 손님은 먹기 시작했다. 접시에서 연기가 모락모락 피어올랐다. 지극히 평범하고 익숙한 장면이 계속 펼쳐졌다.

조금 지나자 영음도 모습을 드러냈다. 영음은 엄마와 마주 앉아 대화하기 시작했다. 경준은 두 사람이 무슨 대화를 나누는지 궁금했다. 화면 앞으로 바짝 얼굴을 가져가 보지만 소용없었다. CCTV에 음성 녹음 기능이 있었다면 마지막 유언이나 다름없는 대화 내용을 들을 수 있을 텐데 아쉬웠다.

그는 이내 지루해졌다. 담당 형사가 의아하게 본 점이 무엇인지 도무지 알 수가 없었다. 8배속으로 재생 속도를 올렸다. 몇 마디의 이야기가 더 오가고, 엄마는 또다시 전을 부치고, 그걸 손님에게 내주었다. 영음은 곧 화장실로 가는 후문으로 빠져나갔다.

경준은 한숨을 내쉬었다.

손님이 일어났다. 그가 범인으로 둔갑하는 순간이었다. 요리용 망치를 든 범인은 경준의 어머니를 위협했다.

퍽. 퍽. 퍽.

범인은 명태 머리를 내리치듯 그의 엄마의 머리를 몇 차례 내리쳤다. 경준은 자기도 모르게 자리에서 벌떡 일어났다. 그 바람에 잔이 넘어져 음료를 쏟고 말았다. 티슈로 대충 테이블 위를 정돈하면서도 시선은 내내 모니터에 뒀다.

바닥에 맥없이 쓰러진 엄마를 뛰어넘어 범인은 금고에 손을 댔다. 범인은 금고 안을 잠시 바라보며 머뭇대다가 그대로 밖으로 달아났다. 경준의 손끝이 파르르 떨렸다. 시간이 조금 지났을 때 영음은 가게로 돌아왔다. 그리고 목격했다. 곧장 어딘가로 전화를 걸었는데 아무래도 경찰에 신고하는 모양이었다.

형사의 말과 달리 이상한 건 찾을 수 없었다. 다시 보고 나니 괜히 기분만 울적해질 뿐이었다. 경준은 서둘러 마우스 커서를 정지 버튼 위에 가져갔다.

　그때였다. 주변을 서성이던 영음은 갑자기 범인의 테이블로 다가가 그 자리에 앉았다. 그러더니 이내 먹기 시작했다. 놀란 경준은 제 눈을 의심했다. 엄지손톱을 잘근잘근 물어뜯으며 화면을 좀 더 확대했다.

　영음은 범인이 먹다 남긴 걸 먹는 중이었다. 시체를 바로 옆에 두고, 명태 머리 전을 먹었다. 정말 맛있게도 먹었다. 가게 밖에 구급대 차량이 멈추어 섰다. 사이렌 불빛이 빈 접시에 반사돼 사이키 조명처럼 번쩍이자, 영음은 그제야 자리에서 일어섰다. 아쉽다는 듯 입맛을 다시며 말이다.

　평소보다 일찍 퇴근한 영음은 버스를 기다렸다. 그러다 손목에 찬 시계를 확인했다. 오랜만에 도서관에 가보고 싶었다. 바로 집에 들어가기에는 어쩐지 조금 아쉬운 마음이 들어서였다.

　평일 오후인데도 열람실에는 꽤 많은 사람이 자리를 차지하고 있었다. 대부분이 수험생인 것 같았다. 그들은 두꺼운 전문 서적을 펼쳐두고 동영상 강의를 듣기도 했고 노트에 열심히 무언가를 옮겨 적기도 했다.

　경준은 점심시간을 같이 보내며 영음에게 말했다.

　"오늘은 나 좀 늦을 거 같아서 먼저 퇴근해."

　영음은 고개를 끄덕였다. 그녀는 국밥 건더기를 한 숟갈씩 떠 뚝배기에서 빈 밥그릇으로 옮겨 담는 중이었다. 그러는 중에도 입안에 음식물이 있는 양 오물거리는 것도 잊지 않았다. 경준은 윤 대표와 함께 저녁 식사 자리에 갈 거라고 덧붙였다. 이번에도 그녀는 고개만 끄덕이며 밥공기의 뚜껑을 닫았다.

"넌 곧장 집으로 갈 거지?"

경준의 물음에 영음은 대답 없이 그를 빤히 쳐다보기만 했다.

윤 대표와 경준은 네 시쯤 사무실에서 나갔다. 그러면서 윤 대표는 큰 인심이라도 쓰듯 오늘은 별일 없으니까 알아서 퇴근하라고 지시했다. 휘파람까지 곁들이는 걸 보니 좋은 일이라도 있는 게 확실했다.

영음은 그들이 떠나고 정확히 10분 뒤에 사무실을 벗어났고 도서관으로 향했다. 열람실 빈자리에 가방을 올려두고 비릇처럼 늘 읽던 책을 찾으며 사서 보조를 슬쩍 보았다. 친구를 오랜만에 만난 것처럼 반가웠다. 정겨운 마음에 하마터면 영음은 그녀에게 손을 흔들 뻔했다.

사서 보조는 영음을 보더니 벽에 걸린 시계로 시선을 돌려 시간을 확인했다. 점심시간이 한참 지난 시각이었다. 사서 보조는 하던 일을 마저 하려다 말고 뭔가 떠오른 듯 자리에서 일어나 600번 서가로 걸어갔다.

도서관은 지난달에 열람실 도서 목록을 새로 꾸렸다. 신간을 채워 넣고 최근 몇 년간 대출 기록이 없거나 발행 연도가 오래된 도서를 보관 서고로 옮겼다. 또 이용률이 저조한 도서는 600번 예술 서가 하단에 따로 비치했다. 『지상의 양식』도 거기로 자리를 옮겼다.

이 사실을 영음은 모를 수밖에 없었다. 늘 있던 자리에 책이 보이질 않았고 여태껏 단 한 번도 이런 적이 없었으므로 적지 않게 당황했다. 그녀는 책에 몰두해 있는 사람들을 하나하나 관찰하기 시작했다. 그 책이 아니어도 상관없었으나 무언가 빼앗긴 기분이 들어 씁쓸했다. 아직 절반도 채 읽지 못했는데. 그녀는 괜히 책 제목을 작게 되뇌며 열람실 내부를 배회했다. 마치 그 책이 제 책이라도 되는 양.

남자 하나가 부스럭거리며 움직였다. 영음은 그에게 시선을 돌렸다. 그는 가방에서 뭔가를 비밀스럽게 꺼내는 중이었다. 그녀는 호기심에, 잠시 책에 대한 집착을 잊고 그를 열람했다. 그의 손에 들린 건 초코바였다. 열람실 내부에서는 음식물을 먹는 것이 금지되어 있었다. 그는 누구보다 그 규칙을 잘 알고 있는 듯했다. 최소한의 움직임으로 초코바의 포장지를 벗겼다. 영음도 덩달아 숨죽여 그 모습을 지켜봤다. 바짝 메말랐던 입안에 침이 돌았다. 남자가 드디어 초코바를 한입 베어 물었다. 그 순간 그는 곁눈질로 그녀를 일별했다.

영음은 얼른 고개를 돌려버렸다. 남자의 시선을 의식해서가 아니라, 초코바를 오물대는 그를 바라볼 재간이 없기 때문이었다. 자신도 먹고 싶었다. 정말이지, 너무나도. 머릿속으로 초코바 포장지를 벗기는 제 모습을 열 번도 넘게 상상했다.

그때였다. 갑자기 굉음과 함께 건물 전체에 진동이 일었다. 내부는 일순간에 소란스러워졌다. 여기저기서 짧은 비명이 터져 나왔다. 어떻게 된 상황인지 파악할 겨를도 없이 사람들은 우르르 출입구 쪽으로 대피했다. 영음도 그 행렬에 가담했다. 심장이 빠르게 요동쳤다.

서가가 처참할 지경으로 와르르 무너져 내려 있었다. 7단 철제 서가였다. 종이짝처럼 맥없이 접힌 철판 몇 개가 바닥에 널브러져 있었다. 무너질 당시 충격으로 튕겨 나온 듯했다.

"어!"

순식간에 다른 서가 몇 동이 도미노처럼 쓰러졌다.

"악! 저기 사람이 깔렸어요. 사람이!"

아까 몰래 초코바를 먹던 그 남자가 손가락으로 책 더미 사이를 가리키며 소리쳤다. 영음은 그를 보자마자 또다시 입안에 침이 고였다. 이 무례한 조건 반사의 결과물! 그녀는 손등으로 입가를 쓱쓱 문질렀다.

도서관 직원 몇 명이 열람실로 급하게 뛰어 들어왔다. 아무렇게나 쌓인 책들은 무덤처럼 보였다. 그 사이로 사람의 팔이 보였다. 직원들은 멀뚱히 서 있는 구경꾼들을 밀쳐내고 철판을 들어내거나 책을 치웠다. 그제야 지켜만 보던 몇몇 이들도 거들기 시작했다. 책을 들어내자 안에 깔린 사람의 형체가 온전히 드러났다. 영음은 그녀를 단번에 알아봤다. 사서 보조였다.

사서 보조는 오랜만에 온 영음에게 직접 책을 찾아줄 요량이었다. 영음이 매번 보던 책 정도는 알고 있었다. 책 뒤에서 즐기던 영음의 특별한 점심 메뉴까지는 알지 못했지만 말이다. 사서 보조가 쪼그려 앉아 서가에서 책을 꺼내는 순간, 서가가 무너져서 미처 피할 새도 없이 그대로 깔려버린 것이다.

사람들은 책 무덤에서 사서 보조를 끄집어냈다. 하지만 그녀는 의식이 없었다. 이마를 다쳤는지 피가 흘렀다. 직원 한 명이 지혈해 주며 계속 그녀의 이름을 소리 내 불렀다.

영음은 자신도 모르게 어느새 그 앞에 다가가 서 있었다. 자신의 오래된 도서관 점심 파트너. 그녀를 걱정하면서도, 한편으로는 주체할 수 없을 정도로 흥분됐다. 가슴이 뛸수록 침이 고였다. 아까와는 차원이 다른 수준이었다.

"119, 119 좀 불러 주세요!"

직원 하나가 다급하게 외쳤다.

이제 영음은 아무것도 들리지 않았다. 이 공간에 그녀와 단둘만 남은 듯했다. 죽었을까, 혹시 죽은 걸까. 죽기라도 한 걸까. 그렇다면 혹시 또⋯⋯.

며칠 전이었다. 경준은 야식으로 매운 닭발볶음을 시켰다. 거기다 주먹밥과 계란찜까지 추가해 곁들여 먹었다. 영음은 그가 먹는 모습을 그저 바라보기만 했다. 그의 입가에 범벅이 된 붉은 소스를 감상하며 극에 달한 자신의 식욕과 마주했다. 저도 모르게 침이 흘렀다. 그 침을 닦아내며, 그냥 아무나, 아무나 죽어버렸으면 좋겠다고 소망했다. 약간의 죄의식을 느끼기도 했지만, 그 순간에는 정말 그렇게 바랐다.

오로지 이쑤시개만 먹을 수 있었을 때가 차라리 더 나았다. 영음은 그 하찮은 이쑤시개를 씹으며 경이를 느꼈고, 만족했고, 감사했다. 그러나 다른 음식을 먹을 수 있는 기회를 연이어 경험한 후, 식욕은 점점 더 잔인해졌다. 어둠 속에서 그것의 이빨이 자꾸 번득였다. 그녀가 스스로를 두려워할 만큼. 이제 그녀는 죽음을 죽음으

216

로 받아들일 수 없었다. 그러질 못하게 됐다. 지금도 영음은 무의식적으로 행운을 기대하는 중이었다.

조금 지나자, 사서 보조는 의식을 되찾고 깨어났다. 동료의 부축을 받아 의자에 겨우 걸터앉았다.

"내가 저번에 시설 정비팀에 서가 정비 요청하라고 했잖아! 했어?"

깨어난 게 죄라도 되는 양, 동료 중 하나가 앙칼진 목소리로 탓하듯이 물었다. 사서 보조는 곧 울음을 터뜨릴 듯한 표정으로 고개만 저었다.

"이제 위에다 뭐라고 보고할 거야! 망가진 책은 다 어쩔 거고!"

"죄송합니다. 죄송합니다."

동료들을 향해 머리를 조아리며 연거푸 죄송하다고 했다. 머리를 움직일 때마다 이마에서 흘러내린 피가 얼굴을 타고 바닥으로 뚝, 뚝, 떨어졌다.

영음은 그 사과가 꼭 자신에게 하는 말처럼 들렸다. 죽지 못해 죄송합니다. 먹을 수 있게 돕지 못해 죄송합니다. 영음은 고개를 세차게 내저었다. 그리고 서둘러 가방을 챙겨 들었다.

그때 희미한 리코더 소리가 들려왔다. 자신의 환청인지 실제로 누군가 연주를 하는 건지 헷갈려 주변을 돌아보았다.

현관으로 들어서는 영음에게 별안간 유리컵이 날아들었다. 유리컵은 벽에 그대로 맞아 조각났다. 영음은 매우 놀라 그 자리에 얼어붙다시피 했다. 그 바람에 손에 든 장바구니를 놓치고 말았다. 사과 몇 알이 데구루루 굴러갔다. 사과 하나가 경준의 발끝에 닿았다. 그는 사과보다 더 달아오른 얼굴을 하고 거칠게 숨을 내쉬었다.

"왜 전화 안 받아? 너 어디 갔었어?"

"마트……."

"마트? 지랄하네. 내가 또 속을 것 같아?"

한번 시작된 의심은 하루하루 몸집을 비대하게 키웠다. 경준의 목소리도 함께 커졌다. 이제는 손에 잡히는 대로 물건을 던지기까지 했다. 이웃집으로부터 몇 차례 인터폰이 걸려온 뒤에야 비로소 잠잠해졌다.

그즈음부터 영음은 더 자주 환청에 시달렸다. 시도 때도 없이 들려오는 리코더 소리. 그때마다 식욕이 꿈틀거리며 리듬에 맞춰 춤을 췄다. 영음은 배를 움켜쥔 채 환청의 원인을 추측했다. 극심한 허기와 영양 부족. 그와 살기 시작하면서 수액을 맞는 횟수가 현저히 줄었다.

이제 병원에 가는 일도 쉽지 않아졌다.

영음은 저녁 시간이 되면 산책하러 간다고 거짓말을 하고 김 내과로 향했다. 경준은 이따금 따라나서겠다고 했는데, 영음은 늘 핑계를 대며 거절했다. 그는 이를 석연치 않게 여겼고 어느 날 몰래 영음의 뒤를 밟았다.

그가 미행하던 날, 영음은 여느 때와 같이 운동복 차림으로 집을 나섰다. 그는 차 안에서, 버스 정류장에 서 있는 그녀를 주시했다. 산책 좋아하시네, 누가 산책을 버스로 하나. 핸들을 잡은 그의 손이 바들바들 떨렸다. 이런 사실을 전혀 모르는 영음은 버스에 몸을 실었다. 버스가 출발하자, 경준은 마음대로 확신해 버렸다. 영음에게 분명 다른 남자가 생긴 거라고. 사실 그는 영음을 믿지 못했다.

영음은 이전에 살았던 동네 부근에서 하차했고, 총총히 걸어 어느 건물 안으로 들어갔다. 아무것도 모르는 게 분명했다. 경준은 그 건물 옆의 갓길에 차를 세웠다. 이 동네에 도대체 무엇이 있는 걸까, 한참을 생각했다. 그러다 불쑥 제 아버지가 얼굴을 내밀었다.

크리스마스 선물 대신 이별을 안겨준 아버지! 경준은 아버지가 떠난 뒤에도 크리스마스가 다가오면 산타 할아버지 대신 아버지를 기다렸다. 착한 일도 하고 공부도 열심히 했다. 울지도 않았다. 아버지라는 선물을 받기 위해. 그의 아랫입술에 미세한 경련이 일었다. 경준은 여전히 성장하지 못한, 제 안의 일곱 살짜리 아이를 발견했다.

경준은 창문 밖으로 얼굴을 내밀고 영음을 삼켜버린 그 건물을 살폈다. 부동산, 입시 학원, 헬스장, 병원, 마사지 시술소, 어학원 등 다양한 업종이 즐비한 상가였다. 불이 켜진 층은 혹시나 해서 창 안을 더 찬찬히 눈으로 훑었다. 이번에는 옛날 동거녀들이 차례로 얼굴을 내밀었다.

"개 같은 년들."

일그러진 얼굴로 경준은 욕설을 내뱉었다. 영음만큼은 그들과 다를 거라 여겼다. 그들과는 본질적으로 달랐으니까. 외모는 괴상했고, 직업도 시원찮으며, 가난했다. 대단한 부모나 형제를 둔 것도 아니었으며, 내세울 학벌도 없었다. 그는 설움에 북받쳤는지 흐느껴 울기 시작했다.

얼마나 울었을까, 그가 기다리던 이가 다시 건물 밖으로 걸어 나왔다. 그는 화장지를 접어 꾹꾹 눈물을 눌러 닦고 룸미러로 제 얼굴을 확인했다. 이어 제 가슴을 몇 차례 두드리고는 길게 숨을 뱉었다.

이윽고 그가 운전석에서 내렸다.

"야! 이영음."

아뿔싸! 영음은 익숙한 그 목소리를 듣자, 자기도 모르게 한숨이 먼저 새어 나왔다. 뒤를 돌아보기가 두려웠다. 그가 어떤 얼굴을 하고 있을지 막막했다. 이런 게 말로만 듣던 사랑의 무게라는 걸까. 그 무게가 문득 버겁게 느껴졌다. 어디로든 그가 없는 곳으로 도망치고 싶어졌다. 그러다 생각을 고쳤다. 이건 전부 제 잘못이었다. 이제라도 그에게 털어놓을까. 그러면 좀 홀가분해질까. 영음은 뒤돌아 서서 경준을 보며 말했다.

"있잖아. 나 사실 TPN 환자야. 그래서 주기적으로 수액을 맞아야 해. 미안해, 진작 말해야 했는데……. 걱정할까 싶어서 그랬어. 절대 속이려던 게 아니라."

영음은 말하면서도 가슴이 뜨끔했다. 실은 속일 수 있을 때까지 속일 작정이었다.

"뭐? 네가 TPN 환자라고?"

경준이 일그러진 표정을 지으며 되물었다. 경준은 TPN에 관해 모르지 않았다. 오히려 해박한 축에 속했다. 한때 무가지에서 의학

관련 기사를 썼고, 지금도 쓰고 있으니까.

"그래, 나 먹질 못해."

경준은 영음이 가증스러웠다. CCTV 속에서 보았던 모습이 떠올랐다. 그날의 영음, 소름 끼치던 광경. 시체 옆에서 먹고, 또 먹던 그 모습을.

"미친년. 소설 쓰고 있네. 뭐? 허, 네가 먹질 못한다고?"

영음의 눈빛이 흔들렸다. 그에게 사실을 털어놓은 걸 진심으로 후회했다. 어차피 사실을 말한들 믿어주지도 않을 텐데. 왜 또 이런 바보 같은 선택을 했는지. 어깨에 이전보다 한층 더 무거운 짐이 올려진 기분이었다. 건물을 올려다보니 헬스장 간판이 눈에 들어왔다. 그냥 헬스장 회원권 기간이 남아서 다니는 것뿐이라고 말할걸.

"산책하러 간다고 속인 건 정말 미안해."

"그래, 환자라 치자. 못 먹는다고 쳐줄게. 그런 건 지금이라도 당장 진료기록을 살펴보면 알 수 있는 거니까. 그런데 병원은 집 근처에도 얼마든지 있잖아! 왜 여기까지 일부러 오는 거야?"

영음은 그냥 입을 다물어버렸다.

이날 이후, 영음은 일주일에 두 번 김 내과에 갈 수 있게 됐다. 무조건 경준의 동행하에. 영음은 최대한 그의 행동반경 안에 머물렀고 그의 집착에 달게 응했다. 그의 분노를 달랠 방법은 이것밖에 없어 보였다.

광고주가 먼저 일어났고, 윤 대표와 경준은 그 자리에 남아 술 잔을 기울였다. 두 사람은 조금 흐트러진 자세로 서로 마주 보고 앉아 있었다. 일이 생각대로 성사되지 않아 윤 대표는 조금 언짢았 다. 경준은 영업직 사원처럼 이런 자리까지 쫓아다녀야 한다는 게 불만스러웠다. 더욱이 얼마 전 홍보 기사를 썼던 성형외과의 의료 사고가 공중파를 타게 돼 심기가 어지러운 상태였다.

"천 기자는 영음이가 비쩍 말라서 불쌍하고 여려 보이지?"

윤 대표는 틈만 나면 경준에게 영음의 흠을 잡았다. 영음과 관 련된 일이라면 촉을 곤두세우고 달려드는 경준이었다. 윤 대표는 두 사람이 연인 사이라는 걸 전혀 눈치채지 못한 채, 기회만 생기 면 운을 띄웠다.

회 한 점을 입에 넣고 우물거리던 윤 대표는 술잔이 빈 줄도 모 르고 들이켰다. 그 모습을 본 경준은 그의 술잔을 가득 채웠다. 그 는 순식간에 잔을 비우고는 그 잔을 경준에게 내밀었다. 하지만 곧 거절당했다.

"헬리코박터균에 민감해서. 그리고 술은 그만 됐습니다."

"무슨 소리야, 회가 이렇게 많이 남았는데. 우리 편하게 먹고 가 라고 술도 더 시켜주고 갔잖아. 다 먹어야지. 내가 어디까지 이야 기했더라. 그래, 영음이. 걘 비밀이 많아. 알면 알수록 생긴 것만 큼이나 수상하고 이상하다니까."

경준은 대꾸하지 않았다.

상대로부터 예상했던 반응을 얻지 못하자 윤 대표는 술병을 들 어 스스로 술잔을 채웠다. 곧이어 사색에 잠긴 듯 눈을 가늘게 뜨고 경준을 응시했다.

"내가 아침마다 사무실 책상에 앉으면 가장 먼저 뭘 하는지 자네는 아나?"

"글쎄요. 제가 대표님 아침 루틴을 어떻게 알겠습니까."

"바로, 레위기 5장 1절 말씀을 소리 내 읊으면서! 가슴에 새기면서! 하루를 시작하지."

"그러시구나."

경준의 반응은 시큰둥했다. 하지만 윤 대표는 무언가에 심취한 표정으로 말을 이어갔다.

"거기에 쓰여 있어. 잘못된 걸 알면서도 알리지 않으면 그건 전부 니의 죄가 되고 그 허물도 나의 몫으로 남게 된다! 나는 그 구절 때문에 기자가 됐고, 앞으로도 아버지 하나님의 그 뜻에 따라 살거야."

"그러시구나."

"내가 지금 이 말을 왜 하는지 알아? 혹시나 천 기자가 날 오해할까 싶어 하는 말이야. 내가 영음이를 미워해서 이런저런 말을 자네한테 알리는 게 아니라고. 이건 나의 신념에서 비롯된 거란 말이야. 아멘!"

윤 대표는 물수건을 두어 번 접더니 입가를 두드리며 본론으로 들어갈 태세에 돌입했다.

"박 기자라고 이전에 일했던 사람이 있어. 들었을지 모르겠지만 죽었거든, 죽었어! 걔도 천 기자만큼이나 영음이를 아꼈다고. 암, 그랬지. 근데 난 박 기자를 죽인 건 영음이라고 믿는 사람이야. 어떻게 사람이 죽었는데 두 시간이나 지나서 신고하느냔 말이야? 지 말로는 자느라고 몰랐대. 아니, 코딱지만 한 원룸에서 사람이 바로 옆에서 죽어가는데 그걸 몰라? 어떻게 몰라? 그 일 있기 전에 둘 이 안 좋은 일이 좀 있었어."

이미 윤 대표의 혀는 꼬일 대로 꼬여 있었다.

경준은 턱 주변을 매만지며 윤 대표 뒤에 걸려 있는 그림에 시선 을 고정했다. 가츠시카 호쿠사이의 걸작으로 꼽히는 파도 그림이 었다. 경준은 그 그림의 이름을 떠올려 보려고 애썼는데, 윤 대표 는 그걸 제 이야기에 집중하고 있는 걸로 착각했다.

"그리고 말이야. 내 친구가 무안의 지역 신문 기자로 있거든. 그 친구한테 물어봤지. 제초제 먹고 죽은 사람, 어떻게 된 거냐고. 왜 있잖아, 영음이 이모부! 무안에 산다는 영음이 이모부도 죽었잖아. 내 친구가 그걸, 아주 자세히도 알고 있더라고. 그 전날 저녁에 서 울에서 온 조카랑 고기 구워 먹다가 소주인 줄 알고 병에 든 제초 제를 마셨다는 거야. 캬! 나는 아무리 생각해도 그걸 영음이가 먹 인 거 같단 말이지. 뭔가 있어. 있다고. 그렇지 않고서야 왜 사람 죽는 곳마다 걔가 있겠냐고? 그래, 천 기자 어머니 돌아가셨을 때 도 지가 거기서 왜 나와? 안 그래? 그년은, 농약 같은 가시내야."

"아, 맞다!"

경준이 소리쳤다. 카나가와 앞바다! 드디어 작품의 이름이 떠오 른 것이다. 경준은 대학 시절에 저 그림으로 된 천 피스짜리 퍼즐 을 산 기억이 있다. 그림 속에는 파도가 삼키기 직전의 작은 배 세 척이 등장하는데, 그중 배 한 척에 해당하는 조각을 분실했다. 의

도치 않은 분실로 인해, 그 배 한 척의 선원들은 파도의 위협에서 영원히 무사해졌다.

"그렇지? 생각해 보니까 천 기자도 내 말이 맞는 거 같지?"

그림의 이름을 기억해 낸 경준은 그제야 시선을 윤 대표에게 옮기며 말했다.

"저 내년 봄쯤 결혼하려고 합니다."

"결혼? 어허, 봄이면 얼마 남지도 않았는걸. 뭐 하는 여자야?"

"영음 씨요."

젓가락 사이로 자꾸만 빠져나가는 회를 집기 위해 노력하던 윤 대표는 예의상 몇 번 웃어줬다.

"친 기자야, 아까 광고주들 있을 때 이렇게 농담도 하고 했으면 좀 좋아?"

"그러니 이제 제 앞에서 영음이 가지고 억지 그만 쓰세요."

윤 대표는 술이 확 깨는 기분이 들었다. 경준의 의중을 읽기라도 하겠다는 듯 그의 얼굴을 빤히 들여다봤다.

"이 사람 농담이 지나쳐. 미치지 않고서야 그런 여자랑 어떻게 결혼할 생각을 하겠어? 안 그래?"

"사람마다 취향이 다르죠."

"그 취향 한번 혐오스럽다. 술맛 떨어지게스리."

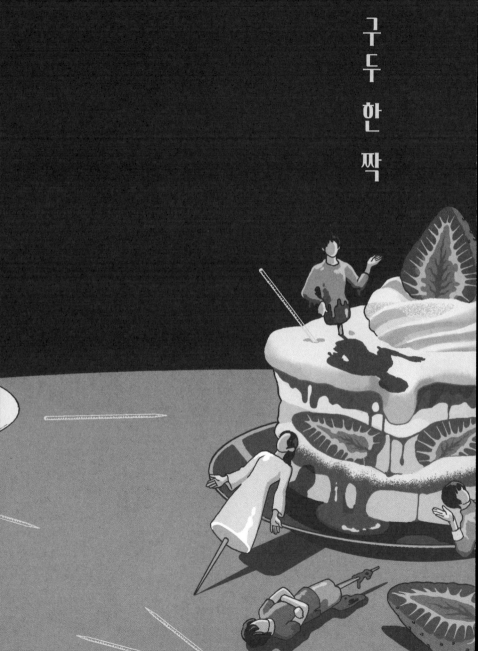

구두 한 짝

이 집에 살았던 여자들이 떠나면서 작은 방의 옷장은 줄곧 비어 있었다. 그 여자들은 옷장을 명품 가방과 스카프, 모자 따위를 보관하는 용도로 사용했다. 그들은 이 옷장은 옷을 보관하기에는 터무니없이 작다며 불평했다.

경준은 옷을 넉넉히 걸 수 있도록 벽면에 조립식 행거를 추가로 설치했다. 덕분에 작은 방은 정글처럼 보였다. 섬유 유연제와 향수 냄새가 뒤섞이고 가지각색의 옷으로 빽빽하게 둘러싸인 정글. 그들은 이걸로도 부족하다며 방에 있던 책꽂이와 책상을 치워버리자고 툴툴거렸다.

영음은 그 옷장에 몇 벌 안 되는 옷가지를 걸었고 옷장에 달린 두 칸의 서랍에 속옷과 소지품을 넣어 보관했다. 이전의 여자들과 달리 옷장 하나에 대부분의 짐이 정리된다는 사실에 조금 놀랐다. 경준은 그들과 함께 살면서, 여자란 본래 몸은 하나지만 수백 벌의 옷을 소유하는 게 당연한 존재인 줄 알았다.

경준은 영음을 집 앞 마트에 보냈다. 우유와 달걀을 사다 달라고 부탁하면서 말이다. 그녀가 외출한 사이, 그는 작은 방의 옷장을 열었다. 그녀에게 깜짝 선물을 주고 싶었다. 종이 가방 속에서 아까 산 코발트블루 색상의 코트를 꺼냈다. 영음에게 겨울 외투라고는 얇은 코트 하나와 방금 입고 나간 패딩 점퍼가 전부였다. 그녀 몰래 옷장에 새 코트를 걸어 놓으려는 작전이었다.

취재를 마치고 사무실로 돌아오는 길이었다. 1층의 여성복 판매장이 눈에 들어왔다. 경준은 영음에게 어울릴 만한, 정확히 하자면 몸에 맞을 만한 치수의 외투를 사주고 싶었다.

주인 여자는 쏜살같이 나와 그에게 말했다.

"삼촌, 들어와요. 들어와서 구경해 봐요." 영음에게는 언니! 경준에게는 삼촌! 어쩐지 불공평한 호칭이었다. 이처럼 주인 여자는 손님에게 제멋대로 호칭을 붙였지만, 붙임성만큼은 지상 최고였다. 주인 여자는 그가 상품을 여유 있게 구경할 수 있도록 적극적으로 배려했다. 덕분에 그는 여자 옷을 처음 사 보지만 어색하지 않았다.

"많이 마른 편인데. 입을 만한 게 있을까요? 외투로요."

경준은 약간 난처한 표정을 지으며 주인 여자에게 물었다.

기다렸다는 듯 주인 여자는 겨울 외투 몇 벌을 척척 꺼내 팔에 둘렀다. 그중에는 코발트블루 색상의 코트도 있었다.

잔꽃 무늬의 코르덴 원피스를 입은 주인 여자는 경준에게 매우 친숙한 인상을 풍겼다. 이내 그는 자기 어머니인 오 여사가 가게에

서 입던 앞치마와 주인 여자 원피스의 무늬가 같다는 걸 알아차렸
다. 코르덴 위에 피어 있는 잔꽃 무늬 사이로 명태 머리 전을 먹어
치우던 영음의 모습이 활짝 피어났다. 경준은 옷을 고르다 말고 고
심했다.

왜 그랬을까.

어떻게 그럴 수가 있을까. 그러면서 못 먹는다니?

잔꽃 무늬가 매직 아이처럼 잔상을 일으켰고 약간의 현기증을
동반했다.

주인 여자는 엄선해 고른 외투 세 벌을 그 앞에 늘어놓았다.

"사이즈 알아요? 대충이라도. 나랑 비교해도 좋아요."

주인 여자는 조금 물러서서 새침한 자세를 취하며 말했다.

경준은 그 모습을 힐끗 보더니 곧장 답했다.

"사장님 절반쯤."

주인 여자는 오리처럼 입을 내밀더니, 어처구니없다는 투로 말
했다.

"삼촌, 나 55 입거든. 내 절반이면 인간이 아니야. 이쑤시개지!
아니다, 있구나, 있어. 우리 가게 손님 중에 내 절반쯤 되는 언니.
나는 그 언니를 걸어 다니는 해골이라고 부르거든. 물론 그 언니
없을 때만 말이야."

주인 여자는 뭐가 그렇게도 재밌는지 깔깔거리느라 말도 제대로
잇지 못했다.

"그 언니는 진짜 이쑤시개 같아. 여기 위층에 보면 신문사가 하
나 있거든. 거기서 일한다더라고."

경준은 눈을 살짝 내리깔고 이렇게 말했다.

"그 언니라는 사람, 제 여자친구 같은데요."

주인 여자의 얼굴이 새빨갛게 달아올랐다.

주인은 별로였지만 코발트블루 색상의 코트는 그의 마음에 들었다. 이 가게에서 흔치 않은 일이지만 가격을 10%나 할인받기도 했다.

낮에 있었던 일을 떠올리며, 그는 옷장에 걸린 옷을 옆으로 제쳤다. 새 코트를 걸 공간을 마련하기 위해서였다. 흡족한 표정으로 코트를 한번 매만졌다. 그러다 경준은 옷장 깊숙이 놓여 있는 무언가를 발견했다.

청색 양단 보자기로 싸둔 물건. 아니 물건들! 옷장의 어둠 속에서도 반질거리며 제 존재를 뽐내고 있었다.

경준은 그걸 옷장 밖으로 끄집어냈다. 보자기의 매듭 부분을 잡아 들고 나름 무게를 측정해 보았다. 뭐가 들었으려나. 세월이 흔적이 묻어 있는 보자기였다. 그는 다시 옷장 속에 넣어두려다 밀려드는 궁금증에 사로잡혔다.

이전에 이 옷장을 사용했던 여자들은 여기에 가장 아끼는 걸 보관했다. 그는 그 사실을 떠올렸고 이내 안달이 났다. 영음에게도 분명 중요한 게 있을 테다. 바로, 여기 안에. 이렇게 보자기에까지 정성스레 싸둔 걸 보면 꽤 아끼는 물건인 게 틀림없다고 그는 생각했다. 어느새 그의 손은 주인의 허락도 없이 청색 양단 보자기의 매듭을 풀고 있었다.

"하—아! 이게 대체 다 뭐야?"

경준은 허망한 표정으로 기묘하기 짝이 없는 물건들을 한참 바라봤다. 보자기 안에는 괴황 한복과 고깔, 성인 남자 구두 한 짝이 들어 있었다. 그 무엇 하나도 만져볼 엄두가 나질 않았다. 그는 서둘러 보자기를 여몄고 옷장 안으로 아무렇게나 던져 넣었다.

그걸 본 뒤로부터 경준에게는 영음을 향한 의심뿐 아니라 정제되지 않은 두려움까지 더해졌다. 그는 그 불편한 감정 속에서 망상과 공상의 교묘한 경계선을 기어다니기 시작했다.

토요일은 오전 진료만 해서인지 아침 일찍부터 김 내과는 환자들로 혼잡했다. 영음은 이런 이유로 토요일을 피했다. 하지만 이번 주 내내 경준은 바빴다. 영음은 접수를 마치고 경준의 옆자리로 가 앉았다. 수액을 맞으러 갈 때마다 그가 부담스러워 미칠 지경이었다. 그는 매번 병원에 바래다주겠다고 말하며 따라나섰지만, 사실 그건 널 지켜보겠다는 의미였다.

두 사람은 대기실에 앉아 말없이 정면에 설치된 텔레비전만 바라봤다. 평소 그녀가 즐겨 보던 여행 다큐 프로그램이 방영 중이었다.

여행자는 바르셀로나의 어느 광장에 있었다. 새해를 앞둔 바로 전날 저녁 풍경이었다. 거리에는 포도 낱알이 담긴 컵을 판매하는 상인들과 그걸 구매하는 이들로 가득했다. 여행자도 1유로를 내고 포도 컵을 구매했다. 인터뷰어는 상인에게 질문했다. "왜 모두 포도를 사는 겁니까." 컵에는 총 열두 알의 포도가 들어 있다고 했다. 스페인에서는 새해 자정이 되면 총 열두 번의 종을 울리는

데 그때마다 한 알씩 먹으며 소원을 빈다고 했다. 상인은 마지막에 "소원 이루러 스페인으로 오세요."라고 외쳤다.

경준은 약간의 비아냥거림을 섞어 영음에게 말했다.

"넌 먹지 못한다니까 소원도 못 빌겠다."

영음은 텔레비전에서 시선을 거두고 가볍게 받아쳤다.

"경준 씨가 내 것까지 먹어주면 되잖아."

광장에 종소리가 울렸고, 여행자는 입안에 포도알을 차례로 넣으며 눈을 감았다.

"난 저런 게 참 한심해. 저런 걸 믿고 또 미신 따위에 열광하고."

그는 여전히 못마땅한 표정으로 말했다.

"사람은 누구나 간절히 이루고 싶은 게 있잖아."

영음은 이렇게 말하면서 슬쩍 눈을 감고 제 소원을 빌어봤다. 다시 병원에 혼자 다니게 해주세요. 입안에 포도알은 없지만 말이다.

경준은 그 속마음을 듣기라도 한 듯 갑자기 코웃음 쳤다.

"아, 이제 알겠다. 간절히 이루고 싶은 게 있었구나. 그랬구나. 그래서 너도 그런 이상한 걸 가지고 있는 거구나."

"응?"

영음은 도대체 그가 무슨 말을 하는지 영문을 알 수 없었다. 그때 간호사가 영음을 호명했다.

진료실에 두 사람은 나란히 들어갔다. 서른이 넘는 여자가 보호자를 동반해 진료받는 건 어쩐지 창피하다고 영음은 생각했다. 하지만 그에게 내색하진 않았다. 그랬다가는 괜한 오해를 일으키고 또 싸우고 말 테니까.

의사는 영음에게 며칠 사이 특이 사항은 없었는지 무미건조한 말투로 물었다. 눈길도 주지 않고 모니터만 바라보며 그랬다. 그도 그럴 게 영음은 몇 년째 같은 이유로, 일주일에도 몇 번씩, 병원에 다녀갔다. 치료가 아닌 식사나 다름없는 걸 하러 오는 것이므로 진료는 허례허식에 가까웠다.

하지만 경준의 눈에는 다르게 보였다. 의사와 영음의 사이가 석연찮게 느껴졌다. 무언가를 애써 감추려는 사람들 같다고 할까.

"환청이 점점 더 심해져요. 리코더 소리."

의사는 그제야 눈을 돌려 영음을 쳐다봤다.

"심해진다고요? 흠, 고열량 수액을 맞은 뒤에도 계속 그런단 말이에요? 어지럽거나 그렇진 않고요?"

"네."

"그건 좀 이상하네. 스트레스성 질환일 수도 있는데, 대부분 영양 결핍이 동반될 때 일어나는 증상이거든요. 삐 하는 기계음이라든지, 북 치는 소리, 뭐 바람 소리 같은. 리코더 소리는 좀 예외긴 한데."

의사는 계속 고개만 갸웃거렸다.

"저 생각을 해보니까 그게 말이죠. 어렸을 때 제가 연주하던 리코더 소리 같아요. 그때 연주했던 곡이요. 그러니까……."

의사의 두 눈이 커졌다.

"그게 무슨……?"

영음은 그냥 입을 다물어버렸다.

그 순간에도 경준은 의사와 영음을 번갈아 쳐다봤다. 의사의 반응이 수상했다. 혹시 자기 몰래 사랑의 수신호라도 보내는 건가.
그는 촉각을 곤두세웠다. 작은 것 하나도 놓치지 않으리라.

"다음 주부터는 수액량을 좀 늘려서 이틀 간격으로 맞아봅시다."

어쭈? 이젠 이틀마다 만나자고? 경준은 속으로 의사의 처방을
비웃었다. 그러다 한쪽에 가지런히 놓인 의사의 구두를 발견했다.
그걸 찬찬히 보던 그의 표정이 일순간에 일그러졌다.

"그래도 호전되지 않으면 신경 정신과에 가볼 수밖에 없어요.
우선 해봅시다."

영음은 자리에서 일어났다.

진료실을 나서려다 말고 경준은 의사를 향해 말했다.

"구두가 참 멋지네요. 로로피아나?"

의사는 생각지도 못한 질문에 당황한 듯 보였으나 이내 수줍게
답했다.

"아, 구두요? 애인이 선물해 준 거예요. 제가 좋아하는 브랜드라."

경준은 확신했다. 옷장의 청색 양단 보자기에 싸여 있던 로로피
아나 구두 한 짝. 그건 저 의사 놈의 구두가 분명하다고 말이다. 디
자인은 달랐지만, 의사의 구두와 같은 회사 제품이었다.

대기실에 홀로 앉아 경준은 확신에 확신을 더해갔다.

그래, 맞아! 그 부적 같던 괴상스러운 한복은 스페인 포도알 같
은 게 틀림없어. 그 옷과 함께 저 남자의 구두를 넣어두며 영음은
대체 무슨 소원을 빌었던 걸까? 그와의 영원한 사랑? 나쁜 년.

그 시각, 영음은 아무것도 모른 채 주사실 침대에 누워 수액을
맞고 있었다. 신경 정신과에 가야 할 수도 있다니 머릿속이 하얘졌

다. 정말 미쳐버리기라도 한 걸까. 멍하니 천장을 바라보며 생각에 잠겼다. 이따금 제 삶이 저주처럼 여겨졌다. 그럴 때마다 떠오르는 얼굴, 후회스러운 어느 시간. 천장의 석고 텍스 무늬가 벌레처럼 보였다. 수천 마리의 벌레 떼가 자신을 갉아먹기 위해 기어 오는 듯한 착각이 일었다.

의심과 불신으로 조각난 퍼즐을 제멋대로 맞춰 놓고 경준은 그 그림을 믿어버렸다. 경준은 신호를 무시하고 빠른 속도로 차를 몰았다. 몇 대의 차가 클랙슨을 울려대며 지나쳐 갔지만 아무것도 들리지 않았다. 수액을 맞고 있는 영음을 두고 먼저 병원을 나와버렸다. 그곳에 더 머물 자신이 없었다. 그랬다가는 정말 무슨 일을 저지르고 말 짓 같았기 때문이다. 그는 차 인에시 주문처럼 무언가를 계속 중얼거렸다.

괜찮아, 이번에는 내가 먼저 눈치챘으니까.

괜찮아, 이번만큼은 괜찮을 거야.

주삿바늘을 빼자마자 영음은 경준을 찾았다. 대기실에 앉아 10분 정도 그를 기다렸다. 화장실이라도 간 건가 싶었다. 먼저 갔을 거라고는 상상도 하지 못했다. 혹시나 해 주차장으로 내려가 봤다. 그가 주차했던 자리에 다른 차가 들어서 있었다. 그에게 전화를 걸었으나 받질 않았다. 그제야 그가 먼저 돌아갔다는 사실을 눈치챘다. 한숨이 절로 나왔다. 또 어느 부분에서 그를 화나게 만든 걸까. 이번에는 또 무엇 때문일까. 매번 답을 몰라 답답했다. 영음에게 그는 도무지 풀 수 없는 문제였다.

버스에 오른 사람들이 머리와 옷에 묻은 눈을 털어냈다. 그제야 영음은 창밖을 내다봤고 비로소 눈이 오고 있다는 걸 깨달았다. 정류장을 지나쳐버렸다. 그녀는 내릴 생각은 하지 않고 버스 뒷좌석으로 자리를 옮겨 앉았다. 가방에서 이쑤시개를 꺼내 씹으며 눈 내리는 풍경을 감상했다. 마음이 조금씩 안정을 찾았다.

조금 떨어진 위치에 예닐곱 살쯤 돼 보이는 아이와 아이의 엄마로 보이는 여자가 앉아있었다. 아이는 커다란 꽃송이 모양의 머리핀을 하고 있었다. 버스가 움직일 때마다 꽃잎이 한들거렸다. 아이는 엄마에게 꾸지람을 듣고 있는 듯 보였다.

"거짓말하면 엄마가 어떻게 된다고 했어?"

아이는 얼른 제 코를 감싸 쥐듯 만졌다.

"거짓말 아니라고! 엄마, 근데 내 코 길어졌어?"

영음은 웃음이 났다. 이쑤시개 하나를 또다시 입에 물고 모녀의 대화를 엿들었다.

"코는 괜찮지만 계속 거짓말하면 벌을 받을 수도 있어."

"벌이 뭔데?"

"벌은 잘못하거나 죄지은 사람에게 주는 고통이야."

"고통이 뭔데?"

"몸이나 마음이 괴롭거나 아파지는 거."

"싫어. 나 벌받기 싫어. 거짓말 안 할래."

아이는 울상을 지었다.

"그럼, 이제라도 사실대로 말해줄래?"

아이는 고개를 끄덕였다.

영음도 아이를 따라 고개를 끄덕였고, 갑자기 그날이 눈앞에 선명하게 펼쳐졌다.

"너 다 봤잖아. 본 대로만 말해주면 돼. 제발 부탁이야, 영음아."

"난 아무것도 몰라."

미녀는 방 안으로 들어오더니 문부터 잠갔다. 영음은 밖으로 나가려고 미녀를 밀쳐냈지만 일곱 살이라는 나이 차이만큼이나 두 사람의 키 차이는 상당했다.

영음은 바둥거리다가 소리 내 울어버렸다.

"왜, 왜, 쓸데없이 거짓말하는 거야?"

"언니―이. 비켜―어."

"그때 너는 다 봤잖아."

"몰라! 모른다고."

"영음아, 나 집에 돌아가기 싫어. 영음아!"

미녀는 초조한 낯빛으로 영음의 손을 붙들고 애원하다시피 했다. 미녀의 눈을 보고 있자니 영음도 잠시 흔들렸다. 미녀는 제 목숨을 구해준 이 아니던가. 하천에서 자신이 미녀에게 했던 약속을 떠올렸다.

'언니, 나도 언니가 위험한 일에 처하면 목숨 걸고 구할 거야.'

하지만 영음은 고개를 가로저으며 더 큰 소리로 울 뿐이었다.

버스 차체가 요란하게 흔들거렸다. 승객들도 비틀거렸다. 운전기사가 방지턱을 보지 못한 모양이었다. 영음은 속이 울렁거렸고 히터 때문인지 얼굴도 화끈거렸다. 그녀는 창문을 조금 열어 찬 바람을 쐬었다. 그러고는 다시금 눈을 감고 미녀를 떠올렸다. 그래, 언니는 집에 돌아가기 싫어했지. 그리고 결국 돌아가지 않는 방법을 찾았다.

❖

미녀는 영음에게 자주 제 가족 이야기를 들려주곤 했다.

미녀는 1983년 12월 22일 전라남도 순천에서 태어났다. 미녀의 집은 동네에서 알아주는 부잣집으로 통했다고 한다. '딸' 부잣집! 하필 미녀의 아빠는 삼대독자였다. 그러다 보니, 이미 자식이 넷이나 있음에도 아내의 임신 소식에 그는 크게 기뻐했다. 득남의 기회라고 여긴 것이다.

"기대가 크면 실망도 큰 법이지. 난 아빠의 기대를 열 달간 먹고 태어난 실망 덩어리야."

미녀가 쓸쓸한 표정으로 이렇게 말했던 걸 영음은 기억한다. 그날 저녁, 언니의 엄마가 쇼크 증상을 보였고 구급차에 실려 갔다는 내용도. 그 바람에 언니는 젖도 못 물고 꼬박 하루를 굶었다지.

"방이 냉골이었대. 나중에 알고 보니까 할머니가 글쎄 연탄불을 일부러 빼놓은 거야. 그 겨울에."

"왜?"

"딸을 낳은 죄, 대를 끊어 놓은 죗값이라고."

"언니네 할머니 말이야. 동화에 나오는 마귀할멈 같다."

미녀의 출생 신고는 마을 이장이 대신 해줬다. 그뿐만이 아니었다. '미녀'라는 이름도 그가 대신 지었다고 한다. 미녀의 아빠인 손 씨는 출생 신고를 차일피일 미뤘다. 호적 밑으로 딸만 다섯이나 줄 줄 달리는 일을 앞당기고 싶진 않았던 모양이다. 어쨌든 미녀는 제 이름처럼 누가 봐도 미녀로 성장했다.

미녀는 유치원도 다니지 않았다. 농사철이 되면 그녀의 부모와 할머니는 남의 집 농사일을 도우러 다니기 바빴다. 나이 차가 있던 언니들도 아침이면 학교에 가서 오후 늦게나 집에 돌아왔다. 미녀 는 대부분 혼자 집에 있었고 마당의 흙바닥에서 시간을 보냈다.

"언니, 정말 부럽다. 난 유치원이 정말 지긋지긋했다니까."

그에 반해 영음은 미술 전문 유치원에 다녔다. 당시 갑자기 EQ 가 중요하다면서 미술 교육이 인기를 끌었다. 영음은 바다도 그리 고 운동장과 꽃밭도 그렸으며 엄마, 아빠도 그렸다. 비디오 가게의 신민기 오빠까지 그렸다. 더는 그릴 소재가 없는데도 유치원 선생 님은 계속 그림을 그리라고 했다.

미녀는 성적이 오르면 알아서 성적표를 숨겨야만 하는 아이였 다. 어쩌다 반에서 1등이라도 하게 되면 그걸로 귀가 따갑도록 할 머니의 잔소리를 들어야 했다. 영음의 입장에서는 믿을 수 없는 이 야기였다.

"에이, 거짓말."

미녀는 영음 앞에서 제 할머니의 표정과 말투를 흉내 냈다.

"가시나는 똑똑해 봤자 아무짝에도 쓸모없어. 입만 살아서 인생 만 고달파."

"정말 공부 잘하면 혼났다고?"

영음은 생각했다. 제 성적이라면 언니네 할머니께는 칭찬만 듬뿍 받겠구나.

"할머니가 빨리 돌아가셔서 망정이지. 안 그랬으면 난 서울은 꿈도 못 꿨을 거야."

미녀는 할머니가 돌아가신 뒤에야 서점에서 자습서나 문제집을 살 수 있게 됐다고 했다.

미녀는 항상 영음에게 말하곤 했다.

"난 여기서 사는 게 좋아. 네 언니 하면서."

가끔 심통을 내긴 했지만 영음도 속으로는 미녀의 미술 선생님께 감사했다. 미녀는 자기가 서울로 올 수 있었던 건, 이전에 다니던 고등학교 미술 선생님 덕분이었다고 늘 이야기했다. 그는 미녀의 실력을 한눈에 알아봤고 대회에 출품할 작품을 그릴 수 있게 따로 도왔다. 미녀는 전국 단위의 미술 대전에서 연이어 수상했다.

하지만 마냥 기쁘지만은 않았다. 제 형편을 잘 알았다. 재료비도 걱정이었지만 무엇보다 부모가 이 사실을 안다면 소란스러워질 거라 생각했다. 그녀의 부모는 항상 미녀에게 은행원이 되라고 강요했다.

선생님은 미녀의 엄마를 학교로 불렀다. 국제 청소년 미술 대전 상장과 딸이 그린 그림을 보여줬다. 선생님은 미녀를 시골에 두지 말고 서울의 예고로 전학시키자고 끊임없이 이야기했다. 하지만 미녀의 엄마는 그럴 능력이 부족했다. 남편을 설득할 자신도 없거니와 무엇보다 서울에 아는 사람도 딱히 없었다. 그즈음 제 친구인 성란이 순천으로 내려왔다. 영음의 겨울 방학이라 잠깐 온 거라고 했다.

"성란아, 네가 왔다는 소식 듣고 한달음에 달려왔어. 차마 입이 떨어지질 않지만⋯ 부탁할게. 너 말고는 말해볼 사람도 없어."

성란은 미녀의 부모를 잘 알았다. 어린 시절 한 동네서 자란 사이였다. 성인이 된 후에 특별히 만난 적은 없었다. 하지만 제 친구가 동네 오빠와 결혼해서 그 집 형편은 속속들이 알았다. 시골 동네라는 게 그랬다. 가만히 앉아 있어도 성란은 그들의 막내딸이 얼마나 착실하고 영특한지 모두 들을 수 있었다.

성란은 미녀를 서울로 데려왔다. 미녀를 위해서라기보다 자기 딸을 위한 결정이나 다름없었다. 미녀는 소문이 자자한 모범생이니 영음에게 좋은 영향을 줄 기라고 생각한 것이다. 그리고 정말로 그랬다.

3월이 되자, 미녀는 서울 G예술고등학교의 2학년이 됐고, 영음은 초등학교 4학년이 됐다. 성란은 아침이면 수예방에 나갔다가 영음의 하교에 맞춰 집에 오곤 했다. 하지만 미녀가 온 뒤로부터는 거의 수예방에서 살다시피 지냈다.

영음의 숙제를 봐주고 간식을 챙기는 일은 미녀가 도맡았다. 영음은 늘 혼자였다가 언니라는 존재가 생기니 가슴 속이 몽글거렸다. 때론 주인집 딸 행세하며 텃세도 부리고 말도 안 되는 억지도 부렸지만, 미녀는 화를 내는 법이 없었다.

주말에는 함께 미술관에 가기도 했다. 영음은 그림을 그리는 건 싫었지만 어쩐 일인지 미술관에 가는 건 좋았다. 아마 미녀가 영음에게 그림에 대해 설명해 주고 작가에 대한 에피소드도 들려줬기 때문이었으리라.

여전히 영음은 그 시절에 봤던 작품들을 생생하게 기억했다. 미술관에서 보았던 미녀의 모습도. 미녀는 마음에 드는 그림이 있으면 그 앞에서 한참 넋을 놓고 시간을 보냈다. 그때마다 영음은 질문 세례를 퍼부어 미녀의 감상을 방해했다.

그날도 그랬다. 미녀는 벽에 빼곡하게 전시된 수십 점의 동판화 작품에 사로잡혀 있었다. 영음은 그 옆으로 총총 다가가 작품명을 소리 내 읽으며 장난쳤다.

"프랑스 화가 조르주 루오의 대표작인 '미제레레'는."

그러면서 미녀의 소매를 잡아끌며 질문했다. 궁금해서라기보다 이제 좀 자기를 봐달라는 투정이었을 테다.

"언니, 미제레레가 무슨 뜻이야?"

미녀는 여전히 눈을 떼지 못하며 답했다.

"…가엾게 여기소서."

영음은 질문해 놓고 그 대답을 듣기도 전에 양팔을 벌렸다. 미제레레, 미제레레, 연거푸 소리 내 발음하며 전시된 그림 앞을 유유히 활보했다.

미녀의 엄마는 정확한 사람이었다. 남편의 불같은 반대를 무릅쓰고 보낸 딸의 서울 유학. 오로지 홀로 하숙비를 마련해야 했으므로 전보다 몇 배 더 일했다. 서로 따로 정한 적도 약속한 적도 없으나 그녀는 매달 서울 평균 하숙비 이상의 돈을 부쳤다.

성란은 그 돈으로 미녀에게 책도 사주고 옷도 사 입혔다. 화방에 데려가 물감도 고급으로 골라주곤 했다. 그렇게 해줘도 남는 장

244

사였다. 영음의 성적은 눈에 띄게 향상했다. 비싼 과외비를 주고 과외 선생을 들였을 때보다 훨씬 나은 결과였다.

미녀는 이질감 없이 영음의 가족으로 흡수됐다. 원래 여기가 미녀의 집이었고 그들이 진짜 가족이었다는 듯. 그때까지만 해도 그런 일이 벌어질 것이라고는 그 누구도 전혀 상상하지 못했다.

✤

밖을 배회하다 저녁쯤이 돼서야 영음은 집 근처에 도착했다. 어느새 발이 푹푹 빠질 정도로 눈이 쌓였다. 양말은 이미 젖었고 발가락에는 감각이 없었다. 버스에서 내려 어딘지도 모르는 곳을 몇 시간째 걸었더니 어느덧 동네 어귀였다. 춥기도 추웠지만 이제 기운이 없었다. 집에 가야만 했다.

하지만 빌라 앞에 다다라 주차된 경준의 차를 보자 용기가 사라졌다. 가슴이 요동쳤고 입이 바짝 말랐다. 빌라 주변을 다시 배회하며 생각을 가다듬었다. 잘 달래주면 또 금세 풀리는 게 그의 기분이었다. 영음은 뻣뻣하게 굳어버린 손을 비비며 집으로 향했다.

"밖에 눈 쌓인 거 봤어?"

현관에 들어서자마자 아무렇지 않은 척 호들갑스럽게 말했다. 빌라 주변을 맴돌며 나름 고심해 결정한 첫마디였다. 하지만 본인이 말하고도 꽤 어색하다 느꼈다.

경준은 미동도 없이 소파에 앉아 정면만 응시하고 있었다. 텔레비전이라도 보나 싶었는데 그도 아니었다. 영음은 수건으로 젖은 머리와 옷을 닦아내며 계속 그의 눈치만 살폈다. 무슨 말이든 해야지 싶어 벽에 기대 조심스레 한마디를 더 건넸다.

"의사 선생님이 아까 수액 맞고 있을 때 오셔서는."

말을 채 끝맺기도 전에 그가 영음에게 달려들었다. 영음의 가느다란 목이 졸렸다.

영음은 숨이 막혔다. 숨을 들이마시려 하면 입에서 끅, 끅, 거리는 괴상한 소리만 흘러나왔다. 이렇게 죽는구나 싶었다. 맥이 탁 풀려 몸이 잠시 휘청했다. 그의 손아귀에서 힘이 슬며시 풀렸지만 영음은 도망칠 수가 없었다. 도망치려면 지금, 바로 지금 도망쳐야 했으나 공포에 발이 얼어붙어 꼼짝도 할 수 없었다. 그저 두 손으로 목을 매만지며 숨을 들이쉴 뿐이었다. 헐떡이는 소리가 공간을 메웠다.

경준은 그 모습이 꼴 보기 싫다는 듯 인상을 찌푸렸다. 이내 영음을 바닥으로 밀치며 소리를 질렀다.

"너 그 새끼랑 무슨 사이야!"

그 새끼? 그 새끼라니. 영음은 질문의 의도를 파악하지 못했다. 그녀가 대답을 미룰수록 그의 흥분은 고조됐고 숨소리는 거칠어졌다.

영음은 마음을 다해 그가 궁금해하는 걸 답해주고 싶었다.

"경준 씨, 대체 무슨 소리야? 왜 이러는 거야."

그녀는 꽤 침착하게 말했다. 하지만 그는 영음의 그런 태도가 자신을 조롱하는 걸로 느껴졌다. 두 손으로 제 머리를 쥐어뜯다시피 하면서 소리를 질러댔다.

"구두 다 봤어!"

"구두라니?"

영음은 도무지 영문을 모르겠다는 표정으로 그를 바라봤다. 그럴수록 그는 그녀가 가증스럽게 여겨졌다.

"옷장에 고이 모셔둔 구두 한 짝 말이야. 그 의사 새끼 거 맞잖아. 보자기에 이상한 옷이랑 같이 있는 구두."

구두? 아, 그게 거기에 있었던가. 영음은 그제야 무슨 구두를 말하는지 겨우 이해했다. 그건, 인 노블 싱글 파티에서 만난 남자의 구두였다. 그날 발코니 라운지에서 바닥으로 추락해 버린 그 남자, 그의 유품.

"그건 밀이야……."

그건 십수 년 만에 다시 먹을 수 있게 됐던 그날의 추억이 담긴 물건이었다. 그래서 버리지 않았다. 실은 그 존재 자체도 잊고 지낸 지 오래였다. 둘 곳이 마땅찮아 괴황 한복과 함께 싸 두었고, 그걸 여태 잊고 있었다. 괴황 한복도 마찬가지다. 스무 살 초반에는 이따금 그걸 입어보기도 했다. 홍 보살의 말을 떠올리며. 귀신을 쫓는 나무의 열매와 꽃으로만 물들인 괴황 한복. 결국 태우진 못했으나 귀한 것이라고 했으므로 부적처럼 지니고 있어도 나쁠 것 없다고 여겼다.

이곳으로 거처를 옮길 때도 청색 양단 보자기의 물건들은 소중해서라기보다 버리기엔 어쩐지 찜찜해 그대로 들고 온 것들이다.

경준은 굳이 옷장 안에서 그걸 꺼내와 풀어 헤쳤다. 구두를 손에 들고 마치 홈쇼핑의 쇼호스트처럼 그녀의 코앞까지 들이대며 소리쳤다.

"네가 사이코패스인거 난 알아. 우리 엄마 시체 옆에서 미친 듯 명태 머리 전을 먹더라."

영음은 놀라 입이 다물어지지 않았다.

"그걸 어떻게······."

"그날 네가 거길 왜 갔는지도 난 상관 안 해. 그런 것 따위는 단 한 번도 물어본 적 없잖아. 하지만 이번만큼은 말해야 해. 이건 중요한 문제야. 영음아! 구두 의사 놈 거 맞지? 김 내과만 고집한 이유가 있잖아. 어서 말해! 말하란 말이야!"

하, 사이코패스라니. 영음은 그의 억지를 더는 듣고 싶지 않았다. 하지만 그에게 털어놓기는 더 싫었다. 그냥 입을 꾹 다물었다. 일단 무슨 말이든 하기 시작하면 꼬리에 꼬리를 물듯 추궁하려 들 테니까. 말한다고 믿어주지도 않을 게 뻔했다.

상대의 침묵이 길어지자, 경준은 제 분을 이기지 못하고 발길질을 선택했다.

"뒈져버려! 말하기 싫으면 그냥 뒈져버리라고!"

또다시 리코더 소리가 들려오기 시작했다. 음정과 박자가 엉망인 연주였다. 영음은 몸을 움츠렸다. 귀를 막고 소리쳤다.

"그만! 제발 그만!"

경준은 뒤로 몇 걸음 물러섰다. 그는 가쁜 숨을 내쉬었다. 이성을 차리고 바닥을 내려다보았다. 자기가 방금 한 짓이 믿기지 않았다. 흥분을 가라앉히고 애써 차분한 어조로 말했다.

"더는 안 되겠다. 나가."

이번에는 삑, 삑, 삑, 짧고 빠르게 끊어 부르는 리코더 연주가 시작됐다. 영음은 그 박자에 맞춰 자리에서 일어났다. 뱅그르르 돌며 춤이라도 추고 싶을 만큼 경쾌했다.

가지고 나갈 짐이라고 해봐야 옷가지 몇 벌이 전부였다. 생각해 보니 따로 챙길 만큼 중요하지도 않았다. 그대로 몸만 나가면 될 것 같았다. 당장 갈 곳도 없는데 짐까지 들고 다닐 순 없잖는가.

영음은 바닥에 덩그러니 놓인 구두 한 짝을 집어 들었다. 이게 그토록 문제라면, 이것만큼은 들고 사라져 줘야지.

신발을 신는 그녀를 바삐 막아선 건 경준이었다. 그는 이제 현관문을 가로 막고 섰다. 어느새 울었는지 얼굴은 눈물범벅이었으며 정신이 반쯤 나간 사람처럼 횡설수설했다. 그의 손에는 날이 시퍼런 식칼이 들려있었다. 얼마 전에 전동 칼갈이를 구매해 영음은 꽤 열심히 그 칼을 갈아 두었다.

"가라니까. 정말 가네? 이미 떠나려고 준비했던 사람처럼."

이제 영음은 지쳤다. 얼마나 맞았는지 머리부터 발끝까지 아프지 않은 곳이 하나도 없었다. 도대체 어쩌라는 말인가. 그냥 바닥에 대자로 드러눕고 싶었다.

경준의 입가에는 거품이 일었고 칼이 들린 손은 바들바들 떨렸다. "구두는 가져가면서 나는 버리고 가려고?"

영음은 태연한 척하며 애써 차분히 말했다.

"서로 생각할 시간을 갖자."

말은 이렇게 했지만 정말 이 남자와는 헤어져야겠다고 다짐하는 순간이었다. 그가 최근에 썼던 기사가 떠올랐다. 데이트 폭력으로 숨진 여성에 관한 사건을 다루었는데, 피해자 보호를 위한 법적 근거 마련을 촉구하는 내용이었다.

그때였다.

"나 죽어버릴 거니까. 알아서 해."

경준은 식칼 머리를 상대가 아닌 자기에게 겨누며 협박했다. 칼 끝은 이미 그의 면 소재 티셔츠를 우습게 뚫고 그 피부 표면에 닿아 있었다. 흰 셔츠에 조금씩 피가 배어나기 시작했다.

생각지도 못한 그의 돌발행동에 영음은 정신이 아득해지며 두려웠다. 그런데 정말 두려운 건 따로 있었다. 갑자기 극심한 허기가 몰려들었고 입에 침이 고이기 시작한 것이다. 눈앞에 벌어지고 있는 상황보다 어처구니없는 자기의 식욕으로부터 도망쳐야만 했다.

영음은 그가 쥔 칼을 빼앗으려 안간힘을 써봤다. 그럴수록 경준은 제 쪽으로 칼을 끌어당겼다. 한동안 두 사람은 뒤엉켜 옥신각신했다. 사실 그 순간에도 영음의 머릿속은 음식 생각으로 가득했다.

"악!"

외마디 비명이 영음의 귓전을 때렸다. 그제야 그녀는 식욕을 물리치고 제 연인의 모습을 바라봤다.

"하아."

그녀는 탄식했다. 식칼은 경준의 복부 깊숙이 꽂혀 있었다.

두 사람은 짧은 순간이었으나 서로 마주 봤다. 어떻게 된 일인지 눈으로 서로에게 묻고 있었다. 그는 이제 꽤 많은 양의 피를 흘리기 시작했다. 속수무책이었다.

영음은 그를 슬쩍 밀쳐냈다. 손에 묻은 피를 옷자락에 바삐 닦아냈다. 사색이 된 경준은 그대로 무너지듯 바닥으로 주저앉았다. 그러더니 흐느끼기 시작했다.

"시발."

고통도 고통이겠거니와 예상치 못한 결과가 저 자신도 실망스러웠던 모양이다.

울고 싶은 건, 영음도 마찬가지였다. 그녀는 경준을 사랑했다. 인생의 제비뽑기에서 항상 불행의 심지만을 뽑았다. 그러다 처음으로 다른 걸 뽑은 줄 알았다. 자기에게 사랑을 줄 거라 믿었던 이는, 이제 피 칠갑을 한 채 끝없는 절망을 선사하고 있었다. 영음은 원망했다. 왜 저이는 무모한 짓을 벌여 이런 사고를 빚어내는가.

한편으로는 자신을 의심했다. 자기기 그를 찌른 게 아닐까. 아무리 생각을 해봐도 몇 분 전의 일이 제대로 떠오르지 않았다. 확답이 듣고 싶었다. 자기를 확인하고 싶었다.

"경준 씨, 내가, 내가, 이런 거 아니지?"

제 안의 식욕이 결국 일을 저지르고 만 건 아닐까. 영음은 무서웠고 그에게 대답을 재촉해야만 했다. 머리가 흔들릴 정도로 환청이 또다시 동반됐다.

"귀를, 귀를 뜯어내 버리고 싶어."

리코더 소리 때문에 이제는 제 목소리가 들리지 않을 정도였다.

영음은 그의 양어깨에 손을 올리고 고함치듯 말했다.

"제발 말해 달라고! 내가 이런 게 아니지!"

경준은 헐거운 숨을 겨우 내쉬며 어렵사리 입을 움직였다.

"나 죽으면… 그 의사 새끼랑… 결혼할 거지, 맞지? 걘 의사니까 돈도 잘 벌고. 차도 좋을 거야. 맞지? 말해봐. 제발 말 좀 해달라고."

영음은 그에게 원하는 답을 듣지 못했고 답답했다. 더 이상 그를 볼 자신이 없어 고개를 돌려버렸다. 그러다 문득 작은방의 문손잡이 구멍에서 누군가와 눈이 마주친 듯한 착각이 들었다.

"악!"

영음은 소리를 질렀다.

뻥 뚫린 구멍을 통해 누군가가 쳐다보고 있었다. 구두를 질투하는 남자와 그의 불행한 연인을.

눈발이 거세게 날리고 있었다. 영음은 내달렸다. 앞이 보이질 않고 어느새 쌓인 눈 때문에 미끄러워 몇 번 넘어지길 반복했다. 다시 일어나 또 달렸다. 이제는 제발 불행과 맞닿은 이 긴 시간을 싹둑 잘라 버리고만 싶었다. 리코더 소리가 눈발처럼 영음의 귓가에 나부꼈다.

영음은 사무실로 향했다. 출입문 비밀번호를 두 번이나 틀리게 눌렀다. 손끝이 얼어 감각도 없었다. 2578인지, 2758인지, 2857인지 헷갈렸다. 결국 무슨 번호를 눌러 문이 열렸는지도 알 수 없었다. 주말 동안은 비어 있는 공간이기도 했거니와 갈만한 곳이 마땅치 않았다.

불도 켜지 않고 어둠 속에 그대로 자신을 방치했다. 이따금 바람에 창문이 퉁퉁거렸다. 그제야 경준을 걱정했다. 죽었을까. 지금쯤 죽었으면 어쩌지. 꼼짝없이 살인자 오명을 쓰고 말 것이다.

구두 때문에 싸웠고, 자기 스스로 찔렀어요. 전 말렸을 뿐이에요.

아무도 믿어주지 않을 것이다.

어쩌다가 이렇게 돼버린 걸까. 이사 올 때 구두를 버렸더라면. 구두를 애초에 사고 현장에서 가져오지 않았다면. 그 파티에 따라가지 말았더라면. 영음은 고개를 내저었다. 아니다. 아니었다.

식욕은 이 와중에도 이빨을 드러냈다.

삼겹살도 먹고 싶고, 피자도 먹고 싶고, 된장국도 먹고 싶었다. 슈크림빵, 치킨, 족발, 냉면, 만주, 떡볶이, 스파게티, 김치전, 햄버거, 고추튀김, 돈가스, 붕어빵, 짜장면, 순대, 닭발볶음, 라면, 찹쌀떡, 김밥, 닭볶음탕, 육전, 초밥……

영음은 너무 먹고 싶어서 엉엉 소리 내 울었디.

"이쑤시개, 이쑤시개, 정말 맛있는 이쑤시개. 세상에서 가장 맛있는 건 이쑤시개야."

흐느끼다 말고 최면이라도 걸듯 이렇게 중얼거렸다. 그러지 않으면 제 안의 식욕이 먹을 걸 찾아 나설 것만 같았다. 그리고 또다시 먹을 수 있게 된다면? 영음은 책상 서랍에서 손거울을 꺼내 제 목 안을 들여다보려 애썼다. 어둠 속에서 거울은 그저 어둠만 비출 뿐이었다. 영음은 검지를 세워 제 목구멍 안으로 넣어 보았다.

"흐흐-흑. 다시 먹을 수 있으면 어떡하지? 흐흐-흑. 그런데 너무 먹고 싶어."

다시 먹을 수 있게 된다면 그건, 그러니까, 그가 죽었다는 의미겠지.

추웠다. 영음은 무릎에 얼굴을 파묻고 눈을 감았다. 제 손에 들린 불행의 끝을 잡고 더듬더듬 되돌아 걸었다. 어둠 속으로 틈이 하나 보였다. 그 공간 안에는 리코더를 불고 있는 제 모습이 보였다. 사실대로 말했더라면. 그랬더라면 어땠을까. 그랬다면, 미녀 언니는 죽지 않았을까.

영음은 새삼 깨달았다. 여태 그날로부터 한 발짝도 벗어나지 못하고 있었음을. 시간은 흐르지 못했고 수직으로 쌓여 있었다. 처음에는 땅콩만 했다가, 호두알만 해지고, 점차 당구공만 해졌고, 결국 아무것도 삼킬 수 없게 될 때까지.

목구멍 안에 미녀 언니를 가둬둔, 탓이었다.

영음은 책상에 앉아 컴퓨터의 전원 버튼을 눌렀다. 부르릉 기계가 돌아가는 소리가 빈 사무실을 울렸다. 라이프 뷰 홈페이지에 접속했다. 관리자 모드로 로그인하고 글 쓸 준비를 모두 끝냈다. 홈페이지에 글은 처음 써보지만 그동안 수만 개의 기사를 읽고 업로드 했다. 적어도 죽은 박 기자보다는 잘 쓸 자신이 있었다.

깜빡이는 커서를 보면서 영음은 고민했다. 어디서부터 써야 할까. 아니, 어디서부터 말하면 좋을까. 오독, 오독, 오도독. 커서가 심장 박동과 같은 박자로 깜빡였다.

이미 너무 늦었으나 더 늦지 않게 모든 일을 고백하기로 한다. 이제는 식욕이 날 삼킬 기세로 덤빈다. 나는 결국 사람을 죽인 것 같다.

오독, 오독, 오도독.

아무에게도 말하지 못한 게 있다. 미녀 언니, 언니는 아무런 잘못이 없다. 다 내 잘못이다. 내가 집에 그 사람을 들였다. 언니가 아니라 내가 말이다.

오독, 오독, 오도독.

내가, 내가, 내가 말이다. 하트 스티커를 받으려고.

오독, 오독, 오도독.

내가 집에 들이지 말아야 할 사람을 들였다.

오독, 오독, 오도독. 오독, 오독, 오도독. 오독, 오독, 오도독. 오독, 오독, 오도독.

✛

월요일 아침, 윤 대표는 열 시쯤 사무실로 출근했다. 지난밤 숙취로 머리가 지끈거렸다. 한 시간이나 늦게 출근했는데도 사무실에는 인기척도 없었다. 그는 화가 머리끝까지 치밀었다. 직원이라고는 달랑 두 명 있는데 덩달아 모두 지각이라니.
커피를 한 잔 타 마시려다 갑자기 자기의 권위를 점검하고 싶었다. 영음에게 스타랑스 샷 추가 아이스아메리카노를 사 오게 시켜야지. 천 기자가 눈살을 찌푸리든 말든 밀어붙일 참이었다. 이번만큼은 기강을 바로 세워 월급 인상 따위의 흰소리를 감히 못 하도록 하리라.

라이프 뷰의 홈페이지는 어제부터 접속자 수가 많아 접속 불능 사태가 벌어졌다. 결코 좋은 의미는 아니었다. 영음이 작성한 글을 광고주들이 보게 되는 건 시간문제였다. 그 긴 글에는 정체돼 있던 그녀의 삶이 고스란히 담겼다. 그러다 보니 라이프 뷰와 윤 대표에 관한 이야기도 빠질 수 없었다. 곧 홈페이지의 별처럼 반짝이던 광고 배너들은 빛을 잃고, 그는 또다시 홀로 남겨질 것이다.

이런 사실도 까맣게 모른 채 윤 대표는 포털 사이트의 주요 뉴스 표제를 훑어보며 혀를 끌끌 찼다.

이쑤시개 먹는 여자의 특이한 살인 고백에 … 하루 사이 잇따른 SNS 이쑤시개 먹방 릴레이 이어져 … - NXP통신 김송주 기자

이게 요리가 되네? … 유튜버 빵뚜방의 이쑤시개 활용 요리 챌린지 화재 … 이쑤시개 튀김까지 등장 - 모던쿠킹뉴스 박둘지 기자

하룻밤 사이 녹말 이쑤시개 주문량 급증! 어디에 쓰려나 봤더니 … 보건당국, 성분 검증되지 않아 … 우려 짙은 목소리 - 중앙뉴스 원예나 기자

하룻밤 사이에도 세상은 새로운 뭔가에 쉽게 물들고 열광하고

시들해지기를 반복했다. 이제 더는 놀랍지도 않았다.

"먹을 게 없어서 이쑤시개를 처먹나? 그걸 따라 하는 애들은 또 뭐야? 허허, 참! 별스러운 세상이야."

윤 대표는 책상에 놓인 미스트를 집어 들어 얼굴에 칙칙 뿌렸다. 촉촉하다 못해 번들거리는 얼굴로, 그는 일과를 시작했다. 포스트잇에 써서 탁상 달력에 붙여둔 성경 구절을 늘 그렇듯 소리 내 큰 소리로 읊었다.

"만일 누구든지 저주하는 소리를 듣고서도 증인이 되어 그가 본 것이나 알고 있는 것을 알리지 아니하면 그는 자기의 죄를 지어야 할 것이요. 그 허물이 그에게로 돌아갈 것이니."

그러더니 박수를 세 번 소리 나게 쳤다. 제 몸속 세포들을 각성시키는 어떤 행위 의식이라고나 할까. 그 순간에도 그는 속으로 궁리했다. 오늘은 어떤 기사를 가져다가 재편집해 올려볼까나. 의자를 바짝 끌어와 앉으며 본격적으로 마우스 스크롤을 내렸다.

"어?"

실시간 검색어에 '라이프 뷰'가 보였다.

"여기에 왜 우리 신문사 상호가 뜨는 거야?"

윤 대표는 그제야 라이프 뷰 홈페이지에 접속해 봤다.

'동시 접속자 수가 많아 일시적인 오류가 발생했습니다.'

"서버 오류? 이게 대체 무슨 조화야?"

그때였다. 영음의 책상 위에 남아 있던 에메랄드 빛 이쑤시개 하나가 바닥으로 툭, 하고 떨어졌다.

마치 그 질문에 대답이라도 하듯.

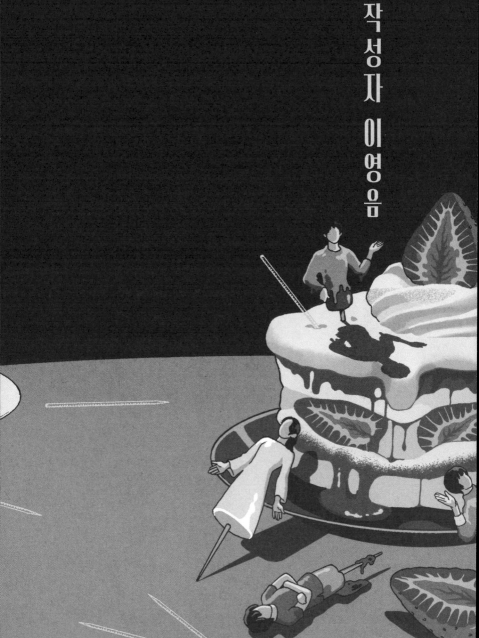

작성자 이영음

이미 너무 늦었으나 더 늦지 않게 모든 일을 고백하기로 한다. 이제는 식욕이 날 삼킬 기세로 덤빈다. 나는 결국 사람을 죽인 것 같다. 아무에게도 말하지 못한 게 있다. 미녀 언니, 언니는 아무런 잘못이 없다. 다 내 잘못이다. 내가 집에 그 사람을 들였다. 언니가 아니라 내가 말이다. 내가, 내가, 내가 말이다. 하트 스티커를 받으려고.

내가 집에 들이지 말아야 할 사람을 들였다.

오래전 이야기부터 해야겠지. 그렇다고 아주 오래된 이야기는 아니다. 하지만 꼭 말해야 할 것들. 어디서부터 시작하면 좋을까. 시간이 흘렀지만, 여전히 또렷한 그날의 일들을.

신민기! 그러기 위해서는 민기 오빠 이야기를 빠뜨릴 수 없다.

오빠는 그때 스무 살이었다. 나는 엄마가 말해줘서 오빠가 대학에 떨어진 사실을 알고 있었다. 하지만 오빠는 그런 말을 쏙 빼고 내게 소니 비디오카메라를 자랑했다. 영화 찍느라 바빠서 대학에 갈 시간조차 없다고 말했다.

오빠는 그즈음부터 아예 비디오 가게를 도맡아 운영했다. 수예방 주인인 오빠의 엄마는 수예방과 비디오 가게를 동시에 운영하느라 마주 보고 있는 두 가게를 부산스럽게 오고 갔는데, 오빠 덕분에 이제 그럴 필요가 없어졌다.

하루는 오빠가 지나가는 날 부르더니 대뜸 리코더를 불어보라고 시켰다. 그러면서 비디오카메라 앵글을 내게 들이댔다. 썩 자신은 없었지만, 기분이 유쾌해 시키는 대로 했다. 나는 오빠를 좋아했다. 투, 투, 투. 바람을 세차게 뱉어내고 손가락을 바삐 움직였다. 후렴구에서는 감정에 취해 음이 어긋나고 말았다. 하지만 무사히 곡을 완주했다. 카메라를 향해 고개 숙여 인사하는 것도 잊지 않았다.

오빠는 방금 녹화한 걸 보여주는 척하며 내게 질문했다.

"영음아, 그 여자는 누구야?"

"누구?"

"너랑 같이 사는 애. 친척은 아니라며."

"아, 미녀 언니."

이미 오빠는 언니에 대해 어느 정도 알고 있는 눈치였다. 그걸 바탕으로 내게 질문을 던지며 내가 답을 내놓길 집요하게 요구해 왔다.

"집은 순천인데 여기서 학교 다녀야 하니까 엄마가 데려왔어. 언니는 그림을 잘 그려. 외국 대회에서도 상 받았대. 근데 나는 좀 손해야. 내 방에 벽을 설치해서 나누어 쓰거든."

"정말?"

"나 이제 그만 갈래."

"왜? 나는 영음이랑 더 이야기 하고 싶은데."

나는 부끄러워져서 괜히 뾰로통한 척했다. 그 순간 오빠는 내 볼을 한번 꼬집듯 만지며 말했다.

"우리 둘만의 비밀 쿠폰 북 하나 만들까?"

비디오 가게에는 쿠폰 북이 있었다. 절반으로 접힌 부분을 펼치면 나무 한 그루가 등장했다. 나무에는 1부터 50까지의 번호가 과실처럼 열려 있었다. 비디오나 만화책을 대여할 때마다 하트 모양의 스티커를 붙여 줬다. 빛에 비추면 싱호가 오로라 빛으로 출렁대는 홀로그램 하트 스티커. 스무 개를 모으면 '비디오 한 편 무료 대여', 전부 다 모으면 '비디오 클리닝 테이프'를 선물로 줬다.

쿠폰 북에 대한 시스템은 누구보다 나도 잘 알았다. 벌써 몇 년째 단골인가. 그런데 그 앞에 '비밀'이라는 단어가 붙으니 괜히 솔 깃했다.

"비밀 쿠폰 북이 뭔데?"

"음, 말 그대로 비밀."

오빠는 새끼손가락을 내밀었다. 그때 그 손가락을 분질러버렸어야 했는데……. 나는 어리석게도 거기에 손가락을 걸고 마음도 걸어버렸다.

"아빠가 알면 절대 안 돼!"

물에 빠져 죽다 살아온 딸에게 건넨 엄마의 옹졸한 첫마디를 기억한다. 그때 나는 추위에 뻣뻣해진 몸으로 그냥 고개만 끄덕였다. 언니가 하천까지 마중 나오는 수고를 하지 않았다면 나는 그날 죽었을 것이다. 차라리 그때 내가 죽어버렸더라면 어땠을까, 가끔 생각도 했다. 그랬더라면 그런 멍청한 실수를 저지르지 않았을 텐데… 그랬다면 언니는 지금쯤 유명한 화가가 됐을 텐데.

엄마는 내가 강물에 빠진 것도, 언니가 그런 날 구한 것도, 모두 비밀로 하자고 말했다. 내가 괜찮은지 묻지도 않았고, 언니에게 감사를 표하지도 않은 채 오로지 그 말만 강조했다. 아빠가 알았다가는 이제 수예방에 못 가게 할 게 뻔했다. 엄마는 그게 그렇게도 두려웠던 모양이다.

언니도 두려워하는 게 있었다. 언니는 순천의 자기 집에 가는 걸 두려워했다. 엄마가 차비까지 주며 다녀오라고 했는데 언니는 거절했다. 나는 혹시 언니가 나랑 떨어지기 싫어서 그러는 줄 알고 이렇게 말했다.

"나도 주말에 언니 집 따라가서 언니 방에서 자고 올래."

그때 언니는 꽤 난처한 표정을 지으며 답했다.

"내 방 없어."

어느 날부터 언니는 순천에서 걸려온 전화마저 피했다. 나 없다고 해. 잔다고 해. 이렇게 내게 거짓말을 시켰다. 난 도무지 그 행동을 이해할 수 없었다.

"영음아, 난 집에 돌아가기 싫어. 그냥 여기서 너랑 살고 싶다.

네 언니 하면서. 난 여기가 정말 좋아."

"그래도 전화는 받아야지. 언니 엄마가 많이 걱정하겠다."

"아니야. 돈이 없으니까 인제 그만 내려오라고 전화한 거야. 그림은 그만 그리고, 은행에 취직하라고 전화한 걸 거야. 난 다 알아."

나는 그때 깨달았다. 누구나 사람들은 좋아하는 걸 위해선 거짓말도 서슴지 않구나. 무언가를 좋아한다는 건 그런 거구나. 엄마는 뜨개질을 좋아하고, 언니는 그림 그리는 걸 좋아한다. 좋아하는 걸 계속하려면 어쩔 수 없이 뭔가 숨기거나 거짓말을 해도 되는구나.

나는 비밀 쿠폰 북에 대한 마음의 부담을 그렇게 덜어냈다.

어느 날부터 저녁 식사를 마치면 언니의 귀에 대고 살짝 말했다. 비디오 가게. 우리는 몰래 방에서 빠져나와 밖으로 나갔다. 어차피 엄마는 내가 언니와 함께라면 전혀 문제 삼지 않았다. 동네 산책이나 가는 거로 생각해 버렸다.

나는 오빠와 언니의 서먹한 사이를 의식하며 즐겼다. 오빠는 언니를 맞이하기 위한 꽤 많은 준비를 했다. 나 역시 오빠의 예정된 도구 중의 하나였다.

2층에 딸린 작은 방에서 우리 세 사람은 매일 작은 상영회를 열었다. 오빠는 유명한 퍼포먼스 예술가들의 작품을 구해 와서 보여 줬다. 당시 내가 보기에는 어쩐지 위험하고 아찔한 영상들뿐이었다. 나는 금세 싫증을 내고 말았다. 매번 나는 오빠에게 방에서 나가자고 졸랐다.

언니가 그 방에서 홀로 예술의 세계로 빠져드는 동안, 오빠와 나는 만화책도 보고 노트 맨 뒷장의 모눈종이에 오목을 두기도 했다. 오빠는 좀처럼 내게 집중하지 못했지만 그래도 나는 그 시간이 좋았다. 언니도 차츰 오빠에 대한 경계를 푸는 듯 보였다.

오빠는 내 손등에 하트 스티커를 붙여 줬다. 언니 몰래 그랬다. 나는 집으로 돌아갈 때마다 가로등 불빛에 손등을 비추어 보며 흡족해했다. 내 눈에 하트 스티커는, 별보다 더 반짝였다.

"나는 비디오 클리닝 테이프는 필요 없어서, 싫어!"

나는 오빠와 비밀 쿠폰 북을 두고 협상도 했다. 상대가 동하자, 그 순간만큼은 내가 자랄 만큼 자랐다는 착각에 빠져 의기양양했다. 실은 그 반대로 서서히 끌려들어 가는 중이었는데 말이다.

오빠는 하트 스티커를 스무 개 모으면 '미미 인형의 집'을 사주 겠다고 말했다. 아직 우리 반에 그걸 가진 사람은 없었다. 나는 좋아서 팔짝팔짝 뛰었다. 50개 전부를 모아 오는 날에는, 단둘이 서울 대공원에 가서 데이트를 하기로 약속했다.

"하트 스티커는 어떻게 해야 받을 수 있는데?"

나는 중요한 질문을 마지막에 하고 말았다. 오빠는 언니를 데리고 비디오 가게에 올 때마다 스티커를 하나씩 주기로 했다. 그건 세상에서 제일 쉬운 일이었다.

이변수! 아빠의 이름이다. 아빠는 자신의 이름처럼 내 하트 스티커 모으는 일에 변수로 작용했다. 저녁 늦은 시간 비디오 가게에서 나오다 아빠에게 딱 걸리고 말았다. 열한 시가 훌쩍 넘은 시각이었다. 엄마는 우리가 밖에 나간 것도 모르고 뜨개질만 하고 있었다. 포도 넝쿨이 들어간 식탁보였다. 아빠와 엄마는 그날 밤 크게 싸웠다.

언니는 그 후로 밤 외출을 삼갔다. 며칠이 지나자, 오빠는 슬슬 내게 짜증을 내기 시작했다.

"혼자 오는 건 쓸모없는 거 알지?"

나는 조금 감정이 상했다. 그래서 따지듯 말했다.

"언니가 안 온다는데 어떡해!"

오빠는 스티커 두 개를 내 손등에 붙이며 말했다.

"둘이 할 이야기가 있는데 그럼 내일 마로 공원으로 불러줄래?"

나는 그렇게 했다. 공원까지 언니를 데리고 갔다가 화장실에 간다며 집으로 도망쳤다. 그날 언니는 화가 잔뜩 나서 집으로 돌아왔던 것으로 기억한다. 대체 오빠가 무슨 말을 어떻게 한 건지 모르겠지만 내게도 처음으로 화를 냈다.

그리고 내 눈을 똑바로 바라보며 이런 질문도 했다.

"혹시 신민기가 너한테 비디오카메라로 뭔가를 찍거나⋯ 하진 않았지?"

"찍었지."

언니는 얼굴이 벌겋게 달아올라 대답을 재촉했다.

"뭐! 어딜?"

난 그 질문을 좀처럼 이해하질 못했다.

"리코더 부는 걸 찍어줬어."

언니는 그제야 안심하는 듯 내게서 시선을 거뒀다.

"영음아, 잘 들어. 조심해야 해. 누구든 함부로 믿어서는 안 돼. 알았지?"

나는 고개를 끄덕였지만, 땅이 꺼져라 한숨 쉬었다. 이제 몇 개만 더 모으면 미미 인형의 집이 내 손에 들어오는데.

언니는 그다음부터 비디오 가게나 오빠 이름만 들어도 질색했다.

아마 그 일이 있고 한 달쯤 지났을 때였다.

엄마와 아빠는 아침 일찍 등산 갈 채비를 했는데 동네 부부 간에 하는 계에서 설악산 등반을 간다고 했다. 엄마는 출발하기 전 내게 몇 가지를 당부했다. 그 사소하고도 평범한 당부를 지키지 못했고 내내 후회로 얼룩져 살아야만 했다.

"언니 바쁜 시기니까 신경 쓰게 하지 말고. 밖에 쓸데없이 나돌아 다니지 말고. 집에 누구 데려오지 말고."

언니는 중요한 대회에 작품 출품을 앞둔 상황이었다. 수상하면 외국의 어느 대학에 무상으로 입학할 수 있다고 했던 걸로 기억한다. 결국 그 꿈은 나 때문에 물거품이 되고 말았지만.

정말 오랜만에 비디오 가게를 찾아갔다. 혹시 다른 방법으로도 하트 스티커를 받을 수 있는지 협상할 참이었다. 가게 카운터는 비어 있었다. 나는 혹시나 해 2층의 작은 방으로 다가가 문을 열었다. 오빠는 놀라며 비명까지 질렀다. 테이블에 알약 몇 알을 놓고 유리병으로 빻는 중이었다. 엄마도 알약을 가루로 만들어 내게 먹이곤 했다.

"야! 놀랐잖아!"

짜증 섞인 그 말에 괜히 민망했다. 눈물이 핑 돌며 섭섭하기까지 했다. 나는 계단을 도로 뛰어 내려갔다. 1층에 막 도착할 즈음 위에서 오빠가 나를 불렀다.

"영음아."

아까와는 전혀 다른 목소리와 다정한 눈빛이었다.

"하트 스티커 한 번에 열 개 받는 법 알려줄까?"

열 개? 그거면 미미 인형의 집을 갖고도 남는다. 나는 조금의 생각도 없이 어리석게도 고개를 끄덕여 버렸다.

"뭐 하면 되는데?"

오빠는 내게 그랬다. 저번에는 언니와 살짝 다투고 말았다고. 영화감독이라는 자기의 직업을 언니가 모욕해 참을 수 없었다는 말도 했다. 나는 언니를 대변했다. 지금 미술 대회 출품 준비로 바빠서 예민한 것뿐이라고. 그렇게 마구 둘러댔다.

오빠는 음료수 병 하나를 건넸다.

"이거 미녀 가져다줘. 내가 줬다고 하면 안 마실 테니까 네가 주는 것처럼 주면 돼. 마시고 나면 빈 병을 증거로 가져와."

나는 말로 형용할 수 없는 묘한 기분에 사로잡혔다.

"이게 뭔데?"

오빠는 스티커 수를 세어가며 내 손등에 붙여주기 시작했다. 그리고 싱긋 웃으며 말했다.

"뭐긴 뭐야. 식혜잖아."

그러면서 병을 휙 흔들어 보여줬다. 그 안에는 중력을 잃고 날아다니는 밥풀들이 보였다. 정말 평범한 식혜처럼, 보였다.

나는 오빠가 시킨 대로 언니의 방으로 가서 음료수 병을 건네고 마시는 걸 끝까지 확인했다. 꼴깍. 꼴깍. 꼴깍. 언니의 새하얀 목덜미를 바라봤다. 언니는 한 병을 다 비운 뒤에 미소 지으며 말했다.

"고맙다, 우리 영음이. 언니 생각해서 이런 것도 챙기고 다 컸네."

빈 병을 돌려받자마자 오빠에게로 달려갔다. 리코더도 챙겨 들고 갔다. 이제 좀 더 잘 불 수 있으니까. 한 번 더 촬영해 달라고 부탁할 생각이었다. 때마침 오빠는 촬영 장비를 꺼내 챙기고 있었다.

나는 오빠 앞에 빈 병을 내밀었다. 오빠는 내 머리를 쓰다듬으며 이렇게 말했다.

"가게 좀 봐줄래? 영음아."

가게를 빠져나가는 오빠의 뒷모습을 바라보며 외면했던 그 묘한 기분과 다시 마주했다. 오빠가 저만치 우리 집을 향해 걸어가는 게 보였다. 왜 우리 집에 가는 걸까. 화해를 청하러 가는 건가. 언니가 그림 그리는 모습을 촬영해 주고 싶은 걸지도 모른다고 생각했다.

나는 카운터에 가만히 앉아 리코더를 불기 시작했다. 그날따라 유독 연주가 잘 됐다. 틀리는 부분 하나 없이, 매끄럽게. 불고, 또 불고. 수십 번을 반복해 부르고 또 불렀는데도 오빠는 돌아오질 않았다.

문득 집으로 가야만 한다는 생각이 들었다. 대문을 열고 마당 안으로 들어갔다. 마당을 빙 돌아 조심스레 언니 방 창문 앞에 섰다. 손등에 붙은 열 개의 하트 스티커가 햇빛을 받아 요란하게 번

쩍였다.

밖에서 간유리로 된 외부 창문을 열려고 시도했다. 조금씩, 조금씩. 창문 틈새에 손가락을 넣어 힘을 줬다. 조금씩, 조금씩. 그 사이로 언니의 모습이 조금씩 드러나기 시작했다. 언니는 벌거벗다시피 한 상태였다. 그 앞에서 오빠는 비디오카메라로 언니를 찍고 있었다. 카메라를 피하려는 듯 방 여기저기로 흐느적거리며 걸어 다니는 언니. 술에 취한 사람처럼 비틀대다가 벽에 몸을 부딪치고 가구에 머리를 찧기도 했다.

그러던 중 언니도 창가에 서 있는 나를 발견했다. 풀린 동공으로 창문 틈을 바라보며 내게 손짓했다. 이리 오라는 건지. 아니면 저리 가라는 신지. 나는 아직도 그 손짓이 헷갈린다. 난 그냥 도망쳐 나왔다.

언니는 그날 이후 3일을 내리 잠만 잤다. 물론 학교도 결석했다. 엄마는 언니가 완성해 놓은 캔버스를 바라보며 예술은 몸도 마음도 고달픈 길이라고 혼잣말했다. 아마도 그림을 그리느라 몸이 축난 거라 여긴 듯했다.

며칠 뒤 새벽녘, 인기척이 들려 거실로 나갔다가 언니를 보았다. 언니는 정수기 앞에서 꽤 많은 양의 물을 벌컥대며 마시고 있었다. 그 뒤에서 작게 언니, 하고 불러봤다. 언니는 반응도 없이 그냥 계속해서 물만 마셔댔다. 나는 괜히 소름이 끼쳐 방으로 도로 들어가 버렸다. 다음날 일어나 보니 언니는 학교에 가고 없었다.

그날의 사건은 마치 꿈처럼 사라졌다. 아무 일도 없었다는 듯 언니는 다시 학교에 나갔고 그림을 그렸다. 언니는 그날 일에 대해 내게 아무 말도 하지 않았다. 그래서 도리어 헷갈릴 정도였다. 꿈이었나. 그냥 좀 끔찍한 꿈. 그러길 바랐다.

엄마는 수예방에 다녀오는 길에 포장된 커다란 상자를 가져와 내게 건넸다.

"이거 민기가 너 가져다주라던데?"

포장을 뜯었다. 숨이 멎을 것 같았다. 미미 인형의 집.

나는 그 후로 비디오 가게 근처에는 발길도 하지 않았다. 비밀 쿠폰 북은 잘게 찢어서 강물에 흘려 보냈다.

언니는 내게 더 이상 다정하지 않았다. 그렇다고 쌀쌀맞은 것도 아니었다. 다른 사람은 전혀 눈치채지 못했지만, 우리 사이에 미세한 감정의 벽이 생겼다. 언니는 그냥 방에서 그림만 그렸다. 어떤 날에는 밥도 거르면서 그리고 또 그렸다.

엄마는 입시 스트레스가 정말 무서운 거라고 언니의 엄마와 통화하며 웃어댔다.

"잘하고 있지. 정말 대단할 정도로 잘 지내고 있다니까. 응. 응. 걱정하지 마."

나는 두려운 마음이 들 때마다 리코더를 불었다. 아무 생각 없이 음계만 떠올리며.

언니는 어느 날부터 혼자 외출하기 시작했다. 산책하러 간다며 나가기도 했지만, 몰래 나가는 날도 있었다. 난 그때마다 눈치만 보며 뒤로 물러났다. 숙제나 해야지, 하고 말이다.

그즈음 가위를 찾느라 허락 없이 언니의 책상 서랍을 뒤진 적이 있었다. 나는 거기서 예상치 못한 걸 발견했다. 쿠폰 북, 비디오 가게의 쿠폰 북이었다. 그건 언니의 것이었다. 대체 언니는 무얼 위해 스티커를 모으는 걸까. 차마 그걸 열어보지는 못했다.

진눈깨비가 흩날리던 어느 늦은 오후였다. 나는 안방에서 텔레비전을 보고 있었고 엄마는 저녁 식사를 준비하고 있었다. 대문 밖에서 소란스러운 소리가 들렸다.

"영음 엄마! 영음 엄마-아!"

수예빙 아줌마였다.

엄마는 밖을 힐끔 보더니 달려 나가 대문을 열어줬다. 엄마는 무슨 영문인지 모르는 눈치였다. 그럴 만도 했다. 방금까지도 거기에 있다가 왔으니까.

아줌마는 숨도 제대로 쉬지 못할 정도로 흥분한 상태였다. 나는 그때 아줌마의 손에 들린 소니 비디오카메라를 발견했다.

"민기 엄마, 무슨 일 있어요?"

"걔! 걔! 어딨어!"

아줌마는 비디오카메라를 바닥에 내동댕이치며 괴성을 질렀다.

엄마는 차마 영상을 볼 생각은 하지 못했다. 수예방에 꾸준히 다니던 아줌마들 몇몇이 하는 이야기에 귀 기울이며 영상 내용을 파악했다. 영상의 수는 한두 개가 아니었고 심지어 우리 집에서 찍은 것도 있다며 떠들어댔다.

나는 그때 언니의 책상 속에서 본 쿠폰 북이 떠올랐다. 언니가 무얼 하고 오빠에게 스티커를 받았을지 알 것 같았다. 오빠는 그 날 찍었던 영상을 미끼로 언니에게 계속 협박을 일삼았을 테다. 언니는 그것만 지우면 아무 일도 없었다는 듯이 맘껏 그림 그리며 살 수 있을 거라는 소망을 가졌겠지. 그 소망 때문에 오빠에게 속수무책으로 휘둘리며 지냈을 테다. 언니는 영상 하나를 지우기 위해 부단히 애썼지만 어쩌다 보니 쿠폰 북에 붙은 스티커 개수만큼의 영상을 남기고 말았고, 결국 발각당했다. 처음에 이 일을 두고 엄마는 수예방 아줌마와 언성을 높였다. 몇 차례 지독한 싸움이 반복됐다. 딸을 가진 엄마로서 이번 문제는 정확하게 짚고 넘어갈 거라고 외쳤다. 오빠를 직접 만나려는 시도도 했다. 분명 그때까지만 해도 엄마는 언니를 감싸는 축에 속했다.

나는 견고하게 건축된 미미 인형의 집을 바라보며 엄마가 아빠와 쉬쉬하며 나누던 대화를 떠올렸다.

"이건 민기의 잘못이야. 아니 범죄지. 미녀는 미성년자잖아! 직접 민기 문초하고 죗값 제대로 치르게 할 거야!"

이제 곧 사건의 전말이 밝혀지고 그 중심에 서 있는 나는 제대로 혼쭐나겠구나. 집에서 쫓겨날 수도 있겠지. 나는 내가 저지른 미련한 짓에 화가 치밀었다.

그러나 오빠네 아빠와 같은 회사를 수십 년째 다니고 있던 아빠는 생각이 달랐다. 두 사람은 평소 형님 동생 하던 사이였다. 아내들의 다툼이 벌어지자 당장 껄끄러워졌다.

"몇십 년을 한동네에서 지내온 사람들이야. 이 동네에서 계속

안 살 거야? 당신 뜨개질 그만둬도 괜찮아? 괜히 일을 크게 만들
지 말라고. 여자애가 행실을 칠칠찮게 하고 다니니 그러지. 순천으
로 돌려보내. 그게 최선이야."

동네 아줌마들은 이제 모였다 하면 온통 언니 이야기뿐이었다.
시작도 언니, 끝도 언니 이야기였다. 그들의 입을 통해 어느새 진
실은 각색됐고 새로운 이야기가 빚어졌다.

'순진한 민기를 빈집으로 불러들였다더라.'

'옷을 벗고 비디오를 찍어달라고 했다면서.'

'어린 영음이한테도 이상한 걸 보여주고 시키고 그랬나 봐.'

'영음이 아빠랑도 무슨 일 있었던 거 아니야? 어쩐지 요즘 영음
이 엄마 얼굴이 안 좋더라.'

엄마는 수예방도 나갈 수 없게 됐다. 그렇게 엄마는 며칠을 끙
끙 앓더니 오빠에 대한 화를 거둬들였다. 그러고는 언니를 따로 불
러 어떤 결정을 통보했다. 내 방과 언니 방 사이에는 임시 벽 하나
가 놓여 있을 뿐이었다. 나는 벽에 귀를 대고 두 사람의 대화를 엿
들었다.

"네 엄마한테 그 일에 대해서는 절대 말하지 않을게. 그리고 생
각해 봤는데 순천으로 돌아가는 게 어떻겠니."

언니가 서울에서 생활하는 동안 언니의 보호자는 엄마인 것이나
마찬가지였다. 엄마는 그 역할을 제대로 이행하지 못했고, 그 탓에
마땅히 져야 하는 책임을 회피하려 노력 중이었다.

곧이어 쿵쾅대는 발소리와 함께 언니가 내 방으로 넘어왔다. 나
는 놀라 벽면에서 떨어졌다. 언니는 방문부터 걸어 잠갔다. 그러더

니 내게 다급하게 말했다.

"네가 그날 나한테 준 식혜, 그거 신민기가 준 거잖아. 응?"

언니는 처음으로 그날 일을 입 밖으로 꺼냈다. 나는 그 순간 눈물을 터뜨렸다. 언니는 내 손을 꼭 쥐며 말했다.

"영음아, 나 집에 돌아가기 싫어. 영음아!"

나는 내가 한 짓이 무서웠다. 그날 본 걸 시인하는 건 그동안 아무도 몰래 겹겹이 쌓아온 잘못을 인정하는 꼴이었다.

그때, 방문이 벌컥 열렸다. 잠긴 문을 밖에서 열쇠로 연 모양이었다. 엄마는 들어오자마자 언니의 머리채를 잡고 인정사정없이 뺨을 내리쳤다.

"보자 보자 하니까 뭘 잘했다고!"

언니의 뺨은 금세 붉게 부어올랐고 코에서는 피가 뚝, 뚝, 떨어졌다. 노란 비닐 장판 위에 뚝, 뚝, 피어나는 붉은 꽃을 보며 깨달았다. 이제 나는 언니를 영영 잃고 말겠구나. 그 생각에 서글퍼져 아까보다 더 크게 울어버렸다.

어느 날부터 언니는 한 집안에서 생활한다고 믿을 수 없을 정도로 우리 가족과 철저히 분리돼 지냈다. 식사도 언니 방에서 따로 해야만 했다.

언니는 엄마에게 2학기를 마칠 때까지만 있게 해달라고 부탁했다. 그때 순천으로 돌아갈 테니 제 부모에게는 아무 말도 하지 마시라고. 엄마로서는 거절할 이유가 없었다. 겨울 방학까지 며칠도 남지 않은 시점이었다. 무엇보다 제 친구에게 딸을 돌려보낸다고 말하는 게 막막했다.

언니의 열여덟 번째 생일이 다가왔다. 아무것도 모르는 언니의 엄마는 약간의 돈을 계좌로 부쳤다며 딸의 미역국을 부탁했다.

생일날 아침, 뉴스에서 서울을 포함한 몇 군데 지역에 휴교령이 내려졌다고 보도했다. 엄마는 미역국과 밥, 몇 가지 반찬을 작은 상에 차려 아침 일찍 언니의 방에 넣어뒀다. 나는 언니의 생일 카드에 쓸 내용을 고민하며 미역국에 밥을 툭툭 넣어 말아 먹었다. 이제라도 솔직히 다 털어놓겠다고 카드에 써야지. 미역국에 만 밥만 다 먹고 정말 용기를 낼 참이었다.

그때였다. 엄마의 날카로운 비명이 난데없이 날아들었다. 나는 엄마가 바퀴벌레 따위로 호들갑을 떠는 거라고 생각했다. 조심스레 소리 난 쪽으로 다가갔다. 언니의 방문이 활짝 열려 있었다. 그리고 보고 말았다. 공중에 있는 언니의 두 발을.

나는 그대로 바닥에 주저앉았다. 그 바람에 언니와 눈이 마주쳤다. 천장에 대롱대롱 매달린 채 축 늘어뜨려진 언니가 날 내려다보고 있었다. 믿을 수 없을 만큼 기다랗게 뻗어 나온 언니의 혀.

'메롱, 메롱. 이미 늦었어. 다 봤으면서 왜 여태 아무 말도 하지 않니. 난 절대 집에 안 돌아갈 거야. 메롱. 메롱.

식은 미역국과 한 공기의 밥. 열여덟 살의 언니가 남긴, 전부였다.

오빠는 군대에 자원 입대했다. 그사이 DVD와 불법 다운로드의 시대가 열렸다. 비디오 가게들은 업종을 바꾸거나 아예 문을 닫았다. 뜨개질 제품의 인기도 한풀 꺾여 여자들은 새로운 취미를 찾아 수예방을 떠났다.

나는 동네에서 오빠를 다신 보지 못했다. 오빠가 제대 후 대학에 들어갔다는 말도 있었고 회사에 취직했다는 말도 있었다. 누군가는 오빠가 손가락이 오그라드는 병에 걸려 수술을 여러 차례 받았다고도 말했다.

언니가 썼던 그 방은 창고로 활용됐고 몇 년이 지난 뒤엔 집 전체를 개축했다. 당연히 집의 구조도 크게 변했는데 욕실에는 핀란드식 사우나 시설까지 설치했다. 나에게는 새롭고 넓은 공간의 방이 생겼다. 가구도 전부 새로 들였다.

언니는 곧 잊혔다. 모두가 그냥 잊었다. 아니 저절로 잊혔다. 덕분에 난 내가 한 짓마저 잊을 수 있었다. 그렇게 잊고 잘 지내왔다.

적어도 내가 열여덟 번째 생일을 맞이하기 전까지는 그랬다. 나는 그 후로 목구멍이 막혀 아무것도 먹지 못했다. 홍 보살은 집에 들이지 말아야 할 사람을 들여 내가 이렇게 된 거라고 짚어냈다. 그제야 사람들은 또다시 언니를 떠올리기 시작했다. 아니, 또다시 비난하기 시작했다는 게 정확하겠지. 나는 그때도 말하지 않았다.

여전히 귓속에서는 리코더 소리가 울려 퍼진다. 이제 더는 멈출 생각이 없어 보인다. 이 글을 쓰는 동안 잠시 잊고 있었다. 그런데 문득 걱정된다. 경준 씨는 어떻게 됐을까.

경준 씨는, 나의 경준 씨는 아까 좀 다쳤다. 어쩌면 많이. 그리고 나는 지금 무엇이라도 삼킬 수 있을 것 같은 기분이 든다.

별수 없이 책상 앞에 놓인 이쑤시개 통에서 이쑤시개 하나를 꺼냈다. 입으로 넣으려다 말고 불현듯 이런 생각을 해본다. 이 소리를 멈추려면,

뾰족하게 다듬어진 이쑤시개의 끝이 문득 마음에 쏙 든다.

미제레레

© 최난영, 2024

초판 인쇄 | 2024년 7월 24일
초판 발행 | 2024년 8월 1일

지 은 이 | 최난영
펴 낸 이 | 서장혁
편 집 | 성유경
디 자 인 | 이새봄
펴 낸 곳 | 토마토출판사
주 소 | 서울시 마포구 양화로161 케이스퀘어 727호
T E L | 1544-5383
홈페이지 | www.tomato4u.com
E-mail | story@tomato4u.com
등 록 | 2012. 1. 11.
I S B N | 979-11-92603-60-5 (03810)